本成果受北京高校高精尖学科项目（中国语言文学）支持

和北京语言大学出版基金资助

跨文化视野下的老舍研究

李东芳　等著

RESEARCH ON LAO SHE
FROM THE PERSPECTIVE OF
CROSS CULTURE

中国社会科学出版社

图书在版编目（CIP）数据

跨文化视野下的老舍研究／李东芳等著 . —北京：中国社会科学出版社，
2022.12

ISBN 978 - 7 - 5227 - 1166 - 9

Ⅰ.①跨…　Ⅱ.①李…　Ⅲ.①老舍（1899 - 1966）—文学研究
Ⅳ.①I206.6

中国版本图书馆 CIP 数据核字（2022）第 241983 号

出 版 人	赵剑英	
责任编辑	杨　康	
责任校对	冯英爽	
责任印制	戴　宽	

出　　版	中国社会科学出版社	
社　　址	北京鼓楼西大街甲 158 号	
邮　　编	100720	
网　　址	http：//www. csspw. cn	
发 行 部	010 - 84083685	
门 市 部	010 - 84029450	
经　　销	新华书店及其他书店	

印　　刷	北京明恒达印务有限公司
装　　订	廊坊市广阳区广增装订厂
版　　次	2022 年 12 月第 1 版
印　　次	2022 年 12 月第 1 次印刷

开　　本	710 × 1000　1/16
印　　张	15.75
插　　页	2
字　　数	237 千字
定　　价	79.00 元

各章作者及其单位

第一章　史　宁(光明日报出版社)
第二章　黄嫣然(杭州市萧山区惠立学校)
第三章　张舒颖(上海宋庆龄学校)
第四章　郭　聪(人民文学出版社 天天出版社)
第五章　李东芳(北京语言大学汉语国际教育学部汉语进修
　　　　　　学院教师)
第六章　吴　雪(广州市南沙区北斗小学)

序

李　玲

　　忆念老舍先生，三副不同的面容交织着浮现在我的脑海中。

　　第一副是安恬的面容。"面向着积水潭，背后是城墙，坐在石上看水中的小蝌蚪或苇叶上的嫩蜻蜓，我可以快乐地坐一天，心中完全安适，无所求也无可怕，象小儿安睡在摇篮里。"老舍对北京的情感是对生于斯长于斯的乡土的眷恋。在他心中，北京不是彰显皇权或施展政治谋略之地，而是让自己的心灵得到安宁的温馨家园。故土北京给他的审美感受，不是因陌生化而产生的震惊感，而是因熟悉所滋养出的亲切感。所以，他把北京比作自己的摇篮，把自己对北京的爱比作对母亲的爱。他说："……我的最初的知识与印象都得自北平，它是在我的血里，我的性格与脾气里有许多地方是这古城所赐给的。"正是这城与人和谐共生的关系，奠定了老舍生命的安宁感。由于在北京书写中融入了安放心灵的需求，老舍格外珍惜北京生活的平常诗意。从日常起居、瓜果蔬菜中寻找"诗似的美丽"、体验人生的"清福"，老舍的北京风物书写中透出对普通人生活方式的诗意阐发。对故土的热爱，也成全了老舍的文学。故乡能在心里扎根，真是有福！无论是漂泊在伦敦、新加坡、美国，还是辗转于青岛、武汉、重庆，他都是那带线的风筝，心有所系，心有所归。

　　第二副是悲哀的面容。读老舍的作品，我既感动于他对笔下人物的热爱之情，也震摄于他那悲剧性的生命体验。他是那么喜欢自己创造的洋车夫祥子，叙述起祥子的故事，他就像一个慈爱的父亲在向左邻右舍絮叨独子的种种行状。他为祥子的勤勉节俭自豪，也为祥子的淳朴忠厚感到骄傲。但是，老舍的故事走向从来都不是恶有恶报、善有善报，而总是好人没有善终。他最痛恨的就是大众文化"光明尾巴"中的精神麻醉。他让心爱的祥子最终变成了一具行尸走肉。他痛心地告诉读者，这不是祥子自己的过错，而是不公平的社会没有给祥子生路。"坏嘎嘎是好人削成的。"他代祥子向社会发出了沉痛的控诉。凡贴着老舍的心而生长出来的小说人物，他总是无奈地认定着他们无地生存的命运。《骆驼祥子》中的祥子最终"不知道何时何地会埋起他自己来"，《月牙儿》中的母女俩除了卖淫没有别的生存之路，《我这一辈子》中的巡警老景一片黯淡，《茶馆》中的王利发在绝望中上吊自尽。是多么沉重的生命悲感，才能营造出这一系列荒凉的景象？！

这种骨子里的荒凉感来自何处？是投射了早年父亡家贫的困窘生活印迹，还是感应了旗人在清末历史剧变中的悲剧命运，抑或是体验了中华民族19世纪中叶以来遭强权践凌的耻辱？或者说，只是基于天赋的个性气质？也许准确的判断应该是来自这四种因素的合力。

尽管老舍代祥子们对社会不公发出了最沉痛的控诉，但是，他并不鼓动这些不幸的底层人起来进行暴力革命，他对民主政治也没有什么兴趣。他不是写《水浒传》的施耐庵，也不是写《子夜》的茅盾。他从来都不愿意社会走向动荡，却十分担心人的道德败坏。他盼望有一个合理、稳定的社会秩序，能让勤勉的车夫、本分的商人、负责任的巡警都能靠自己的本事吃上饭，过上有尊严的生活。但是，由什么样的路径能建成这样的社会，他不知道。他痛恨各种投机取巧、恃强凌弱、不负责任。他赞赏不计名利的埋头苦干、自律自为。他常用"豪横"这个词赞美在贫困中自尊自爱、刚强而有骨气的人。"肚子里可是只有点稀粥与窝窝头，身上到冬天没有一件厚实的棉袄，我不求人白给点什么，还讲仗着力气与本事挣饭吃，豪横了一辈子，到死我还不能输这口气。"这是《我这一辈子》中那个失业老巡警的自白。豪横的人，硬气是对自己的，不是对别人的。老舍自己一辈子也是这样的孤高豪横。所以，他受辱的时候，只能选择太平湖自沉这一条路。生命的尊严感，使得他不能忍辱偷生，而克己的精神也使得他不会走向反叛。当然，那个时代，也根本不存在怀疑与反叛的空间。他是良民，但也必须是良序社会才配得上他。可是事实上，他一生的多数时光都是在乱世中度过的。

如果我们承认自由意志觉醒也属于人的觉醒，那么就可以发现，老舍的创作肯定勤勉自律的奋斗精神、批评浑浑噩噩的生命状态，弘扬的是与鲁迅启蒙传统相互补充的另一种主体意识，坚守的是另一种启蒙立场。对于中国现代文化来说，补上鲁迅所倡导的人人生而平等的现代权利意识并清算封建等级观念很重要；像老舍那样，承传自古就有的"自强不息"的主体精神，同样不可或缺。

第三副是谑笑的面容。老舍先生生于乱世，虽然亲近过佛教，也接受了基督教的洗礼，但最终还是以非教徒的方式来确认人的救赎之路。他以两种方法来为自己和自己笔下的不幸者寻找精神支撑。一种是坚守内心中的道德、追求性灵的生活。这是他心中的头等大事。另一种是戏谑与幽默，这在别人看来也许不如伦理道德那么重要，但对他来说却绝不是可有可无的。他笑一切可笑之事，被人戏封为"笑王"。他有时含着眼泪笑生活中的矛盾。"改良！改良！越改越凉，冰凉！"《茶馆》中伙计李三的这句台词，让观众忍俊不禁，却也让人觉得心酸。直面荒凉无望的生命体验，老舍没有像鲁迅那样去建构反抗绝望的生命哲学，而是把悲情抒发与幽默戏谑的叙述态度结合起来，建构起悲喜交融的独特的美学风格。他有时并没有那么沉重，只是为了营造一点快乐的气氛而笑。"换毛的鸡""狗长犄角"都是他对牛天赐这个普通孩子的善意调侃。老舍的语言充满民间谐趣，其幽默格调不同于林语堂所倡导的绅士阶层的冲淡式的幽默，而更多语言狂欢的意味。他要用笑声为这个萧索的世界点上一串炮仗，为自己、为笔下的苦人制造一点生命的暖意。

老舍先生离开我们已经有50多年了，但他的文学却永存在我们心中。老舍研究也在他离世十多年后开始蓬勃发展。近几十年来，老舍研究方兴未艾，创造性成果迭出，这自然是由于老舍创作内含着不朽的思想活力和永恒的艺术魅力。在人才辈出的老舍研究队伍中，李东芳博士属于承上启下的中年学者。她擅长把老舍创作放在跨文化语境中进行多维度的考察。这既源于她对老舍文化精神的深刻领会，也源于她自身广阔的文化视野。李东芳读博士期间做的是留学生小说研究，博士毕业后的近 20 年里，她一直从事汉语国际教育工作，又始终徜徉在京味儿文学研究的海洋中，因此她对文化的跨民族、跨语际、跨时代乃至于跨越不同艺术形式之间的交流都有直观的感受和深入的思考。本书的六个专题，分别从老舍与《小说月报》文人集团的关系、老舍对国民教育的反思、《二马》中的写景艺术、老舍创作中的生育叙事、《四世同堂》中的宗教伦理意识、老舍的儿童观这些具体的切入点，多方面探讨老舍创作的跨文化特质。这些专题内容，在老舍研究中独辟蹊径，也充分发挥了各位写作者自身的学术特长，所得出的结论每每令人耳目一新。本书把老舍的文化理想放置在全球化的人类生存视野中进行审视，认为"老舍的跨文化视角，就是站在人类文化共通性的立场上，而非从狭隘的民族主义出发，带着偏见看问题；它首先是一种比较后的理性思考，只有对本民族文化与其他文化利弊皆有审视与反思的人，才能够具有这样的视野与胸怀。"这个定位无疑是准确而且深刻的。

这本《跨文化视野下的老舍研究》，将给学术界带来新的风采，给老舍研究带来有意义的启示。它是一面帆，领着李东芳博士和她团队中的年轻人驶向那思想交流的广阔海洋，在这蔚蓝的深海中，他们嘹亮的歌声将会获得深沉的共鸣！

2020 年 6 月美国马萨诸塞州安姆斯特小城

前　言

老舍创作具有跨文化写作的独特性，在目前的研究中虽然得到了重视，却重视得不够，或者说挖掘得不够充分。本书立足于跨文化的角度，从问题入手，牢牢把握住老舍在文化转型阶段的变化性和多重文化影响下的多面性，着重于老舍对东西方文化的接受和辨析，但若穷尽式地全面展开研究，恐非一时所能够阐释清楚的，故仅捕捉其文化启蒙思想的几个闪光点"以一斑而窥全豹"。

老舍在 20 世纪上半叶，一贯以平和的精神来看待中国文化与西方文化，他认识到了东西方文化各有优劣，以积极的创作态度和丰厚的创作实绩，肩负起中国传统文化的改造、转化和创新的使命。

丰厚的传统文化教育经验与英国任教的经历使得老舍的思想、创作都打上了"跨文化"的烙印。老舍从《二马》的创作开始，不断在其作品中对东西方文化进行比较和思考。而《二马》的创作时间，也是"比较文化学"在英国方兴未艾之际，这一时代潮流势必影响着老舍的创作运思。再比如，老舍的《骆驼祥子》在美国的传播与接受过程，也反映了其小说的跨文化文本的特质。作为《骆驼祥子》的主要推介者，《每月一书俱乐部新闻》编委会评价了祥子身上具有的人类个体命运的共通性——"他为了最卑微的幸福所做的努力将使感性的读者洒下同情之泪，但命运不能打倒他，最终人类本性的善良在他身上纯洁地，胜利地显现。"① 编委会主席坎比评价老舍借助祥子视角表现的北平："18 世纪伟

①　孟庆澍：《经典文本的异境旅行——〈骆驼祥子〉在美国（1945—1946）》，《河南大学学报》（社会科学版）2010 年第 5 期。

大的英国小说曾以这种方式极为生动地描写了伦敦,《骆驼祥子》置身其中,毫不逊色。"①

本书认为,老舍创作中的跨文化意识至少表现为以下三个方面。

其一:与世界文化的对话意识。老舍说:"设若我始终在国内,我不会成了个小说家——虽然是第一百二十等的小说家。"② 老舍的创作区别于其他作家的一个关键点是欧游经历,在英国伦敦教书时登上文坛,其旅英期间的早期作品在某种意义上可以说属于"海外华文文学"的一部分,即在本土以外从事汉语写作,当时的青年老舍是处在旅居国(英国)主流文化之边缘的"他者",直接体验到两种文化的接触与碰撞,既有自身文化的反思,也有希望与旅居国的文化乃至世界文化平等对话的意图。

老舍曾经多次在文中表示,要创作出世界一流文学,狄更斯、但丁和托尔斯泰等就是榜样。英国人的种族优越感和殖民主义心态,以及英国人重视工商和法理的精神以及公民意识,促使他想要运用文艺提升中国的世界形象,唤醒民众,进行启蒙。这也促成了他至高的文学创作理想:"我们必须教世界上从文艺中知道,并且敬重新中国的灵魂,也必须把我们的心灵发展,提高到与世界上最高伟明哲的心灵同一水准。"③

身在异国的老舍在双重文化背景中进行创作,其作品常常具有东西方文化的属性,这是其作品中一条隐含又贯穿始终的叙事主线。

众所周知,老舍先是在国内接受了五四运动的思想,获得了一双新的眼睛,内心燃起了反帝爱国的情怀。旅英期间,在教书之余阅读了大量西方文学后从模仿开始进行最初的文学创作,由此正式登上文坛。在英国任教期间的老舍走上文坛后,和国内文坛的互动关系是怎样的?回国后,在 20 世纪 30 年代,老舍与主流文坛的关系又是怎样的?运用法

---

① 孟庆澍:《经典文本的异境旅行——〈骆驼祥子〉在美国(1945—1946)》,《河南大学学报》(社会科学版)2010 年第 5 期。

② 老舍:《我的创作经验(讲演稿)》,《老舍全集》第 17 卷,人民文学出版社 2013 年版,第 68 页。

③ 老舍:《敬悼许地山先生》,《老舍全集》第 14 卷,人民文学出版社 2013 年版,第 296 页。

国文艺理论家布迪厄的"场域论"，在《老舍与〈小说月报〉文人集团——兼谈老舍的文学创造之发展理路》一章中，本书从作家老舍的成长轨迹与出国讲学后形成的国际化视野，以及与国内文坛的互动等几个方面，剖析了老舍走上文学道路的历程，使我们更加明晰了老舍作品一开始就具有与世界文化对话的意识。

其二：抵抗基于欧洲中心主义的殖民主义话语。针对当时英国人之于中国的想象，老舍的创作是一种抵抗话语。当时英国流行把中国人写成"一种奇怪可笑的动物"，没钱到东方旅行的德国人、法国人、美国人到伦敦中国城找写小说、日记和新闻的材料，这些作品中的中国人形象是："抽大烟，私运军火，害死人把尸首往床底下藏，强奸妇女不问老少，和作一切至少该千刀万剐的事情的。"①

老舍看到"作小说的，写戏剧的，作电影的，描写中国人全根据着这种报告和传说，然后看戏，看电影，念小说的姑娘，小孩，老太和英国的皇帝，把这种出乎情理的事牢牢的记在脑子里，于是中国人就变成世界上最阴险，最污浊，最讨厌，最卑鄙的一种两条腿儿的动物"②。由于艺术生产和艺术传播的强大功能，当时的欧洲文艺生产出一种关于"中国想象"的权力话语，使得欧洲人对中国人的看法"知识化"和"真理化"了。《二马》中英国伊牧师在中国传教二十多年，实际上是假借传教，推行殖民主义："他真爱中国人，半夜睡不着的时候，总是祷告上帝快快的叫中国变成英国的属国；他含着热泪告诉上帝：中国人要不叫英国人管起来，这群黄脸黑头发的东西，怎么也升不了天堂！"③

再看老舍笔下一个英国主妇心中的中国印象：伊太太对马威在保罗无理挑衅时，奋勇反击，感到不能忍受，"她动了怒，完全是因为马威——一个小中国孩子——敢和保罗打架。一个英国人睁开眼，他，或是她，看世界都在脚下：香港、印度、埃及、非洲……都是他，或是她的属地。他不但自己要骄傲，他也要别的民族承认他们确乎是比英国人

---

① 老舍：《二马》，《老舍全集》第1卷，人民文学出版社2013年版，第392页。
② 老舍：《二马》，《老舍全集》第1卷，人民文学出版社2013年版，第392页。
③ 老舍：《二马》，《老舍全集》第1卷，人民文学出版社2013年版，第390页。

低下多少多少倍"①。

可见，当时英国人普遍具有浓厚的种族优越感和殖民主义意识。而老舍的创作一开始就具有这种跨文化意识的自觉，即抵抗基于欧洲中心主义的殖民主义话语。

其三：东西方文化的文化批判和反思。首先来看文化对比。老舍一方面虽感慨于英国人具有国家意识和公民意识，但又并不完全认同于英国人的工商和法理精神背后的冷漠与自私；另一方面在同情和留恋于中国文化中深厚的人情味和礼义之时，又批判老马等所代表的国民性中的半殖民地性格，这是一种苟且、国家观念薄弱的文化自卑心理。

老舍试图运用手中如椽之笔"比较中英两国国民性的不同"②，即要表现"中国人与英国人的不同处"，"我不能完全忽略了他们的个性，可是我更注意他们所代表的民族性"③。既反对西方人的东方观中所包含的西方霸权主义，同时反对"老"民族身上落后的"半殖民地性格"：如《二马》中的老马，他愚昧、懒散，面对西方时又卑躬屈膝，当老马听说英国要出兵中国，竟然规规矩矩地站起来说："欢迎英国兵！"因为"（他）那一辈的中国人是被外国人打怕了，一听外国人夸奖他们几句，他们觉得非常的光荣"④。而作为对照，小马代表了理想的新国民："自要能有益于国家，什么都可以放在一旁。"⑤

老舍一直关注教育，在他的审视下 20 世纪早期的国民教育是"千疮百孔"的。老舍"差不多与教育事业没断过缘"，其笔下与教育相关的小说自然占了其作品相当大的一部分，嬉笑怒骂之间，直指中华民族的精神痼疾。

---

① 老舍：《二马》，《老舍全集》第 1 卷，人民文学出版社 2013 年版，第 575—576 页。

② 老舍：《我的创作经验（讲演稿）》，《老舍文集》第 17 卷，人民文学出版社 2013 年版，第 69 页。

③ 老舍：《我怎样写〈二马〉》，《老舍文集》第 16 卷，人民文学出版社 2013 年版，第 172 页。

④ 老舍：《二马》，《老舍全集》第 1 卷，人民文学出版社 2013 年版，第 465 页。

⑤ 老舍：《我怎样写〈二马〉》，《老舍文集》第 16 卷，人民文学出版社 2013 年版，第 173 页。

　　老舍创作《老张的哲学》时身处英国,于公民社会中耳濡目染的老舍并非全盘接受英国文化,也没有全部倾向于中国传统文化,他善于取其精华弃其糟粕,在跨文化的视域融合中进行中英文化的交互参照,以客观的视角剖析审视中国与英国的不同。

　　在老舍看来,英国人身上独立理性的品质和社会公德心正是中国人所欠缺的。中国之所以落后,是因为国民无思想,教育理念和制度滞后。所以国人自尊的唤醒和能力的提高是救国的必要途径,教育在此时被提升至极高的地位。"在写'老张'以前,我已作过六年事……这成全了'老张'。"① 书中故事发生的时间大概在 1919 年到 1923 年之间,封建统治虽已拆解,社会结构却并没有彻底重建。从《老张的哲学》中可见社会转型时期的一组恶性循环:黑白颠倒的社会无法提供有实质意义的教育,家庭教育也在逼迫孩子重蹈覆辙,导致一代青年涣散如蝼蚁,最终这样的人又流入社会、组成家庭,继续将这种思想上的"遗传病"传染给自己的下一代。

　　其次,老舍对西方文学有所借鉴。比如在独特的跨文化背景下,老舍以开阔的视野和世界性的眼光,建立了多元的文化选择体系,那么作为一个具有跨文化意识、进行跨语境写作的作家,是怎样借助西方的景物描写技巧在小说中呈现出一种东方格调的?

　　毋庸置疑,在中国现代文学史上,老舍是一位景物描写的圣手,一登上文坛,即被朱自清誉为写景的大师:"写景是老舍先生的拿手戏,差不多都好。"② 那么好在哪里? 而且这个"好"与他阅读康拉德等英国小说家的作品是否具有某种关联?

　　老舍的景物描写极具个性,在他的小说中,景物描写是他描绘的典型环境中不可分割的部分,他不仅将写景融入小说的整体结构框架之中,更是将景物与人物紧密联系。从景物描写和老舍的跨文化意识入手,我们可以发现:一是"景物"描写是中国古典美学的主要组成部分。二是

---

　　① 老舍:《我怎样写〈赵子曰〉》,《老舍全集》第 16 卷,人民文学出版社 2013 年版,第167 页。

　　② 朱自清:《朱自清精品集》,世界图书出版社 2009 年版,第 138 页。

在跨文化视角下，不同文化语境下人们对自身与外部环境关系的观念有着很大差异。

《二马》是老舍在英国任教时写作的三部长篇小说中的最后一部，记叙了马氏父子在英国的生活故事，集中体现了老舍景物描写的精湛技艺和独特风格。作品里的景物描写，以传统的中国文化为核心，以西方文化为参照，揭示出老舍多元的文化选择态度。从想象和视觉的角度来品读老舍笔下的景物，会发现其在文学创作中不自觉地"以画作文"，将绘画艺术融入了景物描写之中。老舍与绘画的不解之缘和独特的人生经历，使得景物描写呈现出绘画美。

老舍在其作品中极其重视景物的色彩描写，"移步换景"式的构图美、"融画于文"的色彩美，使作品的景物描写充满了绘画感。老舍小说所表现出来的五光十色的画面感，明显存在着对康拉德印象主义的借鉴与模仿。这些特征促成了老舍景物描写片段的脍炙人口。

继之，通过对老舍小说中景物描写的语言的研究，我们可以发现老舍的"白话"写作受到当时国内白话文运动以及老舍推崇的但丁提出的"欧洲俗语论"的影响，另加上创作《二马》时的英国社会环境的影响。这使小说《二马》成为其第一部域外使用白话著成的小说。

欧游归来，又在南洋短暂停留的老舍，其跨文化意识还反映在对待儿童的眼光上，他明显借鉴了西方文化中平等、尊重、情感教育等富有现代性和前瞻性的教育理念和价值内涵。老舍呼吁的很多对待儿童的方式至今仍有现实意义。

受"五四"的影响，老舍立足于人道主义，坚持"儿童本位"，强调儿童平等的地位，提倡尊重儿童，在儿童与儿童之间、成人与儿童之间以及不同族群的儿童之间都强调平等和尊重的关系。

在儿童成长观上，老舍受到卢梭"自然教育"的影响。老舍的《新爱弥耳》采用了对卢梭《爱弥儿》进行"仿写"的手法。在老舍看来，儿童的健康成长应为生理与心理两方面的健康发展。他希望儿童在生理上能健康强壮、充满生机与活力。老舍特别珍惜儿童的天真心性，希望儿童被尊重、被爱护，认为儿童教育应该顺应儿童的生理、心理特点，要摒弃旧式的落后教育思想、教育方式，要以爱和情感培养、发展儿童，让儿童成长为人格健全的人。老舍提出"情感教育"，成人应该给予儿童"爱的教育"，爱儿童，也使得儿童学会爱人爱己。此外，老舍还指出陈旧腐朽的大环境只会让人性被压制，新的文化环境才能让儿童得以健康地成长。

再次，文化对比必然会引起文化反思与文化批判。老舍于20世纪20年代旅居英国，其思想和创作在很大程度上受到英国文学的影响。特别是英国文豪狄更斯具有反讽意味的社会批判风格，深深地被老舍借鉴并运用在作品中，于是有了老舍的"幽默"；此外，英国哲学家、思想家罗素与德国哲人尼采等人的"婚恋""存在哲学"等思想也在老舍的创作中留有痕迹，于是关于"婚姻自由""生命哲学"的深入思考也在老舍的作品中屡屡显现。

在中国现代文学作品中，与"婚恋"相关的文本不在少数。一来，这些话题呈现的内容是与每个生命个体切实相关的问题；二来，随着西方启蒙思潮逐步影响中国，有识之士受到西方先进思想的熏陶，开始批判、反思中国封建文化中束缚、摧残人性的糟粕，积极宣扬追求自由、平等的观念，因此，对"婚恋""男女平等"等问题的关注是应运而生的跨文化产物。

老舍作为现代文学的重要作家之一，对此问题也有着敏锐而持久的关注，并在作品中彰显着他跨文化视野的广阔性、客观审视问题的思辨性、不拘泥于现实的超越性以及跨时代的前瞻性。

1933年走向成熟的作品《离婚》，以"离婚"主题出发，以其独特的"京味儿"幽默语言，描绘了北平市民阶层灰色的人物生活群像，给生命个体形而上的关怀。这种犀利而敏锐的批判，既有西方思潮影响的痕迹，又从中国现实出发，从当时人们热议的"离婚"话题出发，用机警幽默的语言引发人们对现实生活、对理想的诗意生活的思考，这样的跨文化眼光在中国现代作家中是很可贵的。

此外，在长篇小说《骆驼祥子》、中长篇小说《鼓书艺人》、短篇小说《抱孙》《生灭》《一筒炮台烟》等作品中，老舍都谈及了"生育"

方面的问题，虽然老舍并没有像女作家一样直面女性的生育痛苦，但他通过对传统生育习俗的批判以及对女性生育的关怀等方面展现了他对传统文化的反思；而在这一过程中，尽管老舍接受了西方某些先进的文化与思想，但对东西方文化的判断也没有走向单纯推崇西方文化的偏激，因此老舍的文化启蒙有着他独特的客观性与超越性。因此，老舍的跨文化眼光是开阔而冷静的。

从跨文化角度剖析、评析老舍小说的"离婚"以及"生育"叙事，这两个话题本身无论在文学世界还是在现实社会都是不容忽视的主题，有着不容忽视的当下意义。随着社会离婚率的持续上升，婚姻伦理观念的不断变化，有关婚育的文学叙事更应作为某种思想上的引领得到作家以及读者更多的关注与挖掘，因此，从这个意义上讲，老舍先生的作品又有着划时代的超越性。

既然老舍从英国登上文坛的那一刻起，就具有文化批判与文化反思的跨文化意识，那么老舍的这种跨文化眼光是否受到包括基督教在内的宗教伦理的影响呢？

事实证明，20世纪20年代参加基督教的活动，并未使老舍走向超验的宗教，走向对"上帝"的追寻，但却开启了他对人的心灵（或曰灵魂）的探寻。这个"灵"的内涵，并非个体对于超验性宗教体验的追寻，不是个体生命的灵修，而是在超越世俗的层面上指涉的高尚的精神追求。

总之，老舍的跨文化视角，就是站在人类文化共通性的立场上，而非从狭隘的民族主义出发，带着偏见看问题；它首先是一种比较后的理性思考，只有对本民族文化与其他文化利弊皆有审视与反思的人，才能够具有这样的视野与胸怀。

而这种理性思考除了欧游经历之外，也离不开老舍早年的母亲和刘善人的教育、满族身份影响、早期接受师范教育以及从教等经历的影响，乃至宗教活动的参与经历——包括加入基督教会和参与佛教的慈善活动。这些人生经历的影响，形成了老舍看待东西方文化的基本视点：既不因热爱本国文化而护短；也不因盲目崇拜他国文化而自卑。正如《四世同堂》中所说的："生在某一种文化中的人，未必知道那个文化是什么，像水中的鱼似的，他不能跳出水外去看清楚那是什么水。假若他自己不能完全客观的去了解自己的文化，那能够客观的来观察的旁人，又因为生活在这种文化以外，就极难咂摸到它的滋味，而往往因一点儿胭脂，断定他美，或几个麻斑而断定他丑。"①

老舍的世界眼光与跨文化意识，与英国历史学家汤因比不谋而合。汤因比强调："为了持一种公正的全球观点，必须抛弃自己的幻觉，即把自身所处的特定国家，文明和宗教当作文明的中心并认为它们比别的国家，文明和宗教优越。这样的历史立场是全面认识世界真实景象的巨大障碍。"②

汤因比在他那部著名的《历史研究》中，通过对21个文明诞生过程的研究提出的"挑战与应战"模式，"挑战"指的是外在的自然环境和社会环境向人们提出了一些不容回避的历史课题；"应战"指的是人们面对新的文化现实采取的文化对策。汤因比的历史研究证明：每一种文化的形成与发展，都是成功应对挑战的结果。换句话说，每一次成功"应战"，都会为一种文化模式的出现和发展积蓄能量。每一次不成功的"应战"，或无力"应战"，都可能导致一种文化模式的衰亡。

老舍的跨文化意识就是看到20世纪上半期中国文化在世界文化格局中面临的"挑战"，而试图从一个现代作家、一名现代知识分子的角度对于中国文化的"应战"做出的思考尝试。

对于老舍的跨文化意识，王本朝先生的论断切中肯綮："在现代主义面前，老舍是传统的；相对传统主义，老舍又过于西方，有鲜明的反传统倾向。可以说，老舍是不中不西，既现代又传统的作家，他站在从传统到现代，既西方化更趋中国化的中间地带。"③ "老舍是一位伟大的作家，他的意义不仅在于其丰厚的文学贡献及其资源，而且在于他作为一

① 老舍：《四世同堂》，《老舍全集》第4卷，人民文学出版社2013年版，第91页。
② ［英］阿诺德·汤因比：《汤因比历史哲学》，刘远航编译，九州出版社2010年版，第1页。
③ 王本朝：《老舍的意义》，《光明日报》2016年9月26日第13版。

位富于传统人格和现代思想的知识分子，还具有某种文化学和思想史的当代价值。"①

这也是这项研究的出发点与宗旨。2016 年年底，上海译文社副社长、学者、翻译家赵武平先生在美国发现了未删减版的老舍著作《四世同堂》第三部《饥荒》的英文原稿，一时引发了巨大轰动。2017 年《收获》第 1 期刊登了《四世同堂·饥荒》。2019 年是老舍先生诞辰 120 周年。老舍研究在未来的历史长河中将是一个不断被解读、被发掘、被阐释的过程。比如"老舍的小说译本以及传播研究似仍未得到足够的重视"②。本书从跨文化视野对老舍的创作进行了再阐释，对于此角度的老舍研究力图略尽绵薄之力，以期抛砖引玉之效！

---

① 王本朝：《老舍的意义》，《光明日报》2016 年 9 月 26 日第 13 版。
② 孟庆澍：《经典文本的异境旅行——〈骆驼祥子〉在美国（1945—1946）》，《河南大学学报》（社会科学版）2010 年第 5 期。

目　　录

第一章 跨文化视野下的老舍与《小说月报》文人集团

——兼谈老舍的文学创作之发展理路

第一节 老舍出国之前的文学场域研究（1905—1924）

一 问题的提出

目前学界既成的观点将 1917 年视为文学革命的肇始之年，其标志是当年 1 月《新青年》杂志（第 2 卷第 5 号）刊登胡适的《文学改良刍议》一文，这被认为是新文学革命的"一个'发难'的信号"，也是文学革命的第一篇宣言。随后，在 2 月的《新青年》（第 2 卷第 6 号）上又发表了陈独秀的《文学革命论》，明确提出"三大主义"，对整个封建旧文学宣战，从而把先前胡适的技术层面的工具论上升到革命运动的高度。若按照历史时间划分新文学发展的轨迹，1917—1927 年为第一个十年，是文学革命的发生与发展时期。如果以老舍 1926 年 7 月发表首部长篇小说《老张的哲学》，1927 年 3 月发表《赵子曰》的时间而论，老舍刚好处在现代文学第一个十年的末期登上文坛。由此，我们一般习惯性地将老舍视为五四新文学作家，或"五四文学巨匠"。在中国新文学走过 100 周年之后，我们回望历史，重新审视一番五四新文学与老舍的关系，以及文学革命对老舍的实际影响。

法国当代文艺理论家皮埃尔·布迪厄曾提出过著名的"场域论"观点，认为一个场就是一个有结构的社会空间。本书借用这一概念对老舍的文学活动做如下分析。

二 老舍对五四新文学的态度

如前所述，若将老舍置于五四新文学作家阵营中，必定先要查考老舍自己对于五四新文学的态度与看法。老舍一生中也确有某些文章提及五四运动，而当我们经过梳理之后会发现一个稍显奇怪的现象：老舍在1949年前后不同时期的表述中，对五四运动的态度显得十分矛盾。

以下略引几段：在1934年《我的创作经验——在市立中学之讲演》一文中，老舍说：

> 五四运动时，我已在做事，不在学生里面，那时出的新书，我也买了些看，并不觉得惊奇。……二十七岁到英国去教学，这是我的思想变化一大关键，若始终在中国，决想不起写小说。①

在1935年《我怎样写〈赵子曰〉》中他说：

> "五四"把我与"学生"隔开。我看见了五四运动，而没在这个运动里面，我已作了事……可是到底对于这个大运动是个旁观者。②

而在1936年《我怎样写短篇小说》中，老舍写道：

> 这篇东西（指《小铃儿》——笔者注）当然没有什么可取的地方，在我的写作经验里也没有一点重要，因为它并没引起我的写作兴趣。我的那一点点创作历史应由《老张的哲学》算起。③

---

① 老舍：《我的创作经验——在市立中学之讲演》，《老舍全集》第17卷，人民文学出版社2013年版，第59页。
② 老舍：《我怎样写〈赵子曰〉》，《老舍全集》第16卷，人民文学出版社2013年版，第167页。
③ 老舍：《我怎样写短篇小说》，《老舍全集》第16卷，人民文学出版社2013年版，第191页。

直至 1944 年，老舍在《习作二十年》一文中写道：

> 在我二十七岁以前，我的职业与趣味所在都是教书与办学校。虽然在中学读书的时候，我已喜爱文学；虽然五四运动使我醉心文艺，我可没有想到自己也许有一点文艺的天才，也就没有胆量去试写一篇短文或小诗。直到二十七岁出国，因习英文而读到英国的小说，我才有试验自己的笔力之意……①

至此，我们可以大体了解老舍在 1949 年之前对五四运动的态度及开始文学创作的动因。那就是老舍始终将自己看作五四运动的旁观者和局外人。其走上文学道路的真实原因是在英国工作期间接触了西方文学，之后才引起了创作欲望。然而，在 1949 年后的文章中老舍表达了和 1949 年以前截然相反的态度。

例如，在 1950 年出版的《〈老舍选集〉自序》中他说：

> 在我的初期的作品里所表现的是兴之所至，写出我自己的一点点社会经验。兴之所至的"兴"从何而来呢？是来自五四运动。……到了五四运动时候，白话文学兴起，不由得狂喜，那时候，凡能写几个字的都想一跃而成为文学家，我也是一个。我开始偷偷的写小说。②

除此以外，历来被引述最多的，便是发表于 1957 年《解放军报》上的那篇名为《"五四"给了我什么》的文章：

> 假若没有"五四"运动……我绝对不会忽然想起去搞文艺。没有"五四"，我不可能变成个作家。"五四"给我创造了当作家的条

---

① 老舍：《习作二十年》，《老舍全集》第17卷，人民文学出版社2013年版，第417页。
② 老舍：《〈老舍选集〉自序》，《老舍全集》第17卷，人民文学出版社2013年版，第520页。

件。……感谢"五四",它叫我变成了作家,虽然不是怎么了不起的作家。①

对比之后我们会发现,1949 年以后老舍谈及五四运动及文学创作时,基本上已经不提真实的写作经验,也不再提及受过西方小说的启发与影响,完全将五四运动视为自己走上文学道路的唯一动因。关于这一现象实际上早已有学者发现并做了分析:"由于时势的变化和个人思想觉悟的'提高',老舍在 1949 年以后,经常在为他的旧作出版修订版本时,在序、跋中不断地自我检讨,自贬旧作,同时在大量谈论文艺问题的文章,提出跟 1949 年前矛盾的意见与主张。"②

那么,接下来我们要解决的问题就是,究竟应当采用老舍 1949 年以前的表述还是之后的表述?如果将老舍涉及五四运动的文章加以整理,可以发现在老舍一生的叙述语境中对五四运动这个历史事件的态度经历过一个非常明显的变化过程,十分值得玩味。其实,只要考虑到 1949 年以后国内政治环境的特异与意识形态领域的制约,我们应当认为老舍在 1949 年之前的表述相对更加符合其内心的真实想法。老舍在 1949 年之后发出的种种明显矛盾的声音,也正体现了那一代知识分子和作家们集体遭遇的时代困境。

如果遵从老舍在 1949 年以前的观点,即其文学起步的动因并不是五四运动。换句话说,五四运动对老舍自身的影响并不很大,起码没有像其他同时代作家那样显著。那么我们需要进一步考量的是,五四运动对老舍走上文学道路究竟有没有影响,以及有多大的影响。我想,这是一个需要重新审视的话题。

三 回溯:从辛亥到五四 (1911—1919)

探讨老舍与五四的关系,应当联系老舍青少年时期的成长经历与生

---

① 老舍:《"五四"给了我什么》,《老舍全集》第 14 卷,人民文学出版社 2013 年版,第636—637 页。

② 王润华:《老舍小说新论》,学林出版社 1995 年版,第 5 页。

活环境。通过整体性场域来探究个体的思想成因是十分客观的一条途径，因此我们在此进行一番回溯，重新审视老舍从幼年到青少年时期的生命历程。这里我把讨论的范围起点定在了辛亥鼎革，但在此之前，老舍的出生及幼年情况也需要适当做一番简略的查考。

老舍于 1899 年 2 月 3 日，即清光绪二十四年（农历戊戌年）的十二月二十三日，出生于北京一户普通旗人家庭，隶属于满洲正红旗。父亲是一名皇城护军的基层士兵，每月俸禄是三两银子加春秋两季各一袋（另说为一石）大米。当时全家六口人（老舍出生时他的两个姐姐已出嫁）。以社会阶层来判断，这是一个较为典型的城市下层的家庭。老舍一岁半时，发生了庚子国变，乃父在与八国联军的战斗中牺牲，全家生计陷入困顿。此后全靠母亲为人缝补浆洗勉强度日。

在影响全家经济状况之外，父亲的过早离世对老舍个人幼年的心理影响恐怕更加严重。问题在于父亲的去世恰在老舍尚未产生童年记忆之时，因而在他的幼年及整个童年时期，父亲始终是一个缺失的角色。这在一个儿童的初期成长阶段无疑是一个巨大的心理阴影。受环境影响，老舍应当是一个精神上早熟的孩子。尽管父亲的角色在老舍的实际生命历程中是缺位的，但父亲的形象经常会出现在老舍幼年的心灵记忆中。从记事时起老舍每年要跟随母亲到城外舒家墓地给父亲上坟。他还会见到家里保存的一块父亲生前执勤时出入城门的腰牌，上面写着父亲的名字和描述父亲体貌特征的"面黄无须"四个字。母亲在他童年时一遍一遍地向他讲述父亲殉国的英勇事迹。"母亲口中的洋兵是比童话中巨口獠牙的恶魔更为凶暴的。况且，童话只是童话，母亲讲的是千真万确的事实。"①

纵观民国时期知识分子的生平，我们会发现其中存在一个人数颇为可观的幼年丧父群体，如孙中山、严复、陈独秀、蔡元培、胡适、钱穆、鲁迅、茅盾、傅雷、徐悲鸿、冯友兰等。这些人中丧父年龄幼者四五岁，

① 老舍：《神拳·后记》，《老舍全集》第 11 卷，人民文学出版社 2013 年版，第 618—619 页。

长者多在十岁以上，像老舍在如此幼小年龄的几乎没有。正所谓"三岁失怙，可谓无父。"因而可以想见，幼年丧父对老舍身心的影响要远大于其他人。这也是老舍人生中的第一个打击。

1905 年，老舍在父辈故友刘寿绵的资助下进入私塾读书，学习《三字经》《百家姓》《千字文》及《地球韵言》等传统的蒙学读物，时年六岁。而就在同一年，清廷宣诏自 1906 年开始，所有乡会试一律停止，各省岁科考试亦即停止。在中国实行了 1300 多年的科举考试被废除。府厅州县先后于乡城各处遍设蒙小学堂。老舍在这个"改良私塾"中念了三年多，即转入京师公立第二两等小学堂。紧接着，辛亥革命爆发，六岁的宣统小皇帝爱新觉罗·溥仪以清廷的名义颁布清帝退位诏书，清朝灭亡，民国肇建。

历史学界一般将 1911 年 10 月 10 日的武昌起义当作辛亥革命爆发的标志，将 1912 年 2 月 12 日清帝颁布退位诏书视为大清帝国结束的时间。这种易代之际的巨大变革对老舍这个末世旗人究竟意味着什么呢？

首先需要讨论的一个问题，老舍算不算清代遗民？

遗民在中国历史上由来已久，每当遭逢易代之际，便有少数人为了表达对故国旧主的眷恋，选择自我放逐或敌对的方式对待新朝，这类人便被视为"遗民"。如周初的伯夷和叔齐。如南宋诗人陆游，其大量诗篇的情感基调可以用诗句"遗民泪尽胡尘里，南望王师又一年"来概括。陆游是身在南宋而心系北宋故国。而清代遗民则在历史上又具有很大的特殊性。我们来看看清代遗民的代表一般都特指哪些人呢？除了以溥仪为首的逊清宗室之外，康有为、张勋、王国维、罗振玉、辜鸿铭、林琴南、张謇、徐世昌这些人都可以说是比较典型的清遗民。由此我们可以得出所谓"遗民"的两个基本特征。第一，遗民在心理上一定是忠于旧主。上述所列的历史人物无一不是忠于逊清皇室的代表。第二，遗民大体上属于传统的汉族士大夫阶层。在很长一段历史时期中，清遗民的概念总是用另一个词来代替，即遗老遗少。通过这两个特征来判断，老舍似乎并不能算严格意义上的清遗民。他在自己的文章著述中从未流露过对清室的任何眷恋与忠贞之情。另外，辛亥革命之际，他的年龄在

12 岁上下，还不能算作士大夫，而且也不属于汉族士大夫。

其实，老舍尽管不算严格意义上的清遗民，但是作为一名普通的末代旗人，辛亥革命后的一系列的社会变化必然与其发生千丝万缕的联系，其中最关键的是民族身份的丧失与民族心理的挫伤，以及实际生活水平的下降。由此可见，辛亥革命对老舍而言，一定是弊大于利。老舍对这场革命的态度也必然是负面多于正面。

1913 年 7 月老舍考入学费全免的北京师范学校读书。北京师范学校初建于 1906 年，最早称为京师第一初级师范学堂。1912 年改组为北京师范学校。采用五年学制（一年预科，四年本科）。老舍 1913 年 6 月考入该校，是建校后的第四届，改组后的第一届学生。从老舍就学时的课程设置看，既有传统的修身、国文、习字课，又有比较新式的教育、英语、博物、理化、法制经济、图画手工等课。传统的国文和读经两科并重且课时最多，可见老舍在北京师范学校读书时接受的文学场域仍然属于传统的古代汉语言文学范畴。老舍自己曾说："因为读过古书较多，所以国文成绩，比较好些。课余之暇，仍然读习古文。"[1] "师范学校的功课与中学差不多，可是多少偏重教育与国文。我也读诗，而且学着作诗，甚至于作赋。我记了不少的典故。"[2] "我的散文是学桐城派，我的诗是学陆放翁与吴梅村。"[3] 据老舍在北京师范学校的同学段喆人回忆："那时，他很喜欢作诗，在方校长和宗老师的指导之下他写作旧诗达到了相当高的水平……还记得他喜欢读《十八家诗抄》和《陆放翁诗集》。每次老师把作文批改以后，总是按优劣次序搭成一摞发给全班，老舍作文总在最前几名。"[4] 引文提到的方校长，名方还，是老舍就学期间北京师范学校的第二任校长。江苏昆山人，是前清进士（一说为翰林），具

---

① 老舍：《我的创作经验——在市立中学之讲演》，《老舍全集》第 17 卷，人民文学出版社 2013 年版，第 59 页。

② 老舍：《我们创作经验（讲演稿）》，《老舍全集》第 17 卷，人民文学出版社 2013 年版，第 67 页。

③ 老舍：《〈老舍全集〉自序》，《老舍全集》第 17 卷，人民文学出版社 2013 年版，第 520 页。

④ 张桂兴：《老舍评说七十年》，中国华侨出版社 2005 年版，第 81 页。

有极高的国学造诣，古文及诗歌写得很好，人称"江南文坛巨匠"。宗
老师名宗威，江苏常熟人，诗词造诣很高，是老舍三年级开始的国文教
师。从目前能看到的登载于 1919 年 4 月《北京师范校友会杂志》上留下
的九首旧体诗与一篇古文来看，它们应为老舍在北京师范学校学习古文
与古诗的习作，而且确实达到了相当高的水准。可见老舍在青年时期的
中国古典文学素养已经很不低了。

当老舍在北京师范学校读书时，已经进入北洋政府统治时期的中华
民国并不太平，从 1913 年起，历经二次革命、护国运动、护法运动、袁
世凯称帝、张勋复辟，以及后来以直皖战争、直奉战争为代表的北洋军
阀之间的征伐与战争连年不断。其中许多历史事件均在北京发生，老舍
都曾耳闻目睹。这便是后来他在《四世同堂》开首所描写的景象："一
会儿九城的城门紧闭，枪声与炮声日夜不绝；一会儿城门开了，马路上
又飞驰着得胜的军阀的高车大马。"① 老舍对这些事件的态度，我们或许
能通过老舍在学校期间编演话剧的《袁大总统》看出一二。据同学回
忆，此剧是老舍自编自导自演的一出讽刺话剧，因学校老师及时制止
而取消。可见尽管学校对学生的管理很严格，严令禁止学生参加社会
活动，但是老舍以敏感的性格仍然对时政具有自己独立的价值判断。

老舍在就读北京师范学校期间，始终处在一种动荡不安的历史大
环境中。在这个时期，还有一件十分重要的历史事件发生——五四
运动。

五四运动是中国历史上的一件重要事件，后世史家将五四运动视为
中国近现代史的分野。1840 年鸦片战争至 1919 年五四运动为中国近代
史时期，1919 年五四运动以后视为中国现代史时期。可见这场运动对中
国历史整体发展的走向具有十分重要的意义。以往我们对这场运动始终
笼统地称为五四运动。然而，仔细查考历史后会发现，五四运动实际上
包含两个性质并不相同的事件。一个是新文化运动，一个是五四运动。
前者是一场文化和思想领域的启蒙运动，后者是一场由学生抗议活动引

---

① 老舍：《四世同堂》，《老舍全集》第 4 卷，人民文学出版社 2013 年版，第 3 页。

发的爱国运动。在文学史的叙述中，将 1917 年的文学革命视为中国新文学运动的开端。在宏观的历史学视角中，1917 年的文学革命只是新文化运动的一个组成部分，除此以外，还有国语运动、妇女解放问题的讨论等，都是这场文化运动的有机组成部分。现在我们来分析一下，新文化运动和五四运动对当年的老舍究竟产生过何等影响。

现在我们探讨老舍与前期新文化运动（1915—1919）之间的影响。1915—1919 年这个时间范围基本与老舍在北京师范学校读书的时间（1913—1918）相吻合。上文已经说过，老舍在北京师范学校期间接受的是传统的古文教育，并在师长的培养下在古典诗文方面达到了很高的造诣。而新文化运动最突出的一个口号就是推翻旧文学，提倡白话文。新文化运动实际是对旧的文学及文学形式进行激进的批判。在"打倒孔家店"这个宏观的题旨下，具体提出对清末以来的桐城派的文体进行批判，甚至还远溯唐宋古文及萧统，由此形成了一个运动口号叫作"桐城谬种，文选妖孽"。新文化运动的主将之一钱玄同还更为激进地提出废除汉字，改用罗马字母替代汉字。其实前期新文化运动的最大问题一是对传统文言文及旧文体的彻底否定，二是盲目引进照搬欧化语法。显然这种所谓的白话文运动太过激进，将传统文化良莠不分地一概打倒，而且提倡全盘西化。对于老舍而言，身处底层市民阶层，在极其偶然而难得的契机下有机会接受正规的传统文化教育，并且通过多年的埋头苦读能够在一定的空间范围内彰显自己的写作才华，并获得了师长及同学的赞誉。这些本来应当引以为傲的资本在一夕之间变成被批判的对象，恐怕老舍内心对这场运动是有所介怀的。在白话文运动过程中，同时还有多种保守势力对打倒文言文发出过激烈的反对之声。从最初的林纾，到后来的"学衡派"与"甲寅派"，都对新文化运动表达了强烈的不满。他们从各自的角度阐释不能彻底废弃文言文的道理。结合老舍自身的教育背景，或许能从这些反对声音中获得更多的认同。

前期新文化运动反对文言文、打倒孔家店的这种思想启蒙对老舍影响甚微。而五四运动引发的反帝爱国意识也没有对老舍产生多大的影响。正如某些学者前面所指出的："实事求是地说，老舍反帝爱国意识的生成并非源于五四运动，其创作中的反帝爱国主题也不完全受'五四'文学影响，因为反对帝国主义几乎是他与生俱来的情绪。老舍父亲死在抵抗八国联军攻打北京城的血战中，他自己也险些丧命于侵略者的屠刀之下。"①

四　文学研究会的成立与《小说月报》文人集团的出现

借助文学革命产生的社会声浪，不同的西方文艺思潮与艺术方法一时间在 1919 年五四运动后风起云涌，受其影响许多进步的文学青年与作家纷纷组建文学社团。其中影响最大的两个社团是文学研究会和创造社。文学研究会于 1921 年 1 月 4 日在北京成立，最初由周作人、郑振铎、沈雁冰和许地山等 12 人共同发起。沈雁冰时任上海《小说月报》主编，其在 1920 年接任该报主编后大胆革新，全部刊登新文学作家作品，摒弃原有鸳鸯蝴蝶派的旧式小说，因而受到新文学作家群体的推崇，之后该刊直接成为文学研究会的核心会刊。文学研究会成员的作品大部分发表在《小说月报》上，由此这里也顺势将文学研究会成员称作《小说月报》文人集团。尽管从微观层面而言，文学研究会的成员内部彼此的创作风格与文学理念并不完全相同，但在看待文学本质及文学与社会生活的关系问题上，大部分成员观点仍比较一致，基本上都倡导"为人生而艺术"的人生派文学，强调写实主义的创作方法。文学研究会作为新文学历史上的第一个文学社团与文人组织便由此正式登上历史舞台，同时在一定程度上代表着中国新文学主流的发展方向。

五　老舍的两篇公文

几乎与文学研究会成立同一时期，老舍正由小学校长擢升为京师教育局北郊劝学员，成为一名年轻的教育官员。在这个阶段他仍然秉持在方家胡同小学担任校长的办学精神，一心扑在教育事业上。在劝学员工作期间，他多次上呈工作报告，反映辖区内学校教学工作存在的诸多问题。目前我们还能看到三篇现存报告的档案。其中一篇是 1921 年 7 月所

---

① 石兴泽：《老舍文学世界的构建与五四文学传统》，《东岳论丛》2003 年第 2 期。

写的调查报告：

> 呈为呈报事窃奉训令，命调查北郊马甸清真教国民学校，缮具报
> 告以凭核办等因奉此。庆春当即赴该校视察。一切设施与原报之件，
> 尚多吻合。办事人员亦极热心，苟能逐渐改进，当有可观。视察所
> 及，除具填写报告连同教员毕业证书呈验外，理应具文请贵局鉴核。
>
> 示遵谨呈学务局局长
>
> 舒庆春

同一时期，作为文学革命的余波，国语运动蓬勃发展。1918 年《全国高等师范校长会议议决》提出："高等师范附设国语讲习所，以专教注音字母，养成国语教员为宗旨"。1920 年 1 月，教育部通令全国国民小学一、二年级改国文为国语。当年 4 月，注音字母小学教科书正式出版。1923 年，第六届全国教育会联合会新学制课程标准化起草委员会刊布了《中小学各科课程纲要》，将小学及初中、高中国文科一律定名国语科。在这样的背景下，各地纷纷设立国语讲习所，培养中小学尤其是小学所急需的国语师资。北京在 1921 年夏组建了"私立小学教师国语补习会"，推选老舍为经理。他亲自起草了《京师私立小学教员夏期国语补习会纪事》的弁言：

> 民国十年夏，京师劝学会议，决议设私立小学教师国语补习
> 会，聘南、徐二君为主讲。假公立第七小学为会所，而推予经理
> 之。通函仅及城内各校，因郊外私校，业经稍事讲习也。复函者
> 凡四十余校，人数为五十，乃于七月十八日开会。会员距会所十
> 里外者以半数，奔走酷日，曾不少怠，其苦心毅力殊为可钦。南、
> 徐二君本教授之经验，为研究之材料，又非仅炫弄讲议者比。客
> 岁，直皖战兴，百政俱废，国语推行，因遂停顿。今年教潮激烈，
> 而专门以上，有讲学会之发启。小学界，有国语补习会之成立，
> 是教育者之肝胆轮囷，终为社会范，为尤可记也。时民国十年七

月二十有七日舒庆春识。①

通过上面两篇老舍在 1921 年写的公文，我们可以大致总结出几点结论。第一，1921 年的老舍仍然努力为教育事业积极奔走。此时他甚至梦想在仕途有所成就。"我的志愿是在作事——那时候我颇自信有些作事的能力，有机会也许能作作国务总理什么的。"② 第二，五四运动后，白话文获得全面的推广，但是社会上许多领域内仍然坚持使用文言文。白话文教育在当时的主要阵地是学校，而在社会领域，如政府公文法律条文、公私请柬、报纸社论、民间墓铭等，文言文的使用远多于白话文。正如当时有论者指出的："现在社会上，白话文还未通行，正是中了科举时代教育的毒。写起信来，不是古雅的小简，就是骈俪的八行；至于那些寿序、颂词、祭文、挽联，总是虚伪社会生产的虚伪文学。还有些学校，特地请了书启名家，教这一类文字；美其名曰'实用主义'。"③ 第三，老舍早年对文学的爱好，仍然体现在传统的文言文。特别是《京师私立小学教员夏期国语补习会纪事·弁言》一文，情感充沛文采飞扬，不过仍然囿于旧文学的框架内。

在这一时期中，老舍与文学研究会、《小说月报》几乎没有任何交集。但如果严格查考的话，他们之间还是存在着一个媒介的，这也是老舍在 1924 年旅英之前唯一一个能够与新文学发生关联的桥梁，这个媒介与桥梁就是许地山。

六 从《她的失败》到《小铃儿》

老舍在 1921 年中其实发表过两篇新文学作品，新诗《海外新声》与小说《她的失败》。这也是老舍迄今为止被发现的最早的新诗与白话文

---

① 老舍：《京师私立小学教员夏期国语补习会纪事》，《老舍全集》第 19 卷，人民文学出版社 2013 年版，第 263 页。

② 老舍：《我怎样写〈老张的哲学〉》，《老舍全集》第 16 卷，人民文学出版社 2013 年版，第 161 页。

③ 喻忠恩：《民初广州的国语教育》，《南方都市报》2013 年 9 月 17 日。

小说作品。当时老舍在北京师范学校的同班同学关桐华、屈震骞等人在日本广岛高等师范学校留学，组建了中华留广新声社，并创办《海外新声》一刊，曾向老舍约稿。老舍在1921年4月1日该刊第一卷第二期发表了新诗处女作《海外新声》，获得好评，此后再次获得邀约，便创作了小说《她的失败》。《海外新声》一诗共分三节，每节四句，是一首白话程度极高的新诗作品，出现在1921年初实属难能可贵。《她的失败》作为老舍真正意义上的小说处女作，尽管已被收入他的作品集中，但似乎长期从未引人关注。他自己公开表述的文章中似乎只把《小铃儿》视作最早的一个短篇。不知作者本人对这篇《她的失败》是故意回避还是真的忘记了，因而也很久未能进入大众的阅读视野。

该文甚短，故直接抄录如下：

北风吹着阵阵的寒云，把晴明的天日都遮住。这洁净的小屋中，才四点多钟，已觉得有些黑暗。

她坐在椅子上，拿着解放杂志翻来覆去的看，但是始终没有看清那一段什么话。时时掩了书，对着镜子，呆呆的坐着。

她的一举一动，都像受了"无聊"的支配，时时仿佛听见皮鞋橐橐的声音，她却懒得向院中去看，以为这个声音，决不是假的，也决不是旁人。

拍拍的打门，小狗儿汪汪的乱叫，这冷淡的院子，才稍微有些活气。

"兰香，看看谁打门呢？"

"或者是送信的吧！"兰香答应这句话很诚恳。

兰香进来，一边走，一边念："普安寺十五号，秦心鸢女士，秋缄。"

她赶紧站起来，接过信，不知怎样就拆开了，这是兰香看惯的，但是极注意她脸上的颜色。

她脸上忽然红了，又渐渐的灰白，很不愿意拿自己的感情，去激动别人，就面向着里说："兰香你快泡茶去吧。"

她扶着椅子，不知想些什么，只看见镜里的灰白面孔，一阵阵的冷笑，她忽然像发狂的样子说："我为什么要受他的驱使？我为什么要热心协助他，甚且要嫁他？"她软软的坐下。

好大半天，院中家雀，正在喞喞啾啾叫的高兴，忽然全飞了。兰香拿着茶碗进来。

"兰香！你知道宇宙间，也有热心作事的过错吗？这良心，是要寄在条规上吗？"这时候，兰香仿佛是天上降下来的神女。

"姑娘！那天我上街，见着了他，他说'你们姑娘，实在诚实，只是少了些修饰，而且有点粗心，'姑娘！你的信，许我看看吗？"

"兰香！你替我看完了吧！"

"啊哟！姑娘！不但少些修饰，这天真烂漫，也是败事的根呢！"①

全文仅 610 字，以今天的标准来看，这篇小说应该归入小小说或微小说的行列。作品通篇只是一种片段化的描写，内容也十分简单，大体表达了一个年轻富家小姐因会错意而自作多情。这与老舍日后的小说作品相比自然显得稚嫩而单薄许多，但总体而言，这篇小说的文本上起码有几处仍然值得肯定。第一，文字上已经算比较规范的白话，尽管个别地方还未完全摆脱文言；第二，已经开始配合情节而有了环境与景色描写；第三，小说的前半部分气氛铺垫得相当不错；第四，对女主人公春心萌动的少女情态刻画得也较为生动。关于这篇小说的语言，舒乙先生曾经有这样的评价：

这是一篇相当不错的小小说，寓意较深，比较含蓄，白话文写得相当流利了，标点符号使用得挺熟练，证明"拼命地练白话文"已有相当的成就。但通体看来，它只是一篇过渡性的习作，有的地方用词像清末的白话小说，譬如"时时掩了书"；有的地方像带点

---

① 老舍：《她的失败》，《老舍全集》第 8 卷，人民文学出版社 2013 年版，第 91—92 页。

洋味的早期的白话新文体，并不太口语化，譬如"她却懒着向院中看"，有的字词过于抽象，不通俗，譬如"啁啁啾啾""甚且""去激动别人"。①

小说《她的失败》在语言上已经摆脱新文化运动之后文坛上文白混杂的小说作品的特征，证明老舍本人因成长环境的特殊对白话文创作具有一种地域性的先天优势。

另外，艺术创作最初大多源自模仿，因而该小说很大程度来自对当时文坛上流行的小说内容的效仿。20世纪20年代初垄断文坛的文学作品以鸳鸯蝴蝶派和翻译小说为主，新文学阵营的白话小说创作尚属凤毛麟角，数量相当有限。民初小说以鸳鸯蝴蝶的言情结合休闲、通俗的《礼拜六》风格为主流，品种又以言情、社会、历史为最多。可以说，民国初年鸳鸯蝴蝶派的言情小说代表了当时文坛创作的实绩。至于新文学阵营，在20年代初产生了以冰心、叶圣陶、许地山等人为代表的问题小说。问题小说的主题与题材广泛，但最多的仍是家庭、婚姻与妇女问题。因此，老舍在《她的失败》一文创作之初，大体也迎合了当时文坛主流的主题。即使老舍在三十年代初正式开始系统写作短篇小说之后，最初的《热包子》《爱的小鬼》《同盟》等篇依旧表现了言情主题，只不过其创作态度与作品诉求已有了更高的追求。

《她的失败》只是作者为了应付同窗兼好友的邀约而作，似乎是虚构而成的一篇小说，内容上与作者本体的实际生活毫无关联。今天看来仍然属于早期的习作。尽管它还存在许多稚嫩与不成熟的地方，但最值得称道之处仍是语言。这源于北京人先天的环境优势，特别是北洋政府将北京官话定为国语之后，北京出生的老舍获得了先天的语言优势。这是一种我手写我口的自然表达，一种将口头语言转换为文字的简单工作，对于老舍而言并不存在太大的困难。因此，本人并不认同老舍在1924年旅英之前确实曾经产生过"拼命地练白话文"这样一个阶段的说法，那应当是受了

---

① 舒乙：《我的思念——关于老舍先生》，中国广播电视出版社1999年版，第106—107页。

《"五四"给了我什么》一文误导之后的结果。现在许多学者仍然将此文当作第一手材料作为论据进行研究，这就造成一个很大的谬误。

1923年1月，迄今所知的老舍第二篇白话文小说《小铃儿》发表在《南开季刊》第二、三期合刊号上。仔细研读这篇小说之后人们会发现，全篇已初具了老舍的某些写作风格。首先，小说中的故事情节有不少来自作者自身的生活经历。小铃儿家庭背景的描述，很像老舍自己的家庭。其次，小说的语言已经是相当标准的"京腔儿"，作品中某些描写，也显露出作者日后幽默笔法的端倪。这篇《小铃儿》尽管在老舍的小说创作中仍然属于略显稚嫩的作品，但是相比《她的失败》一文，艺术水准已经得到了突飞猛进的提升。在这一年的时间里，究竟是什么原因使得老舍的写作获得了如此巨大的进步呢？只需稍微查考老舍在1921—1922年的活动轨迹，便可以发现个中因由。1922年的夏天，发生了一件对老舍一生影响非常重大的事情，即老舍在北京缸瓦市基督教堂受洗入教，成为一名基督徒。在这年春天，老舍因偶然的契机来到北京缸瓦市基督教堂附设的英文夜校学习英文，由此结识夜校的主持人——刚由英国留学归国的神学院毕业生宝广林（宝乐山），并且在日常接触中十分认同宝氏的宗教理念，很快加入了他所组织的"率真会"和"青年服务部"，开始投身宗教改革和社会服务事业。同时，他又结识了在缸瓦市教堂服务的许地山，并引为同好。也正是在与宝广林、许地山的接触中，老舍选择加入了基督教。

总体来看，本阶段老舍处于中国传统文化的场域之下，对当时国内的新文学和主流文学界的接触并不多。老舍真正的文学启蒙是1924年到英国之后的事情。

第二节 老舍在英国的文学场域研究（1924—1929）

一 由北京到伦敦

1923年初，老舍由天津南开中学回到北京后继续在教会服务。这一时期，他经宝广林的引荐，结识了在燕京大学任教的英籍教授易文思（Robert Kenneth Evans）。据学者李振杰所述，易文思一生曾两度来华。第二次来华时间是 1920—1923 年，因此老舍有可能在 1922 年前后就与之相识，只是还不够熟悉。到了 1923 年后，经宝广林的介绍，二人才进一步相熟。易文思教授身份很复杂，既是燕京大学神学院教授，同时也是英国伦敦会派往北京教会服务的一名传教士。在他的帮助下，老舍得以在此时期利用业余时间进入燕京大学旁听英文。

燕京大学是近代中国最著名的教会大学之一，成立于 1919 年，本来是由华北地区几所教会大学合并而成的，初期名为"北京大学"，司徒雷登担任校长，被誉为近代中国规模最大、质量最好、环境最优美的大学之一。英国伦敦会是燕京大学背后的教会组织成员之一，因此，易文思教授代表伦敦会既在燕京大学教课，同时也在缸瓦市教堂从事教会活动。起初该校校址在崇文门以东的盔甲厂胡同，1926 年迁入北京西郊新址，即今天北京大学所在地。因此，老舍最初到燕京大学学习英文应该是在崇文门的盔甲厂校址内。

易文思在日常工作和接触中，发现舒庆春这个青年勤奋朴实、踏实好学，因而对他的印象很好。再加上宝广林与许地山的热情推介，易文思认定舒庆春即是伦敦大学东方学院正在寻求的华语讲师的合适人选。于是在 1924 年上半年，伦敦会决定派遣青年老舍前往英国伦敦大学东方学院任教，任期为 5 年。

近年来，汤晨光等人通过检索原始资料发现老舍到燕京大学学习英文绝非旁听这么简单。资料显示，老舍在 1923 年进入燕京大学学习英文的身份是正式学生，并不是旁听生。他在燕京大学的学费由文学院基金支付，时间是从 1923 年 9 月开始，为期一年。[①] 因此，老舍到燕京大学学习英文应是伦敦会有意安排的，就是为一年后老舍远赴英国伦敦大学任教做准备。这样一来，老舍的身份更像是教会派往燕京大学的委培生。进而我们可以推断，老舍在更早的时候就已经被确定为伦敦大学东方学

---

① 汤晨光：《老舍的早期活动与伦敦会》，《民族文学研究》2005 年第 2 期。

院华语讲师的候选人。尽管老舍 1922 年春在缸瓦市教堂附设的英文夜校
学习过英文，但要担任教英国人说中文的外教仍显不足，因此教会后来
才决定出资送老舍进入燕京大学系统补习英文。

　　老舍由北京到伦敦的旅费也是在英国伦敦会替东方学院支付的。根
据现有的书信资料可以发现，老舍由北京到上海的旅费是由北京的伦敦
会支付，而从上海到伦敦的旅费则是由上海的伦敦会承担。所以老舍赴
英任教完全是教会促成的，如果没有早期老舍加入基督教，纵使老舍品
性高洁德道超凡也不会被派往伦敦大学任职。老舍从北京到伦敦的旅程
轨迹，应该是 1924 年 8 月 1 日先由北京坐火车到上海，而后于 8 月 8 日
从上海乘坐英制德万哈号（Devenha）中型货轮出海，南下通过马六甲海
峡进入印度洋，而后北上经由苏伊士运河进入地中海，再由直布罗陀海
峡进入大西洋，最终于 9 月 14 日抵达英国泰晤士河的蒂尔伯里（Tilbu-
ry）港口。易文思教授先期回到英国，当天到车站迎接老舍，并送他到
卡那封路（Carnarvon Road）18 号一户英国人家中，正好和许地山住在
一起。

　　这里需要简单讨论一下易文思的身份。易文思的身份目前是个难解
之谜，关于此人的资料极其有限。根据李振杰先生的推测，易氏不应该
是东方学院的在职教师，他只可能是东方学院的兼职教师或者是东方学
院的校外监考官。但他为何第二次到中国仅仅待了三年时间便先于老舍
回到英国，而后则再无踪迹了呢？目前有一种最新的说法是易氏在 1923
年年底至 1924 年年初身患精神疾病需要回国治疗，因此在老舍抵英前就
回到伦敦。而且仅仅在一年多以后，便因医治无效而英年早逝。这样似
乎可以解释此人为何在老舍日后整个的英国生活中再也没有出现过。如
果易文思果真在 1925 年病逝的话，老舍应该知晓，但目前来看老舍关于
易文思的笔墨似乎仅限于散文《头一天》中的描述，其中并没有透露出
易氏更多的信息。不过从病理学分析，患精神疾病而死亡的情况并不多
见，易文思是否因患抑郁症而自杀呢？目前没有进一步的材料证明，只
能存而不论。因而关于易文思的最终去向只能根据上面的推测聊备一说。
以往，人们在分析小说《二马》时，有一种说法会将伊牧师的人物原型

安放在易文思身上。但实际上果真如此吗？或许并不准确。小说中的伊牧师和现实中易文思教授诚然有诸多相似点，如在中国传教多年、精通中国文化，除此之外似乎没有更多的相似之处。老舍在《二马》中对伊牧师基本是持否定态度的。但是老舍对易文思则应该基本没有太多的批评倾向。首先，从易文思与老舍的交往历程上看，前者对后者确实有提携之恩。对老舍到伦敦大学东方学院任教起到重要作用的便是易文思，这完全改变了老舍的人生轨迹，因而老舍起码会对其心存感激。其次，仍然从《头一天》一文进行文本分析，老舍对易文思及时出现在车站迎接他这个细节心生感念："啊，来了救兵，易文思教授向我招手呢。……有了他，上地狱也不怕了。"① 此外，易文思还很贴心地将老舍安排在离自己很近的布伦特，并且和好朋友许地山同住。这很显然对初来异乡的老舍提供了许多便利。因此，简单地将伊牧师的人物原型说成易文思显然有失公允。

二　《老张的哲学》之诞生

老舍在伦敦大学东方学院担任华语讲师，主要讲授中国官话课程。为了更好地教学，老舍在业余时间大量阅读英文。他自己说是为了学习英文，所以拼命念小说，"拿它作学习英文的课本"。这里需要讨论的一个问题是老舍选择学习英文的材料。出于教学与日常生活社交的需要，老舍最需要掌握的应当是英语口语，惯常的思维应当大量阅读时事新闻报刊最为正确。但老舍不读报纸偏偏选择文学书籍来阅读，似乎不太符合常理。其中有两种可能：第一，老舍在赴英任教之前在燕京大学比较系统地学习了近一年的英文，加上他此前在北京师范学校及缸瓦市教堂开设的英文夜校学习过，他已经初步具备了英语阅读的基本素养。到伦敦后他想达到更高的英语水平而选择了读小说。第二，读小说的做法或许是出自易文思、宝广林或许地山的建议。尤其后二者都有过留洋学习的经验，或许会在老舍赴英前后给予建议。不管是上述哪种可能性，都说明老舍为学习英文和提高英文水平而念小说绝不盲目。但是在小说作

---

① 老舍：《头一天》，《老舍全集》第 14 卷，人民文学出版社 2013 年版，第 15 页。

品的选取上老舍则有过盲目无序的阶段。在《我怎样写〈老张的哲学〉》中他说："对外国小说我才念了不多，而且是东一本西一本，有的是名家的著作，有的是女招待嫁给皇太子的梦话。"但在后来的业余时间里，老舍系统地大量阅读了近代欧洲文学的优秀作品，从《荷马史诗》、古希腊戏剧，到文艺复兴以来欧洲十八九世纪的重要史学与文学名著。可以说，老舍是中国现代作家中接受西方文化与文学最多最彻底的作家之一。这从其日后所写的《文学概论讲义》中可见一斑。

广泛地涉猎欧洲历史文化名著的过程，对老舍的思想是否有影响呢？答案是肯定的。众所周知，欧洲文学的两大源流是古希腊文学和希伯来文学，在文学史上素来被称为"二希"传统。它们在漫长的历史流变中呈现出矛盾和互补融合之势。欧洲近代文学的人文观念和艺术精神的基本内核，都来自这两大传统。其中的希伯来文学即是早期的基督教文学。希伯来文学中所蕴含的"人"的观念，经由中世纪基督教文学对后来的欧洲文学产生了深远影响。希伯来文化是一种重灵魂、重群体、重来世的理性型文化。古希腊文化与希伯来文化各自蕴含着人性中既对立又统一的两个方面，因而这两个文化之间的关系也是既对立又统一的。二希文学传统在两三个世纪里始终是相互补充相互冲突又相互交融，它们对西方的影响，不仅体现在文学母题、神话系统、成语故事、史诗叙述、戏剧模式等方面，更体现在人文精神、政治体制、宗教观念等方面。可以说，文艺复兴以来的欧洲文学名著中许多作品都直接或间接地取材于古希腊文学与希伯来文学。

老舍日后在《我的"话"》中说：

> 及至我读了些英文文艺名著之后，我更明白了文艺风格的劲美，正是仗着简单自然的文字来支持，而不必要花枝招展，华丽辉煌。英文《圣经》，与狄福、司威夫特等名家的作品，都是用了最简劲自然的，也是最好的文字。①

---

① 老舍：《我的"话"》，《老舍全集》第17卷，人民文学出版社2013年版，第306页。

通过读阅大量西方文学名著，老舍开阔了文学视野，获得了真正的文学启蒙。其中在这一时期对老舍影响最大的当属 19 世纪著名英国现实主义作家狄更斯。他的作品甚至直接催生了《老张的哲学》一书的创作。

关于狄更斯的作品对老舍从事文学创作的影响，历来已多有论述，归纳起来，大致有以下几点。

1. 人道主义关怀

狄更斯的小说倾向于以悲天悯人的人道主义情怀，展示社会底层小人物的悲惨命运。在富人的奢侈糜烂的生活和穷人为生计垂死挣扎的强烈对比下，肯定小人物的价值和尊严，控诉社会不公平，沉痛地揭露黑暗社会对人性的摧残和压迫，并在强烈批判的笔调下，流露出对穷苦人民的人道主义关怀。

2. 幽默艺术

狄更斯是幽默大师，他的小说的重要特点之一即是他无处不在的妙趣横生的幽默，字里行间可以见识到他诙谐风趣的连珠妙语。虽然狄更斯对资本主义社会人性腐朽一面的罪行进行了深刻揭露，但他用的却是幽默的手法，给这些冠冕堂皇的贪婪、虚伪，蒙上一层温情脉脉的外衣，对丑恶的社会现实用反讽的手法，巧妙地做了喜剧处理，"即使在着重指出教训时，也能引起纵情的大笑"[1]。

3. 人物塑造

狄更斯更擅长从外貌来刻画讽刺性的形象，运用夸张甚至漫画式的手法描写人物外貌，表现人物的性格和其内在本质。

以上三点对老舍的文学启蒙影响深远，直接促成了处女作《老张的哲学》的出现。诚然，老舍之所以如此迷恋狄更斯大抵还源于两人相似的成长背景。狄更斯出身于贫苦家庭，父亲是小职员并在他 12 岁时不幸因为负债而入狱，狄更斯一家由此陷入了贫困无着之中。他幼

---

① 廖利萍：《狄更斯对老舍文学创作的影响——〈尼古拉斯·尼克尔贝〉与〈老张的哲学〉比较研究》，硕士学位论文，福建师范大学，2006 年。

年便被迫到一家皮鞋油作坊当学徒，饱尝艰辛。童年的创伤使他早熟，底层生活的经历使他对于社会下层人民有着极大的同情，对于贫苦的底层生活也有着切身的感受。早年的底层经历积累使得他善于创作小人物并且也乐于创作小人物形象，对于底层人有着深刻的理解。与狄更斯背景近似的老舍也出生于一个贫寒家庭。父亲是北京的护军士兵，虽然是旗人，却属于社会的底层。一岁半时，老舍的父亲在与八国联军的战斗中阵亡，家庭从此陷入了更大的困顿中，老舍的母亲扛起了家庭的重担，抚养几个年幼的孩子，日子过得十分艰难。当老舍阅读到狄更斯因为早年经历而创作出的大量作品时，必然会产生情感上的共鸣。两位作家有着十分相似的成长背景，这对于老舍潜移默化地接受狄更斯文学创作思想有着很大的促进作用。

狄更斯对伦敦城市的真实描绘也启发了老舍的北京书写。狄更斯的创作有着独特的城市情怀，他的成长环境使他对于伦敦这座城市有着深刻的理解和深厚的感情。他在小说中描写的伦敦极其生动而细致，从中可以看见作家对于这座城市的感情，他曾经在自传中写道："我是多么惦记街道啊，街道仿佛给予我大脑工作时不能缺少的某种东西。在偏僻的地方，我可以好好地写作一两个星期。之后，在伦敦待上一天，我就可以再次上阵，重新迅速地拿起笔来。但是如果没有这盏魔灯，日复一日地劳累和写作，那是非常可怕的。"① 而老舍也曾经说："我真爱北平，这个爱几乎是要说而说不出的。我爱我的母亲。怎样爱？我说不出。"② 老舍生于北京，长于北京，直到前往英国教书，在异国他乡的岁月中，老舍的思乡之情十分浓厚，这也是他创作小说的动力之一。面对狄更斯的伦敦情怀，自然也激发了老舍的北京情怀，从而在小说的创作中加入了更多的城市特色。他的具有浓郁地方特色的小说文字，对风土人情的描写刻画，或许正是受了狄更斯描写伦敦的启发。人们常说故乡是文学创作的重要母题。作家早年生活的故乡，往往会深刻地影响一个

---

① 王星：《寻找狄更斯》，《三联生活周刊》2012 年第 4 期。
② 老舍：《想北平》，《老舍全集》第 14 卷，人民文学出版社 2013 年版，第 55 页。

作家的成长，成为作家永远割不断的精神故乡，构成一个作家的文学特质。老舍的故乡北京与狄更斯的故乡伦敦有着太多的相似之处，而身在异乡的老舍在阅读狄更斯的小说后进一步加深了故乡情怀。试想假使老舍在国内的环境中阅读狄更斯的作品，很有可能无法唤起在伦敦独居环境下所产生的创作冲动与灵感。

　　除了上述分析，是否还有其他引发老舍走上文学之路的原因呢？依然是第一部分已经涉及的老舍的旗人身份的话题。老舍降生在北京西城护国寺小羊圈胡同里一个旗人家庭，在他家周围都是满族人聚集地，相当于一个旗人社区。旗人身上带有一种独特的民族特征，这是一个被里里外外艺术化了的民族。生活上的艰难困厄，缺吃少穿，并没有阻止了他们的艺术追求，他们反倒因为这种艰辛而更高地激扬其艺术的兴趣爱好。满族，除了一些专业人士之外，一般不大喜欢死板机械的四书五经，其通常的情况是，在无比尚武的同时，醉心于文学艺术。因为先民们长期生活在原生态的白山黑水中，他们与大自然融为一体，不习惯被"灭人欲存天理"的陈规旧俗限制。即使入了关，接受了汉文化，他们还是更多地选择了充满人性精神的文艺创作。① 他们在心理上顽强地继承祖先们对"自然之子"角色的无条件认同，他们拒绝做孔夫子，更拒绝做孔乙己。我们会在多数满族人身上发现天真无邪的特性，反之，很难发现复杂多变的人。而天真无邪正是文学家艺术家必备的天性。太理性太社会化的人，是搞不了创作的。文学艺术是大自然的独生子，这样来看，大概可以解释为何满族人经常产生艺术家的原因。因此旗人子弟老舍终于落此窠臼，也就不足为奇。据现有资料来看，老舍小时候非常喜欢听评书，再长大一些开始听大鼓书与京戏。而像鼓书、相声一类的曲艺艺术多是由满族人发展起来的。在小学时期，老舍已经开始读《三侠剑》《绿牡丹》等传统的古典章回小说。② 在《我怎样写〈老张的哲学〉》中，老舍写道："那时候我还不知道世上有小说作法这类的书，怎办呢？

① 关纪新：《老舍与满族文化》，辽宁民族出版社2008年版，第166页。
② 张桂兴编：《老舍年谱》（上册），上海文艺出版社2005年版，第10页。

对中国的小说我读过唐人小说和《儒林外史》什么的……"① 可见老舍对中国传统文学的吸收也相当广泛，正好验证了满族是极具艺术化民族的这一特征。

老舍在日后评论《老张的哲学》一书时也说：

> 好吧，随便写吧，管它像样不像样，反正我又不想发表。……我初写小说，只为写着玩玩，……钢笔横书，写得不甚整齐。这些小事足以证明我没有大吹大擂的通电全国——我在著作；还是那句话，我只是写着玩。②

旧式旗人"票友"式的自遣自娱，是老舍长篇处女作写作的出发点。换句话说，他最初登上文坛的开山作品，远非"正襟危坐"的产物。他所隶属的民族文化中，向来就有以娱乐作为文学创作动因的传统。这个民族既往的民间文学和作家文学，其中的娱人性质异常鲜明，而教化性质反倒比较淡薄。③ 说到这里，不得不提许地山在老舍走上文学创作道路上的间接示范作用。在老舍与许地山同住的时候，他经常发现许地山使用从油盐店买来的廉价账本当作稿纸奋笔疾书。这令老舍猜想写作大概是一件挺有趣也很有消遣作用的事。于是他禁不住也如法炮制，用三便士一本的作文簿开始写起来。

这里，有必要将许地山对老舍的文学影响与启蒙作用再详加分析。联系上文的判断可知，许地山是老舍在旅英前后都对其产生过影响的人，是在老舍的第一与第二阶段中最先起到媒介与桥梁作用的重要人物。不过在 1924 年老舍旅英之前，许地山与老舍更多的接触是在教会里，因此他们谈论最多的似乎应该是宗教话题。尽管当时许地山已经在《小说月

---

① 老舍：《我怎样写〈老张的哲学〉》，《老舍全集》第 16 卷，人民文学出版社 2013 年版，第 162 页。

② 老舍：《我怎样写〈老张的哲学〉》，《老舍全集》第 16 卷，人民文学出版社 2013 年版，第 165 页。

③ 关纪新：《老舍与满族文化》，辽宁民族出版社 2008 年版，第 169 页。

报》上发表了不少新文学作品，但老舍其时的思想重心在于宗教启蒙，并不是文学创作。即便是老舍对文学有一种天然的亲近感，但是在那个时期，许地山对老舍在文学方面的影响力应当十分有限。老舍在创作《小铃儿》前后，除了基督教文学之外，真正阅读过哪些中国作家的新文学作品，受了哪些人的影响目前还很难判断。而1924年老舍到达英国后，最先与许地山同住在一处。在目睹许地山用廉价账本创作时，老舍产生了新奇与羡慕的心理，这也仅仅是对许地山的创作行为发生了兴趣，而非文学活动本身。直到老舍开始系统阅读了以狄更斯为代表的西方文学名著后，才开始了真正的文学启蒙。这时许地山已经离开伦敦到其他城市居住了，也很难真正在文学创作上给予老舍更实际的帮助。联系老舍在《我怎样写〈老张的哲学〉》《敬悼许地山先生》等文中的叙述，当时老舍写作《老张的哲学》完全是业余自娱自乐的行为，并未告知他人。而许地山因为准备硕士学位的申请，也十分忙碌。写完之后，老舍只是等到许地山偶尔来伦敦时抽空给他念了部分章节，许地山予以了肯定，并建议他寄回国内发表。因此许地山并未过多对老舍的创作给予实际的指导或批评。

由此，我们可以顺势归纳出老舍从事文学创作的三个动因。其一，模仿（模仿对象包括以狄更斯为代表的英国作家、许地山）；其二，乡愁；其三，自身携带的文化基因。

实际上，狄更斯对老舍的影响绝不仅仅体现在我们目前熟知的文学观、语言风格与叙事技巧方面，还体现在宗教思想方面。狄更斯是英格兰教会成员，基督教对他的人生有极大启发。英国学者库尔森说，狄更斯有许多作品"都契合了超越时代的福音信息"，他想自己的作品能够反映"耶稣所说寓言"的隐喻意义。狄更斯的宗教思想是在宗教世俗化的背景下形成的。他极力主张基督教的人道主义关怀，强调世人要在上帝的感召下相互关爱，减少对穷人的冷漠和歧视。他坚持传教者和信教者都应该摆脱刻板教规的左右，注重爱心的传播与拥有。

因此，我们与其说老舍被狄更斯作品中浓郁的人道主义所服膺，毋宁说是他自己认同狄更斯作品中蕴含的人道主义关怀。对贫困者与一切弱小者的同情既是狄更斯大部分作品的感情基调，后来也成了老舍秉承的基本态度。

三 《老张的哲学》在中国现代文学史上的位置

《老张的哲学》在 1926 年 7 月 10 日起开始在《小说月报》第 17 卷第 7 号连载，至当年 12 月 10 日《小说月报》第 12 号结束。商务印书馆 1928 年 4 月单行本初版。

既往我们称老舍是中国现代长篇白话文小说的奠基人之一，但是老舍的处女作《老张的哲学》在中国新文学发展史，特别是长篇小说历史上究竟处在什么位置，很长时间以来并不明确。目前，根据陈思广先生 2008 年出版的《中国现代长篇小说编年》一书，我们可以大体还原老舍创作《老张的哲学》在五四新文学第一个十年中所处的序列位置。1917—1921 年，新文学历史上短篇小说是主角，长篇小说还没有问世。1922—1927 年，一共产生了 10 部长篇小说。分别是：张资平的《冲积期化石》（1922 年 2 月），王统照的《一叶》（1922 年 10 月），张闻天的《旅途》（1924 年），杨振声的《玉君》（1925 年），张资平的《飞絮》（1926 年）、《苔莉》（1927 年），老舍的《老张的哲学》（1926 年）、《赵子曰》（1927 年）。这批最早的中国现代白话长篇小说相对都比较粗糙，比如杨振声的《玉君》仅有 5 万余字的篇幅，在今天只能算一部中篇小说的体量。张资平的《飞絮》则是根据日本民间的故事改写的。这样来看，《老张的哲学》严格来说可以算中国现代白话长篇小说历史上的第五部作品。而稍后的《赵子曰》便是第六部作品。因之，我们将老舍视为中国现代白话长篇小说的奠基人是不为过的。不仅如此，《老张的哲学》更是贡献了我国现代文学史上最早的讽刺性长篇小说，具有十足的开创意义。《老张的哲学》甫一问世，便大受欢迎，给文坛与读者都带来了清新之风，也恰因此，该作于 1928 年 4 月初版后，很快脱销，商务印书馆于当年 11 月再版。

1934 年 10 月老舍在青岛市立中学演讲，其中说道："第一部写《老张的哲学》，因受落花生的怂恿，寄登《小说月报》上，后来印成单行本，至今销数还好。"① 由此可见此书的畅销程度。1928—1934 年，这部小说始终是一部畅销书，以今天的观点而言，老舍在《老张的哲学》发表之后俨然是一名畅销书作家了。

四 老舍致胡适的书信再讨论

1926 年 9 月 30 日老舍在伦敦写给胡适的一封信，此信透露了老舍早期创作中的一些真实心迹。现将原信抄录于下。

适之先生：

先介绍我自己：舒舍予，北京人。现在东方学院（School of Oriental Studies）教京话和中国文学。

我读过先生的著作，在教育部国语讲习会听过先生的讲演，可是先生不认识我。

我打算看你去，不知何时得暇？

我刚写成一部小说，想求先生给看一看。原因：

1. 我前者作了一个小说，寄给上海郑振铎。他已允代刊印，我又后悔了！因为，我匆匆写好，并没加修正，可是郑说，已经付印，无法退回。所以这次我想非请个人给我看一看不可。

2. 我的小说写得非常可笑，可是，是否由滑稽而入于"讨厌"，我自己不知道。这又是一个要请教的地方。

我的小说约有三百页，三四天便可看完，如先生不十分忙，我真希望能代我看一看！如先生太忙，我就不敢去了。

敬祝 平安

舒舍予 拜

我的通信处：

C. C. Shu

---

① 老舍：《我的创作经验——在市立中学讲演》，《老舍全集》第 17 卷，人民文学出版社 2013 年版，第 59—60 页。

31. St. James's Square

Holland park W. 11①

此信应写于老舍刚刚完成第二部长篇小说作品《赵子曰》之后。老舍给胡适写信的目的主要是想请胡适帮忙阅读小说，指点评析，整体把关。此时的老舍对业已完成的两部小说的叙述语言不太自信，担心因滑稽而招致"讨厌"。

其实老舍作为北京人，在语言文字的掌握和使用上有着得天独厚的先天优势。老舍初写小说时还不太能分清日常口语与文学语言的区分，因而显得不很自信。且看老舍在《老张的哲学》中一段赵姑母的语言：

> "好王德，你去，你去！"好妇人从一尺多长的衣袋越快而越慢的往外一个一个的掏那又热又亮的铜钱。"你知道那个酒店？出这条街往南，不远，路东，挂着五个金葫芦。要五个铜子一两的二两。把酒瓶拿直了，不怕摇荡出来，去的时候不必，听明白没有？快去！好孩子！……回来！酒店对过的猪肉铺看着有猪耳朵，挑厚的买一个。他就是爱吃个脆脆的酱耳朵，会不会？——我不放心，你们年青的办事不可靠。把酒瓶给我，还是我去。上回李应买回的羊肉，把刀刃切钝了，也没把肉切开。还是我自己去！"②

从上面的引文中我们可以看出老舍在第一部小说中已经完全表现出优越的语言功力，将一个老北京市民阶层的中老年妇女形象通过人物语言塑造得十分形象。而老舍的作品能迅速征服众多读者，得益于文学革命衍生的国语运动最终以北京话为标准而告终，老舍占了天时地利人和的便利条件。

---

① 老舍：《致胡适》，《老舍全集》第15卷，人民文学出版社2013年版，第461—462页。
② 老舍：《老张的哲学》，《老舍全集》第1卷，人民文学出版社2013年版，第57页。

　　老舍的语言书写能力基本上是与生俱来的，因此可以再一次证实他在 1924 年以前并不存在"拼命地练白话文"的情况。给胡适写信求助时的老舍的文学语言尚在摸索阶段，还无法自己辨别筛选耍贫嘴与幽默的区别，因此很容易给人造成一种"油滑"的印象。老舍在完成《小坡的生日》之后，才第一次对白话文写作有了强大的自信。

五　文学研究会作家对老舍的态度

　　老舍在英国完成的前三部小说《老张的哲学》《赵子曰》《二马》都是首先在《小说月报》上发表，然后由商务印书馆出版单行本发行。除了王统照，老舍是第二位在《小说月报》上连载长篇小说的作家，并且通常是连载一年的时间。这在当时的文坛与文学研究会当中都是一个令人瞩目的情况。那么当时文学研究会作家对老舍作品的态度是怎样的呢？以下试列举几个代表人物来分析。

　　1. 许地山

　　许地山对老舍的影响主要是文学上的感召与鼓励提携。根据前文所述，在出国以前老舍本无心从事文学活动，因而在 1924 年以前许地山对老舍的影响更多是出自于宗教上的。1924 年老舍到英国后，与许地山同住一室。许地山在业余时间从事文学创作，对老舍产生了间接性的感召。许地山可能没有正面对老舍谈论过自己的文学主张与写作技巧等话题，老舍开展文学创作的契机在于旁观看许地山写作，并由此而认为这或许是件很有趣的事情。老舍写完《老张的哲学》之后交给许地山看，许地山没有提出任何意见，只建议老舍寄到上海《小说月报》去发表。以许地山的资历和文学素养来判断，许地山对老舍处女作的态度基本是认可的，否则也不会建议老舍直接投稿给《小说月报》。况且当时文坛上尚无多少长篇小说的新作，物以稀为贵，许地山以自己敏锐的艺术眼光发现了《老张的哲学》的文学价值。这对于当时对自己创作毫无自信的老舍无疑是极大的鼓励与肯定，许地山堪称老舍创作道路上的一位伯乐。也因为许地山的推荐，老舍在 1926 年加入了文学研究会，会员号 186，成为文学研究会后期的重要代表作家。老舍加入文学研究会固然有许地山的推介，但也应有《老张的哲学》问世后大受欢迎的因素。

2. 郑振铎与叶圣陶

郑振铎与叶圣陶二人都是文学研究会成员，并先后担任过《小说月报》的主编。他们在《老张的哲学》《赵子曰》两部作品登载于《小说月报》和商务印书馆出版单行本时都先后为这两部作品撰写过图书广告。在《小说月报》1926年6月号的《最后一页》中，郑振铎预告了下一期的主要内容，其中对《老张的哲学》做过一句简短的评价："舒庆春君的《老张的哲学》是一篇长篇小说，那样的讽刺情调，是我们作家们所尚未弹奏过的。"在《小说月报》1927年1月号的《最后一页》中，郑振铎又预告了如下内容。

> 从第三号起，将登一部长篇小说《赵子曰》，那是一部篇幅很长的作品，也许至年底才能完全结局。《赵子曰》的作者为写了《老张的哲学》的老舍君，而这部《赵子曰》较之《老张的哲学》更为进步，写的不是那一班教员闲民，写的乃是一班学生，是我们所常遇见，所常交往的学生。老舍以轻松微妙的文笔，写北京学生生活，写北京公寓生活，是很逼真很动人的。把《赵子曰》几个人的个性尤能浮现于我们读者的面前，后半部的《赵子曰》却入于严肃的叙述，不复有前半部的幽默，然文笔是同样的活跃，且其以一个伟大牺牲者的故事作结，是很可以使我们有无穷的感喟的。这部书使我们始而发笑，继而感动，终而悲愤了。

1928年4月，《老张的哲学》和《赵子曰》分别作为"文学研究会丛书"之一由商务印书馆推出。作为负责编发《赵子曰》的叶圣陶写了如下的图书广告。

> 《老张的哲学》，为一长篇小说，叙述一班北平闲民的可笑生活，以一个叫老张的故事为主，复以一对青年的恋爱穿插之。在故事的本身，已极有味，又加以著名的讽刺的情调，轻松的文笔，使

本书成为一本现代不可多得之佳作，研究文学者固宜一读，即一般的人们亦宜换换口味，来阅看这本新鲜作品。

《赵子曰》这部作品的描写对象是学生的生活，以轻松微妙的文笔，写北平公寓生活，非常逼真而动人，把赵子曰等几个人的个性生活活生生浮现在我们读者的面前。后半部却入于严肃的叙述，不复有前半部的幽默，然文笔是同样的活跃。且其以一个伟大的牺牲者的故事作结，很使我们有无穷的感喟。这部书使我们始而发笑，继而感动，终于悲愤了。①

叶圣陶在拟这两则广告时，参考了郑振铎对这两部小说的评价。如郑振铎认为《老张的哲学》"那样的讽刺情调，是我们作家们所尚未弹奏过的"，在叶圣陶撰写的广告中也有"讽刺的情调"一语；而叶圣陶对《赵子曰》的评价与郑振铎广告中的文字基本完全一样。

无论郑振铎与叶圣陶，他们二人对老舍新作的评介尽管存在宣传推广的因素，但他们的评价客观公允、实事求是，对《老张的哲学》《赵子曰》是·个公正的评论，毫无溢美之词。

3. 朱自清

1929 年 2 月，同为文学研究会会员的朱自清发表《〈老张的哲学〉与〈赵子曰〉》一文。这也是在文坛上较早出现的有关老舍小说的文学评论。文中首先摘引了叶圣陶的图书广告，在其后朱自清写道：

这是商务印书馆的广告。虽然是广告，说得很是切实，可作两条短评看。从这里知道这两部书的特色是"讽刺的情调"和"轻松的文笔"。

接下来，朱自清从文本、人物和结构等方面分别作了分析。比如对人物的分析，朱自清写道：

---

① 《郑振铎叶圣陶曾为老舍作品写广告》，《语文教学与研究》2013 年第 19 期。

这两部书里的"讽刺的情调"是属于哪一种呢？这不是可以简单回答的。《赵子曰》的广告里称赞作者个性的描写。不错，两部书里各人的个性确很分明。在这一点上，它们是近于《儒林外史》的；因为《官场现形纪》和《阿Q正传》等都不描写个性。但两书中所描写的个性，却未必全能"逼真而动人"。从文笔论，与其说近于《儒林外史》，还不如说近于"谴责小说"。即如两位主人公，老张与赵子曰：老舍先生写老张的"钱本位"的哲学，确乎是酣畅淋漓，阐扬尽致；但似乎将"钱本位"这个特点太扩大了些，或说太尽致了些。我们固然觉得"可笑"，但谁也未必信世界上真有这样"可笑"的人。老舍先生或者将老张写成一个"太"聪明的人，但我们想老张若真这样，那就未免"太"傻了；傻得近于疯狂了。①

朱自清对老舍作品的评价，也基于一个客观的立场与严肃的文学评论的态度，因此是褒贬分明的。

4. 茅盾

茅盾在文学研究会时期并未对老舍作品发表过公开评论，不过在1944年纪念老舍从事创作20周年的活动中，茅盾发表了《光辉工作二十年的老舍先生》一文，里面回顾了最早读老舍小说的感受。以往人们经常引用文中的一段话来表达茅盾对老舍的看法：

在老舍先生的嘻笑唾骂的笔墨后边，我感得了他对生活态度的严肃，他的正义感和温暖的心，以及对于祖国的挚爱和热望。②

这段颂扬的语句被引用多次，但人们忽略了这段话前面的内容，仔细阅读其实更加意味深长：

① 王晓东：《朱自清书评的文化与学术考察》，《小说评论》2014年第6期。
② 茅盾：《光辉工作二十年的老舍先生》，载舒济编《老舍和朋友们》，生活·读书·新知三联书店1991年版，第88页。

《赵子曰》给我深刻的印象。那时候，文坛上正揪起了暴风雨一般的新运动，那时候，从热烈的斗争生活中体验过来的作家们笔下的人物和《赵子曰》是有不小的距离的。……对于《赵子曰》作者对生活所取观察的角度，个人私意也不能尽同。①

这段话说得很委婉，但意思是清楚的，那就是：老舍和五四文学革命以来的作家们的立场是不太一样的，而且还有不小的距离。茅盾的观点基本上可以代表后来左翼文学阵营对老舍的态度，也为老舍在归国后与左翼文学刻意拉开距离埋下了伏笔。

六　小结

在本阶段，老舍在英国文学场域的影响下开始了真正的文学活动，在写作实践中又不可避免地受到 1924 年以前国内传统文化场域的影响。因此，以《老张的哲学》为代表的作品出现，反映了老舍借用西方文学体裁讲述中国本土故事的成功。在中西跨文化的背景之下完成了从中文教师到畅销书作家的转变，进而加入了当时国内文坛最知名的文学社团之一的文学研究会，这是老舍与五四新文学的双赢。于老舍而言，其草根阶层的出身、个性化的写作态度，是他日后成为著名作家的前提条件。于新文学而言，由于有了老舍及其作品，五四文学革命中存在的脱离普通民众与过于严肃和过激的主题等缺陷得以弥补。

第三节　老舍与《小说月报》文人集团及主流文学界的关系

如果说老舍在 20 世纪 20 年代中期旅英期间与以《小说月报》为核心刊物的文学研究会这一新文学社团之间的关系较为密切，那么在 20 年代末随着老舍旅英结束到回国后几年时间里，则与主流文学界渐行渐远，最终分道扬镳。

---

① 茅盾：《光辉工作二十年的老舍先生》，载舒济编《老舍和朋友们》，生活·读书·新知三联书店 1991 年版，第 88 页。

一　《小坡的生日》实现了创作语言的自信

前文提到，1926 年年底老舍加入文学研究会是新文学阵营与老舍个人的双赢。一方面这确实壮大了新文学的力量，弥补了新文学自身固有的缺陷；另一方面，新文学也对老舍产生了磁场般的影响。入会后的老舍开始重新审视自己的文学观念、端正了自己的写作态度，在这种背景下，他创作出了第三部作品《二马》。在创作这部作品时老舍对西方文学名著的涉猎范围已更为广阔，同时通过前两部作品的创作实践，在写作《二马》时老舍基本克服了前作中为了幽默而幽默、故意招笑的笔调，叙事与结构都有了明显的进步。在《我怎样写〈二马〉》一文中老舍说："《二马》中的细腻处是在《老张的哲学》与《赵子曰》里找不到的，'张'与'赵'中的泼辣恣肆处从《二马》以后可是也不多见了。"①

《二马》成为老舍早期三部长篇小说中的扛鼎之作。对此，其中可能存在的原因之一是，郑振铎在 1927 年末至 1928 年初旅欧期间，曾在伦敦与老舍见过两三次面。在这几次会面中郑振铎很有可能向老舍介绍了国内读者及评论界对老舍前两部作品的态度与批评。在《我怎样写〈赵子曰〉》一文开篇，老舍就说："我只知道《老张的哲学》在《小说月报》上发表了，和登完之后由文学研究会出单行本。至于它得了什么样的批评，是好是坏，怎么好和怎么坏，我可是一点不晓得。"② 因而老舍在创作《赵子曰》时"完全是在黑暗中"。在听过郑振铎的反馈之后，老舍势必会重新审视自己的创作手法，修正写作态度。这样创作出的《二马》无疑成了早期三部长篇小说中的翘楚。

1929 年 10 月，老舍离开欧洲抵达新加坡，在华侨中学担任国文教师。11 月即着手创作《小坡的生日》。从时间上看，老舍到新加坡后一个月便投入新小说的写作，这一时期老舍观察环境、构思作品及整体创

---

① 老舍：《我怎样写〈二马〉》，《老舍全集》第 16 卷，人民文学出版社 2013 年版，第 170 页。

② 老舍：《我怎样写〈赵子曰〉》，《老舍全集》第 16 卷，人民文学出版社 2013 年版，第 166 页。

作能力已进一步明显提高。而在三个多月前，老舍曾经在巴黎时发出慨叹："凭着几十天的经验而动笔写像巴黎那样复杂的一个城，我没那个胆气。""一到新加坡，我的思想猛的前进了好几丈"，于是果断放弃了此前一直在写作的爱情小说《大概如此》，转而投入《小坡的生日》一书的创作中。

> 最使我得意的地方是文字的浅明简确。有了《小坡的生日》，我才真明白了白话的力量；我敢用最简单的话，几乎是儿童的话，描写一切了。有人批评我，说我的文字缺乏书生气，太俗，太贫，近于车夫走卒的俗鄙；我一点也不以此为耻！①

其实在写作《二马》时，老舍已经着意对自己的文学语言进行过一次变革。不再像前两部作品中将文言与白话夹裹在一起，而是把白话"真正的香味烧出来"。到了《小坡的生日》，因为重点描写儿童的生活，老舍继续秉持他在《二马》时的语言风格，获得了巨大的成功，这使老舍第一次真正对自己的文学语言有了强大的自信心。《小坡的生日》出版后在知识界的反响也很好。1933 年 2 月 6 日老舍在给赵家璧的信中说："'小坡'很得文人——如冰心等——的夸美……北平与济南的国语运动机关久想印它，为宣传纯正国语的教本。"②

《小坡的生日》使老舍获得了文学语言的自信，所以《小坡的生日》一书的思想性与艺术性都不如其文学语言的成就突出。这部作品在老舍的创作履历中具有十分重要的意义，尽管它的篇幅并不很长。

二 入职齐鲁大学

1930 年 4 月，老舍在上海完成了《小坡的生日》最后两万字后回到北平。摆在他面前的第一要务是如何选择今后的职业。是继续应聘到学

---

① 老舍：《我怎样写〈小坡的生日〉》，《老舍全集》第 16 卷，人民文学出版社 2013 年版，第 175—180 页。

② 老舍：《致赵家璧》，《老舍全集》第 15 卷，人民文学出版社 2013 年版，第 475 页。

校当教书匠还是专职当作家？老舍确实曾经犹豫过。出国前老舍只是一名中学教职人员，五年多的海外生活使他意外地成为一位知名作家。四本长篇小说的创作使老舍获得了不少自信心，此时若安心当专职作家并不成问题。不过后来他还是听取了朋友的意见，接受了山东齐鲁大学的聘书。

以往关于老舍未能在北平的大学任教而选择齐鲁大学的原因基本都有个统一的论断。即北平的高等学府往往注重学历，老舍以中等师范专科学校的出身很难获得北平高校的认可，于是退而求其次选择了山东齐鲁大学。此后随着史料的不断发掘又出现一种新论断，即齐鲁大学是教会学校，伦敦会是协办齐鲁大学的基督教教会成员之一。老舍能够到齐鲁大学任教是源于伦敦大学东方学院与基督教伦敦会的双重推荐，其中的关键人物应该是伦敦大学东方学院的英籍教授布鲁斯先生。此人与老舍在1924—1929年共事五年，对老舍的教学能力与性格品行非常了解，于是在1929年6月老舍结束五年服务期时，由校方出具一纸推荐，并经伦敦会内部安排，最终至山东齐鲁大学任教。以上的论断基本是可信的，不过这里还要重新探讨老舍未能在北平高校任教的原因。民国时期的高校聘任教师对相对比较开明，最典型的例子如沈从文，最初他只有小学学历，后被推荐进入吴淞中国公学执教，不久又到国立青岛大学担任教授。还有著名史学家钱穆，本来只是一名中学肄业生，其后担任中学教师，因发表《刘向歆父子年谱》被顾颉刚推荐到北平，先后在燕京大学、北京大学、清华大学等校任教。可见，在民国时期如在某一领域有卓越成就或有人举荐，到高校任职并非罕见之事。即便如北京大学、清华大学、北京师范大学等校的用人标准比较严苛，但北平当时还有为数不少如辅仁大学、中法大学、中国大学这样的教会大学与私立大学。凭老舍中等师范专科学校毕业的身份，且有旅欧任教经验，还已经写出四部长篇小说，在北平的某一所大学执教应该并不算难事。那么合理的可能性有两个。第一，老舍如果曾经想过在北平高校任教，应该希望能够进入北京大学、清华大学这类一流的大学，但去这些学校无人推荐。我们知道，老舍的至交白涤洲与罗常培都曾在北京大学执教。但白涤洲

1930 年刚刚从北京大学毕业，直到 1934 年才应聘到北京大学教书。而罗常培在 1930 年刚好在"中央研究院"历史语言研究所担任研究员，在 1934 年重回北京大学担任教职。因此，白罗二人在 1930 年恐怕无法帮助老舍，推荐其到北京大学任教。第二，前文提过老舍在 1923 年由教会出资进入燕京大学学习英文，类似于今天的委培生，在 1930 年伦敦大学结束工作回到北平后基本上可以顺理成章地进入燕京大学。所以燕京大学应该是老舍任职的最佳选择。那么最合理的推论应是由于教会的安排，齐鲁大学方面因重新改组亟须师资力量，更需要像老舍这样的专业人才，于是老舍便来到山东齐鲁大学任教。

济南是老舍归国后落脚的除北平外的第一个城市。从宏观的地理位置来看，济南位于山东省中部，几乎地处北平与上海的中间地带。受南北两个文化中心的影响较为均衡，并不带有明显的文化倾向。济南既非北平那样有着悠久的建都历史，又不似上海滩那般过度西洋化。济南独特的地理环境与老舍 20 世纪 30 年代逐步疏离主流文坛，而秉持独立不倚的文学创作观具有极大的关联。

齐鲁大学在 20 世纪 30 年代初期为老舍提供了良好的工作环境与创作空间，使其能够稳步提升文学创作的实绩，从而巩固其在新文学阵营中的先锋位置。关于老舍在 30 年代远离主流文坛与各种文学论争，秉持独立的文学观的话题容下文详述。

三　《大明湖》与《小说月报》文人集团的解体

1931 年夏，老舍完成了归国后的第一部长篇小说《大明湖》。该书手稿在"一·二八"炮火中被焚毁，遂未面世，成为一个永远的遗憾。根据现有已知的线索可以梳理出此书一个基本概要。首先，小说中的主要人物是两男两女，两个女性人物是母女关系，后来被老舍改写成为中篇小说《月牙儿》。两个男性人物是兄弟关系，后来被老舍改写为短篇小说《黑白李》。四人的关系在小说中应当互有关联。最后的情节涉及历史上的"五三"惨案。"五三"惨案又称济南惨案。蒋介石领导国民革命军进行第二次北伐期间，日本竭力阻挠北伐的进行。日军以保护侨民为名，派兵进驻济南、青岛及胶济铁路沿线。1928 年，国民革命军于

5 月 1 日克复济南，日军遂于 5 月 3 日派兵侵入山东交涉署，枪杀交涉员蔡公时，并将交涉署职员全部杀害，又肆意焚掠屠杀。此案中中国民众被焚杀死亡者达一万七千余人，受伤者二千余人。1930 年 7 月，老舍来到济南，每当走在街上，看见西门与南门的炮眼，便使他想起"五三"惨案。《大明湖》的写作应于 1930 年年底开始，1931 年暑假完成，并随之寄给《小说月报》。因《小坡的生日》刚刚在该报连载，主编郑振铎建议《大明湖》延至 1932 年初刊载。孰料在 1932 年初，上海遭遇"一·二八"事件，商务印书馆被日军炮弹炸毁，《大明湖》之手稿与付排纸样均遭焚毁，令人万分痛惜。

接下来需要分析的问题是，老舍为何要写《大明湖》这部小说？诚然，书中尽管有对中国社会与底层市民生活的细致反映，延续了老舍此前创作中一以贯之的母题，但更重要的是表达对日军暴行的控诉与强烈的忧国忧民的思想感情。这里我们可以联系老舍归国之后创作的第一篇短篇小说《五九》。《五九》发表于 1931 年 10 月的《齐大月刊》，从时间上来看，应是老舍在完成《大明湖》之后的创作，而且很有可能是"九一八"事变爆发之后的产物。两部作品有一个显著的共同点，就是都与日本侵略有关。1915 年，袁世凯承认日本提出的"二十一条"，激起全国人民的反帝爱国运动。此后人们把每年的 5 月 9 日定为国耻纪念日。这便是小说《五九》的故事背景。小说表达了作者对恃强凌弱、奴颜婢膝者的鄙视及忧国忧民的思想。在这篇小说里，"5 月 9 日"这个时间背景非常具有象征意义。表面上只是批评某些国人，但更深的意蕴是反帝爱国的精神。从这个层面上看，《五九》的思想情感与 1923 年的《小铃儿》十分接近。但无论是《小铃儿》还是《五九》实际上都不仅仅是表达反帝爱国思想这么简单。这与老舍自身的民族身份有十分重要的关联。自古以来，满族就是一个骁勇善战、勠力抵御外侮的民族。虽然近代以来，清政府政治腐败，军备废弛，但在晚清历次抵抗外敌入侵的战斗中，满族将士为国捐躯者不可胜数。特别是在 1900 年八国联军入侵北京的战斗中，老舍父亲永寿在国难中英勇牺牲，更使老舍内心深处埋下深切的民族仇恨。所以，老舍从小的心灵中就具有爱国主义的情感基因。老舍创作完《大明湖》后又遭遇了"九一八"事变，遂将《大明湖》中的未尽之意写进了小说《五九》。不仅如此，老舍在"九一八"之后还写出了数量众多的诗文，如《日本撤兵了》《空城计》《长期抵抗》《不远千里而来》等篇章。在现代文学史上，老舍大概是仅次于东北作家群对"九一八"事件如此敏感而热衷表达的作家了。这也很好地说明了在抗战爆发后，老舍为何为抗日救亡运动而殚精竭虑。除了坚持写作抗战文学之外，老舍不会有第二种选择。

　　反观上海的"一·二八"事变，也有再讨论的必要。"一·二八"事变是持续多日的一场中日之间的战事，因爆发于1932年1月28日而得名，以日本侵略者突袭上海闸北的国民党第十九路军为标志。日军炸毁商务印书馆是在1月29日上午。这是日军对商务印书馆刻意安排的一次全面轰炸，连商务印书馆所属东方图书馆三十年来在国内外搜集的数十万中外图书，包括大量古籍善本及各种珍贵的中外杂志报章，全部化为灰烬，损失甚巨。因当时商务印书馆印刷厂与编辑部大楼相邻，所以《大明湖》的手稿与付印的样稿全在此次炮火中被焚毁。日本人为何要专门锁定炸毁商务印书馆？有人认为商务印书馆多年来不遗余力地通过文化教育出版来唤醒民众的爱国意识，从而反抗日本侵略压迫，是日本对商务印书馆"下死手"的真正原因。老舍的《大明湖》一书正是控诉日军侵略的暴行，其自身恰恰又在日军的另一场暴行中毁灭，这不能不说是命运的捉弄。

　　"一·二八"事变中商务印书馆被炸，导致登载《大明湖》全文的《小说月报》第23期新年特大号被毁。此次战事对商务印书馆的破坏性极大，经高层磋商后决定，下属《小说月报》及其他杂志停刊。上海出版业也因此遭受极大影响，文学研究会就此自行解散，"一·二八"事件客观上造成了《小说月报》文人集团的解体。文学研究会尽管是新文学发展历程中最早出现的一个文学社团，但是该组织本身是完全松散的一种开放型社团。通过20年代末文学界的重新洗牌，文学研究会内部早已缺乏有效的共同理念与核心目标，再加上"一·二八"事件，其分化解散在所难免。

四 《猫城记》与主流文坛的疏离

《猫城记》一书应写于 1931 年年底，完成于 1932 年 6 月。回顾梳理老舍在《大明湖》完成后到创作《猫城记》之间国内政局发生的诸多重大事件，除了"九一八"事变与"一·二八"事变的接踵发生，重要的历史事件还有中华苏维埃共和国在瑞金成立，随即蒋介石提出"攘外必先安内"政策，并持续对中央苏区进行轮番围剿。日本在 1932 年 2 月入侵哈尔滨，东三省全部沦陷。紧接着伪满洲国在吉林长春成立。国土沦丧敌手，时局的惨淡令老舍极度失望。在这种情绪之下老舍写出了《猫城记》这部寓言体讽刺小说。

关于《猫城记》的小说文本与思想，历来已有许多人做过不同的层面的解读，本书仍然计划从宗教思想的角度来剖析这部作品。以往关于老舍在《猫城记》中表露出的基督教信仰多集中于两点。第一，小说中多次出现"毁灭的手指"与《圣经》的意象。第二，小说中叙事主体的"我"在猫国游历与《神曲》中但丁游历地狱如出一辙。关于第一点，《圣经·但以理书》中描述伯沙撒王与大臣、皇后、妃子用从耶路撒冷所掠的金器皿饮酒，触怒了管理一切行动的上帝，"当时忽有人的指头显出，在王宫与灯台相对的粉墙上写字。王看见写字的指头就变了脸色"。后来找到了能圆梦解惑的但以理解释指头所写文字，他对伯沙撒说：上帝的指头所写的是"上帝已经数算你国的年日到此完毕"，"你被称在天平里显出你的亏欠"，"你的国分裂，归于玛代人和波斯人"。当夜伯沙撒王就被杀，玛代人取代了他的国。老舍以上帝的手指揭示猫国必然灭亡的寓意。此意象也被称作"毁灭的巨指"，借用了西方文化典故的暗示含义。关于第二点，《神曲》中宗教思想明显受到中世纪封建神学的影响。但丁汲取基督教文化中理性的情愫，对社会做出"代理式的审判"，并借贝德丽采的话表示，《神曲》的主旨是"为了对万恶的社会有所裨益"，即映照现实，启迪人心，让世人经历考验，摆脱迷误，臻于善和真。在这部作品中，但丁只是在基督教以天堂、地狱为根基的想象里融入了科学、自由和人文关怀。不管是对人自然欲望的理解，还是对社会生活审视后自觉的忧患意识，都体现出但丁的思考、判断是基于基督教认识的，其中的理性透射出基督教文化的光泽。

　　除了以上两点之外，河南大学的刘涛先生晚近曾发现老舍先生1932年的一篇演讲，题目是"以善胜恶"。并且将此篇演讲与《猫城记》作了对比研究，最终以《〈以善胜恶〉与〈猫城记〉的互文关系》为题发表，其中不乏亮点。《以善胜恶》是老舍1932年9月18日应邀专门做的一次关于基督教的演讲。演讲内容整理后发表于基督教教会刊物《河南中华圣公会会刊》第5卷第5期。从时间上看，此次演讲应在《猫城记》刚刚完稿后不久，而且又是专门讲基督教的，因此有很多《猫城记》中的隐喻和未尽之意都可以拿出来阐明。所以刘涛先生将二者作了对比研究，发现两者之间其实是互为注解。两部作品结合在一起读阅，当更有助于理解。"《以善胜恶》的出现'瞬间照亮'了《猫城记》，使我们有可能进入《猫城记》幽暗崎岖的思想路径内部；《猫城记》的存在，同时也'照亮'了《以善胜恶》，加深我们对《以善胜恶》的理解。"①

　　作者最后说：

　　　　《以善胜恶》是作者对于自己基督教信仰的直接宣示与表白，由此文看，老舍对于基督教的认识与崇信，更多出自其急切救世的家国情怀，出自拯救外在民族危亡之现实需要，而非出自个体内在自发的精神诉求。老舍为什么对基督教寄予如此厚望？是因为他认为中国内忧外患之危机不单单是政治经济教育之问题，危机之总根源在于人"作恶而不知其所作为恶"的人心问题，基督教正可以激发人向善的信仰，从而改良人心。②

　　因此可以说，《猫城记》是老舍运用基督教思想来观察中国社会，充满宗教隐喻的一部感时忧愤之作。

---

　　①　刘涛：《〈以善胜恶〉与〈猫城记〉的互文关系》，《海南师范大学学报》（社会科学版）2016年第1期。

　　②　刘涛：《〈以善胜恶〉与〈猫城记〉的互文关系》，《海南师范大学学报》（社会科学版）2016年第1期。

　　老舍与主流文学界的疏离应当是从这部《猫城记》开始的。小说甫一出版，便引起了评论家的关注。上海的王淑明和北平的李长之几乎同时发表了书评。王氏认为小说是成功的，它"在独特的风格里，包含着蕴藉的幽默味，给一个将近没落的社会，以极深刻的写照"①。它"企图创造一个典型的社会，于神秘的外衣里，包含着现实的核心"②。作者将小说与张天翼的《鬼土日记》进行了对比，认为《鬼》讽刺的是"现实的资本主义社会"，而《猫》讽刺的是"东方式的半封建国家"，二者都获得了成功。作者还将小说与鲁迅的《阿Q正传》进行了对比，认为二者都十分注意刻画中国的国民性。文章虽然也批评小说"对猫人讽刺过分"，小说后半段"直观的叙述"太多而减少了"幽默味"，但这点美中不足并不能掩盖小说整体的"讽刺的艺术手腕的成功"。如"军人的怯于外战，官僚的贪鄙，学者的无耻"等，都"刻画得非常尽致"，不愧为"现在幽默文学中的白眉"。和王氏形成鲜明对照，李长之主要是从写作艺术上批评小说作品，认为《猫城记》"不过是还算有兴味的化装讲演"，"缺少具体故事"，甚至说它"是一篇通俗日报上的社论"，"不是好的文艺"③。但不论是王淑明还是李长之基本都是围绕小说的艺术性来展开讨论，并未牵涉政治思想方面。像《猫城记》这般另类的小说出现在30年代初期的中国文坛上，不会不引起革命文学阵营内的作家们的关注。左翼作家对这部作品又持怎样的看法呢？1982年唐弢的说法很具有代表性："这是一部有缺点的作品，我不知道为什么国外忽然这样推崇它？我们都是从三十年代过来的人，都知道它影射革命政党。"④

　　更为重要的是，老舍在这一时期撰写的《文学概论讲义》，更加集中体现出老舍的文学观。其中有诸多见解与当时主流的文艺理论背道而驰，甚至"是一种针锋相对的叛逆与对立"。例如，在"中国历代文论"一讲中，老舍反对中国古代"文以载道"的文论思想，反对"诗言志"，

---

① 王淑明：《猫城记》，《现代》1934年第4卷第3期。
② 王淑明：《猫城记》，《现代》1934年第4卷第3期。
③ 转引自袁良骏《讽刺杰作〈猫城记〉》，《齐鲁学刊》1997年第5期。
④ 转引自袁良骏《讽刺杰作〈猫城记〉》，《齐鲁学刊》1997年第5期。

反对"思想性第一，艺术性第二"。再如，老舍强调文学是独立的，不是政治的附庸，因为它有自己的特质，"它不以传递知识、政策、哲理和技术为目的，否则那就是社论、哲学、政治和科学"，不是文学。

回顾新文学发展的第二个十年，这一时期最重要的特征就是五四所开启的有相对思想自由的氛围消失了，文学主潮随着整个社会的变革而变得空前的政治化。无产阶级革命文学成为这一时期的主流文学思潮。中国文学思想必然基于中国社会历史的发展而变迁。1925 年的"五卅"运动，成为中国现代历史上的一个重要事件与时间节点。在"五卅"运动以前，启蒙是社会的主流思想。"五卅"之后，阶级斗争成为思想文化界的主要内容。体现在文学上，随着帝国主义势力的入侵，马克思主义思想进一步在中国思想界传播，文学革命开始转化为革命文学。革命文学的倡导者乐于把文学当作政治传声筒，甚至认为无产阶级文学的形式是不可避免地要接近口号标语。

通过对比可知，老舍的文学观与主流的革命文学观是保持距离的。这种距离的产生源于老舍自身的文学思想与创作实践。在 30 年代前期与中期（1937 年以前）老舍始终秉持着独立不倚的文学创作观念，在小说《离婚》问世后，最终确定了自我文学书写的方向与路径，完成了文学使命的自我认同。这是老舍最终与当时主流文坛刻意保持距离的根本原因。

五　《小型的复活（自传之一章）》文本再解析

关于老舍与文学研究会、主流文学界的关系和老舍文学创作理路前期的发展至此基本已梳理完毕。最后还想着重探讨一下老舍在 1938 年发表的《小型的复活（自传之一章）》这篇文章的重要性。笔者认为此篇文章在以往的研究者中都未能给予足够充分的认识，对此篇文章的解读也基本没有跳出传统的框架。因而本书至此再花些笔墨来重新解析这篇自传文字背后隐藏的重要信息。

文章标题叫《小型的复活（自传之一章）》。"小型的复活"是主标题，括号里的"自传之一章"为说明性质的副标题。"小型的复活"似乎是借用俄国文学家列夫·托尔斯泰的《复活》书名而言。为了区别于托尔斯泰的小说，所以加以括号说明此篇是个人自传的一个章节。

起首第一句"二十三，罗成关"实为文眼，统摄全篇。"二十三，罗成关"是什么意思呢？这是根据古典小说《说唐全传》而衍生出的一段传统戏曲，名为《罗成叫关》。罗成本身是一个虚构的文学人物，历史上并非真实存在。传统评话中把他说成隋末名将秦琼的表弟，后加入瓦岗军，成为秦王李世民麾下勇将。唐代初年秦王李世民被诬下狱，其弟齐王李元吉为剪除李世民的势力，在奉命征讨苏定方时，保荐世民部将罗成为先锋，欲借此暗害罗成。罗成出战得胜，元吉令其再战；罗成再战归来，元吉闭城不纳，罗成乃咬指写了血书，交给在城内的义子罗春，嘱转奏朝廷，后又只身赴敌，马陷泥河，被乱箭射死，时年 23 岁。因此民间青年男子忌讳 23 岁（虚岁），认为这是人生第一个关坎。

接下来文中则详细叙述了老舍在 23 岁那年所经历的种种事情，特别是文末还附了一篇非常简短的作者小传，十分珍贵，是我们目前所能见到的唯一一篇老舍自传，对我们了解老舍青年时期的生平具有十分重要的作用。但是，在这篇文章中起码有两处值得引起人们关注的细节，似乎是老舍故意设置的密码，但以往都被我们忽略了。

第一，根据文中叙述的内容，老舍在 1922 年，也就是他 23 岁那年经历了以下几件大事：

一，劝学员的优厚工作使老舍沾染上许多不良生活习惯；

二，母亲为老舍包办了一门婚事，遭到老舍强烈反对；

三，因前两件事老舍大病一场；

四，身体康复后辞去劝学员工作；

五，重新回到中学当老师。

然而，当我们参照现有的老舍生平资料，可以发现老舍在这篇文章里所叙述的发生于 1922 年事件当中唯独遗漏了一件十分重要的事情——受洗加入基督教。在文中老舍只有一处提到宗教，但行文极其简略："设若再能把烟卷扔下，而多上几次礼拜堂，我颇可以成个清教徒了。"①众所周知，老舍一生不曾成功戒烟，在写于抗战期间的《多鼠斋杂谈》

----

① 老舍：《小型的复活（自传之一章）》，《老舍全集》第 15 卷，人民文学出版社 2010 年版，第 355 页。

中他曾写道："从廿二岁起吸烟，至今已有一世纪的四分之一。这廿五年养成的习惯，一旦戒除可真不容易。"①《小型的复活（自传之一章）》中这句涉及宗教的话使用了假设复句。言下之意是自己没能把烟卷扔下，所以还不能成为一名清教徒。

清教徒是最为虔敬、生活最为圣洁的新教徒。老舍文中实际上是说明自己与真正的基督教教徒还有很大的差距，表达出对基督教无限虔诚的心理。此句尽管语涉宗教，但并未明说加入基督教一事。似乎是老舍有意隐瞒入教的事实而用曲笔表达。老舍为何不明确地写他加入基督教的事情呢？显然是出于某种顾虑，其中更真实的原因还有待挖掘。

与刻意隐瞒入教相呼应的是文章题目，也就是托尔斯泰的《复活》。这部长篇小说除了对当时沙俄社会的种种批判之外，最核心的主旨是表达"道德自我完善"的过程和思想。主人公通过返归和自我完善在精神上获得了新生。这与老舍在《小型的复活（自传之一章）》中所要表达的精神内核是基本一致的。23 岁的老舍为了获得新生而选择辞掉劝学员工作并重返学校中教书，但是在老舍的表述中唯独遗漏了最重要的宗教原因，这很令人奇怪。托尔斯泰的《复活》一书不仅在开头的题记中引用了《圣经》中的《马太福音》《约翰福音》和《路加福音》的原文，小说尾声部分依然大量引用《马太福音》。小说主人公聂赫留朵夫的复活与新生在很大程度上是受了基督教教义的影响。托尔斯泰在《复活》中宣扬了救赎、拯救灵魂、不以暴力抗恶、道德自我完善等观点，宣扬一种属于托尔斯泰自己的宗教"博爱"思想，人们称之为"托尔斯泰主义"。宗教对于托尔斯泰非常重要，而"托尔斯泰主义"也与他的宗教思想密切相关。老舍作为一个基督徒作家对同样信奉基督教的托尔斯泰显然不会陌生。在齐鲁大学执教时期，老舍在一篇残存的《现代文艺思潮》讲义手稿中曾经写道："与这个动的理想极相反的，有托尔司太的信仰登山宝训。他要勿逆恶、勿裁判、勿杀、无战争。"②

以上就是托尔斯泰"不以暴力抗恶"思想的翻版。可见老舍对托尔

---

① 老舍：《多鼠斋杂谈·二》，《老舍全集》第 15 卷，人民文学出版社 2010 年版，第 399 页。
② 舒济、舒乙、金宏编著：《老舍（画册）》，北京燕山出版社 1997 年版，第 162 页。

斯泰与托尔斯泰主义不可谓不熟悉。这样一来就形成了一个颇为吊诡的现象：一方面，老舍在《小型的复活（自传之一章）》里陈述了他 23 岁获得救赎与重生的经过，但是里面却故意遗漏了最重要的入教环节；另一方面，《小型的复活（自传之一章）》一文基本是在致敬托尔斯泰《复活》中的宗教力量，但是在自己的文章里，除了题目以外内容上对宗教只字不提。这就给人一种欲言又止、欲说还休的困境。那么阻碍老舍捅破这层窗户纸的真正原因是什么呢？

第二，《小型的复活（自传之一章）》一文所反映的时间年份也存在着明显疑点。根据前文所述，这篇小型的自传回顾的是作者 1922 年自己 23 岁时的人生经历。但是在老舍生活的年代，人们并不习惯以出生之时计算年龄而是从母亲体内怀胎算起。再加上老舍恰巧生于农历腊月二十三，出生七天之后正逢新年，在此基础上便又加了一岁。所以老舍出生第八天上已经两岁了。老舍在许多文章中提及自己的年龄，都是在今天人们的计龄习惯上还要再加两岁。

以《小型的复活（自传之一章）》文末所附的《著者略历》为例，根据文中提及今已有一女一男和著有《骆驼祥子》作品来推断，此文应写于 1937 年。按今天的计龄方式老舍写此文时应为 38 岁。不过在《著者略历》中老舍开门见山地写道"现年四十岁，面黄无须"。

老舍出生于 1899 年 2 月 3 日，第二年（1900 年）他父亲在与八国联军的战斗中阵亡时老舍应为一岁半，而老舍在《著者略历》中却说"三岁失怙，可谓无父"。1931 年老舍与胡絜青结婚，这一年他应该是 32 岁，而文中他说"三十四岁结婚"。如此等等。可见，在老舍自己计龄习惯中的 23 岁应该是 1920 年。如果是发生于 1922 年的事情，按老舍的习惯，他应该 25 岁。对照老舍生平年谱，在 1920 年，老舍的生活里并无能体现出救赎、复活与重生意义的事件。因此老舍在写作《小型的复活（自传之一章）》时偷偷将年份后推了两年，而将实际年龄提前了两岁。因为只有发生于 1922 年夏天的受洗入教才是老舍生命中的关键事件。

综上，《小型的复活（自传之一章）》一文虽然表面上写的是关坎，但实际表达的是新生。只不过出于某种目前还不可知的原因，老舍非常含蓄地表达了自我更新的感受。

第二章 老舍与国民教育

——跨文化视野下的批判与启蒙

第一节 从《老张的哲学》审视国民教育之弊

昔日的太平湖已被北京地铁二号线的铁轨一压而过，所幸，老舍的作品仍旧活着。我们讲了一遍又一遍老舍，聚讼纷纭，愈谈愈新。无疑，老舍作品具有一定的历史现实性，正如吴小美所言，"历史前进与道德式微的二律背反，便是隐藏在他创作中的一条精髓"①。将老舍教育思想放在贯穿古今的坐标系中解读，自然产生一种哲学意义上的"视域融合"——东方与西方的融合，历史与现实的融合，一代解释者与被解释者之间的融合。老舍的作品也因此见证和参与了社会变革和文化汇集的历史进程，这也是其作品生命力的来源。

一 老舍创作前期教育界状况

老舍生活在一个危机与机遇并存的时代。19 世纪末至 20 世纪初，正值政局更迭与文化更新的年代。彼时中国已沦落为西方列强肆虐瓜分的对象。罗素在《西方哲学史》中提及："在一定程度上，文明是社会不公推进的。"② 洋务运动"学器"，维新运动"立宪"，辛亥革命推翻

① 吴小美：《历史前进与道德式微的二律背反——从老舍的一些名篇说开去》，《中国现代文学研究丛刊》2009 年第 1 期。

② ［英］罗素：《西方哲学史》（下册），何兆武、李约瑟译，商务印书馆 1982 年版，第 170 页。

君主专制，但这些尝试皆因没有触碰深层次的变革——思想文化变革而败落。随着国门被侵略者的铁蹄踏开，国人世世代代安身立命的传统价值观也随之崩塌，在三千年未有之大变局下，一群有志之士云集响应，他们自觉以文化作为启蒙思想的载体，形成一个聚讼纷纭的教育场，通过兴办学校、改革教学、创办报刊、发表演说等一系列传播思想、启迪智慧的活动推动了当时社会的教育意识觉醒。

本书所指的教育场的时间范围界定为：从老舍出生到他创作第一部作品《老张的哲学》这个区间（即1899—1926年前后）。此时正是解构旧文化、建构新文化的发展期，教育制度得到改良，教育的传播又衍生出一批启蒙主义创作者，所以当时先进思想者大多身兼政治家、教育家甚至文学家数职，对社会产生了良性影响。

始于1898年的维新变法虽是资产阶级性质的改良运动，但却是中国第一场由知识分子主导的思想启蒙运动。较之洋务运动追求物质进步，维新运动则具有更突出的意识形态变革的色彩。赫胥黎的《天演论》、卢梭的《社会契约论》、孟德斯鸠的《法意》等一大批西方民主政治的经典著作相继翻译传入国内，促使国人"西学"的追求从表面的"学器"到本质的"学理"。"为今之计，惟急从教育上着手，庶几逐渐更新乎？"[①] 康有为、梁启超、严复、谭嗣同等人大力宣传科学与逻辑，反对保守的封建主义，利用政权的力量卓有成效地促进教育改革：废除八股考试，提倡实业教育，建立京师大学堂，同时广设中西结合的高、中、小各级新式学堂，并在上海建成我国第一所自办女学——经正女学。

辛亥革命推翻了中国封建专制，为民国初的教育改革营造了良好的社会氛围。孙中山有言"教育为立国的要素"，他将培养资产阶级共和国合格公民作为宗旨：提倡"军国民教育""实利主义教育""公民道德教育""美感教育""世界观教育"，旨在"实现人无贵贱皆奋于学"[②]的全民教育。他在担任南京临时政府大总统后，任命教育家蔡元培为教

---

① 严璩：《侯官严先生年谱》，转引自马和民《从"仁"到"人"——社会化危机及其出路》，北京师范大学出版社2006年版，第103页。

② 孙中山：《上李鸿章书》，《孙中山全集》第一卷，中华书局1982年版，第9页。

育总长，在全国进行自上而下的教育改革。中华民国南京临时政府颁布
了《普通教育暂行课程标准》，这是我国教育发展史上的第一个课程标
准，在科目设置上体现了对国民德、智、体、美、劳全面发展的新要求，
也体现了儿童本位的教育理念。随后又相继出台《师范学校规程》《高
等师范学校规程》，为民国培养大批教员。1913 年，民国教育部公布
《壬子·癸丑学制》，规定了女子和男子教育平等，"教育既兴，然后男
女平权可望"①。在南京临时政府经济紧张的情况下，孙中山仍坚持派留
学生出国深造，以追随世界潮流。

　　五四运动期间是教育的一个爆发期，也是 20 世纪公民自由言论空间
最大的时期。五四运动史学者周策纵教授有言："五四时期，即 1917 年
到 1921 年间，全国新出的报刊有 1000 种以上。"②《新青年》《新教育》
《每周评论》《太平洋》《国民》《晨报》《晨报副刊》等刊物成为知识分
子传播民主科学思想的平台，他们试图通过学理灌输来提高国人的自主
意识，反孔破旧、教育独立、男女平权等问题引发社会的探讨热潮。陈
独秀在《青年》杂志第 1 卷第 1 号中提及："国人而欲脱梦寐时代，羞
为浅化之民也，则急起直追，当以科学与人权并重。"③ 此外，陈独秀还
提出在国家、政府、个人三者中必须以个人主义为前提；胡适、李大钊、
高一涵等人发表了《争自由的宣言》，要求教育和司法互不干涉；同时，
梁启超提倡"民力、民智、民德"三者皆具地培养新民；并草拟了中国
第一部公民启蒙教科书《新民说》。1919 年 4 月，中国第一所国立女子
高等学校经教育部批准正式更名为北京女子高等师范学校，表示女子受
教育权得到了重视和落实；1923 年平民教育促进会成立，工读教育潮兴
起，劳动人民的文化水平和民主意识逐步提升。五四运动作为现代教育
承上启下的过渡环节，其影响力空前巨大，它促进了中国人民现代意识

---

　　① 孙中山：《孙中山全集》第二卷，中华书局 1982 年版，第 358 页。
　　② ［美］周策纵：《五四运动：现代中国的思想革命》，周子平等译，江苏人民出版社
1996 年版，第 247 页。
　　③ 陈独秀：《敬告青年》，载滕浩主编《陈独秀经典》，当代世界出版社 2016 年版，第
185 页。

的觉醒和民主权利的抗争，为教育的发展提供了合理的方向，具划时代的启蒙意义。

"白话文"运动无疑是思想启蒙中的突破点之一。胡适等新文化运动领袖倡导者用白话文取代文言文，具有深广的意义。清晰简易的白话文具有实用主义特点，便于当时逻辑性较强的科学文献的传播，促进国内不同地区不同层次人民的交流，也有利于提高教育的规范性。白话文运动看似只是文学形式之变，但却悄然引起一场思想革新。白话文作品的传播使下层知识分子和广大农民的思想启蒙成为可能，引发了一股白话文创作热潮：鲁迅的《狂人日记》作为我国第一篇白话文小说，揭开了批判封建旧教育的序幕；冰心1919年《晨报》发表的第一篇小说《两个家庭》，通过对比两个截然不同的家庭，暗示了女子受教育的重要性；叶圣陶在《脆弱的心》中提出了教育者迫切需要面对的问题——人生价值问题，在其短篇小说《义儿》中暗示了教育中尊重儿童天性的重要性……老舍、庐隐、王统照、陶行知、邹韬奋等人的作品中也隐含着对当时教育初具系统的思考，从社会教育、家庭教育到学校教育探索"人"主体性价值与教育的联系。国民的精神层面得到关注，成为启蒙主义者书写教育小说的缘起。"从某种意义上说，没有'新教育'，就没有中国现代小说，也同样不会有中国小说叙事模式的转变。"①

不论人生经历还是思想精髓，老舍与当时教育家有众多相似之处。首先，上述的大部分启蒙主义者都处于社会转型期，在少年时期都受过正统科举教育，青年或中年时期到海外游学，如伦敦格林威治皇家海军学院毕业的严复，德国莱比锡大学毕业的蔡元培，美国康奈尔大学毕业的胡适，日本早稻田大学毕业的陈独秀和李大钊，美国威尔斯利学院毕业的冰心，弃医从文后在东京专门从事文学译著工作的鲁迅等。他们都是挺立在潮流前沿的仁人志士，于西方政治文明中耳濡目染，自觉对比中西差异，对本民族精神痼疾进行解剖与反省。再者，他们都活跃在社会各个领域，不论是在制度上还是在文化上都为改造国民性而做出了极

---

① 陈平原：《中国小说叙事模式的转变》，北京大学出版社2010年版，第20页。

大的贡献；从教育观点上看，这些启蒙主义者针对当时提出的教育意见具有全局性和系统性，不管是在教育平民化问题、儿童教育问题、男女教育平等问题，还是在教育独立性问题上皆有涉猎。

　　老舍就是在这样的教育场域受到了熏染。虽然当时作为小学校长的他没有直接参与五四运动，但他置身其中，为教育场域动态影响，也在向教育场域的边界突围。老舍作为一个启蒙主义者，逐渐在新文化运动中成长起来：

　　　　"以前，我常常听说'中国不亡，是无天理'这类的泄气话，而且觉得不足为怪。看到了五四运动，我才懂得了'天下兴亡，匹夫有责'……反封建使我体会到人的尊严，人不该作礼教的奴隶；反帝国主义使我感到中国人的尊严，中国人不该再作洋奴……这点基本东西迫使我非写不可，也就是非把封建社会和帝国主义给我的苦汁子吐出来不可！这就是我的灵感，一个献身文艺写作的灵感。"①

　　这场新文化运动带给了老舍一双慧眼。老舍对"民主"和"科学"全盘接受，但同时理性地看待当时的学生集会和示威暴力运动，与五四运动保持一种恰如其分的距离。具有历史责任感的老舍在五四运动退潮后执笔为剑，揭露自己在教育生涯中所见的种种弊端，把住教育脉搏，诊断社会病症。

二　老舍教育小说的创作诉求

　　与鲁迅、茅盾、郭沫若、曹禺等文学泰斗如出一辙，老舍也将文学和教育双剑合一。但是论教龄最长、跨文化视野最广的作家，非老舍莫属。特殊而丰富的教师职业生涯为老舍教育小说的创作奠定了现实基础，

---

　　① 老舍：《"五四"给了我什么》，《老舍全集》第14卷，人民文学出版社2013年版，第637页。

使他具备更敏锐的挖掘能力；英国伦敦任教的宝贵经历使他在创作中以西方文化为参照系，做出更理性而睿智的价值判断。韩永胜说："如果说在二十世纪描写教育小说非常成功的作家要首推叶圣陶，那此时在二十年代后的老舍可谓扛起了这面大旗。"①

老舍前期教育小说《老张的哲学》《赵子曰》《牛天赐传》等，可依据史实考查其书写的教育乱象的真实性。1908 年 5 月美国国会通过了向中国退还庚子赔款的议案，两国决议将该款项用于兴办学校，因而高等教育在资金支持下得到了快速发展。但在接下来数十年的教育推广进程中却出现了一系列问题：学校升级盲目求快，许多不具备足够科研能力和学术水平的专科学校拓展为高校，学历含金量不足；一部分表面上受"新式教育"的学生在骨子里仍有"学而优则仕"的传统封建思想，有些学校被军阀和乡绅用来培植自己的势力，"为政往往以人为中心，而没有做到法治的地步"②；同时学校的课程设置出现文理比例失调的情况，导致文科生就业困难，大量文科生无路从政则转投教育界。"文科毕业也当教员，理科毕业当教员，商科毕业也当教员。你教员，我教员，大多数全是教员。"③ 由于受儒家文化影响，为师者被神圣化崇高化，其缺点被部分地掩盖了。教师行业出现滥竽充数的现象，甚至很多教师只是将这一职业当成从政的跳板，因而心怀鬼胎、压榨学生，更谈不上教书育人、培养新一代中国有为青年。

老舍以其幽默的笔触再现了 20 世纪二三十年代中国教育界的状况：为人师表者宣扬封建思想的糟粕，如《老张的哲学》中的学务大人称讲台的位置是白虎台，"妨剋"学生家长；《赵子曰》中的教授将古老的《易经》牵强附会地与各种知识相联系；《牛天赐传》中的教师坚持传统教育"填鸭式"教学方法，天赐最后只记住了"人之初，狗咬猪"；教师入职和选拔也毫无规矩，如《老张的哲学》中老张可自主办学、自聘教师，他本人最后因为盟兄的缘故当上教育厅厅长；《赵子曰》以及

---

① 韩永胜：《中国现代教育小说概论》，博士学位论文，东北师范大学，2008 年。
② 舒新城：《愿全国教育家反省》，《教育杂志》1925 年第 17 卷第 4 号。
③ 舒新城：《愿全国教育家反省》，《教育杂志》1925 年第 17 卷第 4 号。

《牛天赐传》中应聘教师的方式是由好友介绍或自行探访，聘任有极强的随意性，这导致教师素质良莠不齐。教育界腐败现象之严重堪比政界：如《老张的哲学》中，老张联通其他乡绅掌控着本是代表民意的北郊自治会选举；《文博士》中的文博士留学回国后，利用种种手段与政界要人攀关系，甚至为谋官职而娶了官家小姐；《大悲寺外》的手工老师图谋学监之位，竟然挑拨离间唆使学生打死纯良的老学监大人……在老舍的教育小说中，政府无能，教师无德，学生无才，三者构成恶性循环。

　　在老舍的作品中，与教育相关的小说占了相当大的一部分。他的教育小说一针见血地直指当时教育病症的种种要害，其作品涉及学校教育、家庭教育、社会教育，描写对象包括了受教育者和教育者。由此可知，老舍的教育观已具备系统性和现代性。之于老舍教育小说的创作诉求，归纳起来大概有以下几个原因。

　　其一，老舍在教育界从业多年，其作品主题绕不开其亲身经历教育实践。1918 年毕业于北京师范学校的老舍，就任方家胡同小学校长；两年后老舍转任教育局北郊劝学员，他在此期间遏制了各种不合格的办学，惩办某些破坏国民教育的绅商，其中包括破坏北郊东坝镇国民学校的奸商韩兆祥，结果因触犯了地方上的保守顽固势力的利益而遭到上级的申斥。在维护学生受教育权这件事上，老舍毫不妥协，但是当时教育界确实充满了污浊和敷衍，纵使老舍联合其他 25 人一起联名上书教育部，请当局设法取缔北京教育会以净化学界风气，当局仍无动于衷。当时处于尴尬困境的老舍更加清醒地意识到当前国家教育界腐败落后，正义感和社会责任感迫使其将社会现状公之于众。老舍在《文学概论讲义》中提及，"写实主义的好处是抛开幻想而直接的看社会，这也是时代精神的鼓动，叫为艺术而艺术改成为生命而艺术"①。他在英留学期间阅读大量外国小说，坦言最爱现实主义小说，对狄更斯等作家的写实主义创作手法情有独钟。因而，老舍作品也成为映射其从教经历的一面镜子。

　　其二，教育小说创作是老舍参与改善社会的手段之一。哪怕身在英

---

① 老舍：《文学概论讲义》，《老舍全集》第 16 卷，人民文学出版社 2013 年版，第 106 页。

国，老舍也密切关注中国社会与革命，"我们在伦敦的一些朋友天天用针插在地图上：革命军前进了，我们狂喜；退却了，懊丧"①。彼时身在异国的老舍对自己的祖国爱之深、责之切，对革命的热切期盼不知不觉地融入笔杆，浓重的家国情怀使他的作品在主旨上与鲁迅改造"国民性"之作有几分相似。虽然老舍在谈到其开山之作《老张的哲学》这本书时，就说"只为写着玩玩"。但由其自述和作品可知，这句话更倾向于自嘲，老舍并非进行纯属消遣的无目的性写作。1921 年，老舍向日本广岛高等师范学校的留日学生主办的期刊投稿，在其诗歌《海外新声》中写道："你们挨饿受冻伴着荒岛，为什么不在这里听杜威、罗素？要设法超度他们，快脱了军国的劫数！"② 教育家杜威曾于 1919 年在北京高等师范学校（现北京师范大学）演讲，在学界引起不小轰动。老舍作为新兴思想的探索者和汲取者，受杜威"教育意义本身就是改变人性"的观点影响，致力于教书与育人并举的改造国民性之路，故崔明芬将老舍教育思想称为"历史原动力"。1923 年老舍于《儿童主日学与儿童礼拜设施之商榷》中写道："欲社会国家之昌茂者，必以发展教育为首务"③，在小说《猫城记》中自问自答："为什么要教育？救国！"由此可窥知其教育责任感。如果没有教育，何谈个人发展？如果没有个人发展，何谈国家进步？老舍将教育上升到了关系家国危亡的高度。

其三，"人格教育"是老舍贯穿一生的诉求，这与其人生经历有莫大的关系。老舍出身于清末没落的旗人之家，一岁半时父亲就死在八国联军的铁蹄下。老舍的母亲在极其艰难的条件下将 5 个孩子抚养成人，她勤俭诚实、乐于助人的品质深深影响了老舍，给予其"生命的教育"，塑造了老舍仁爱、向善的人格。9 岁的老舍在刘寿绵资助下就读改良式私塾，走上求学之路。老舍接受了 12 年系统的教育并且选读北京师范学校而走上教育工作岗位。在《宗月大师》中老舍谈到，"没有他，我也

---

① 老舍：《我怎样写〈二马〉》，《老舍文集》第 16 卷，人民文学出版社 2013 年版，第 173 页。

② 张桂兴编：《老舍年谱》（上册），上海文艺出版社 2005 年版，第 21 页。

③ 舒舍予：《儿童主日学和儿童礼拜设施之商榷》，《真理周刊》1923 年第 21 期。

许一辈子也不会入学读书。没有他，我也许永远想不起帮助别人有什么乐趣与意义。"① 可以说，如若没有刘寿绵在老舍的求学之路上铺了这么一个台阶，老舍日后不可能有如此成就，刘寿绵的善举在老舍心中埋下人道主义的种子。老舍于 1922 年受洗成为基督教教徒，自由、博爱、平等的思想也由此深入他的思想中。据胡絜青所说，老舍"从来没有做过礼拜，吃饭也不祷告，家里没要过圣诞树……老舍只是崇尚基督与人为善和救世精神，并不拘泥于形迹"②。

　　母亲的"生命的教育"、刘寿绵的言传身教以及基督教的大同世界观，感化老舍成为一个真正的文化改良主义作家。老舍借《猫城记》发声："办教育的难道就不能咬一咬牙做个有人格的人？……假如我们办教育的真有人格，造就出的学生也有人格，社会上能永远瞎着眼看不出好坏吗？假如社会上办教育的人如慈父，而造就出的学生都能在社会上有些成就，政府敢轻视教育？"③ 老舍所提及的"教育人格化"，是一种由教育的内在机制对个体进行协调和转变的先进观点。老舍想要维护人格教育这一本源，欲将其作为动力源改变中国人的文化素质结构。老舍重视教育改造人性的力量，他所关注的教育不局限于学校教育，还包括家庭教育和社会教育。

三　老舍对英国人的观察

　　"一般而言，当没有面临与异质文化的冲突时，人们对自身所在的文化缺乏客观的视角与判断力，长久的浸润有时呈现的却是'反效应'：似是而非的熟悉常常只是种错觉，它带来更多的是对文化的麻木与疏离。"④ 所幸的是，1924 年经易文思、宝广林推荐，老舍到伦敦大学东方学院任中文教员，由此获得了新的视角以审视中国。

① 老舍：《宗月大师》，《老舍全集》第 14 卷，人民文学出版社 2013 年版，第 241 页。
② 赵大年：《老舍一家人》，《花城》1986 年第 4 期。
③ 老舍：《猫城记》，《老舍全集》第 2 卷，人民文学出版社 2013 年版，第 231 页。
④ 李秋华：《多元思维之下返观老舍的"民族味"——关于老舍与英国关系之另一种思考》，《福建论坛》（人文社会科学版）2005 年第 S1 期。

时年 25 岁的老舍漂洋过海抵达英国，接手一份年薪仅 250 镑的汉语教学工作。彼时英国已发展为头号工业强国，而中国却在侵略者的铁蹄下苟延残喘。老舍作为一介弱国子民，切身感受到来自西方的歧视与侮辱："中国城里要是住着二十个中国人，他们的记载上一定是五千；而且这五千黄脸鬼是个个抽大烟，私运军火，害死人把尸首往床底下藏，强奸妇女不问老少，和作一切该千刀万剐的事情的。"① 老舍在英国的生活体验无疑使他躬身自省：为何中国人如此不受待见？如何才能挽救积贫积弱的中国？老舍在文化的交互参照中客观剖析审视中国与英国差距悬殊的根本原因。

其一，英国人活到老、学到老的品质深深感染了老舍，"不管是十几岁，还是七八十岁的老年人只要交足学费，都可以入学……舒庆春所在的中国语文系，就有两位七十岁的老人进修汉文"②。英国的士兵或官员如果多学习一种语言，每年的军饷能多拿 100 镑，由此可见英国为了实现其侵略他国、成为世界强国的野心，是极其重视教育的，正如 17 世纪文艺复兴作家培根所呐喊的："知识就是力量！"《二马》中老舍借凯瑟琳之口指出中国的弊端："中国人的毛病也是不念书，中国所以不如英国的，就是连一个真念书的人物也没有。"③ "真念书"指的是科学知识的学习和理性思维的培养，而非死记硬背照本宣科。老舍意识到，长达数千年的科举制度禁锢了一代代中国人的思维，也扼杀了他们对真理的求知欲和探索精神，最终教育出当时的弱国子民。

其二，英国人的独立精神也在生活中表露无遗。老舍初到伦敦时的房东是一对姐妹，其中妹妹不去伸手找其他兄弟讨要生活费，反而自己操持一切，"自然，这种独立的精神是由资本主义的社会制度逼出来的，可是我到底不能不佩服她"④。《二马》中伊牧师从车站接回马家父子，

---

① 老舍：《二马》，《老舍全集》第 1 卷，人民文学出版社 2013 年版，第 391—392 页。
② 老舍：《老舍自传》，江苏文艺出版社 1995 年版，第 40 页。
③ 老舍：《二马》，《老舍全集》第 1 卷，人民文学出版社 2013 年版，第 466 页。
④ 老舍：《我们几个房东——留英回忆之二》，《老舍全集》第 14 卷，人民文学出版社 2013 年版，第 62 页。

在饭后始终坚持 AA 制付账。老舍在散文《英国人》中有言："他们该办什么就办什么,不必你去套交情;他们不因私交而改变作事该有的态度。"① 英国人的独立性迫使他们靠完善自身实力立足社会,而非靠攀附关系苟且偷生。实干者多,虚礼者少,个体的自由独立发展就会促进国家的自由独立发展,反之亦然。这一点,正是老舍迫切需要国人认识到的!

其三,英国人对法律和契约极为重视,不论商业贸易还是人情世事皆有应遵循的法则,这为其在工业革命后崛起成为世界强国奠定了政治基础。老舍在《二马》中描述了英国社会对女权的维护:玛力婚姻遭遇"滑铁卢"时,她的母亲建议她用法律手段保护自己,而非委曲求全。法律作为国家权威被摆至至高无上地位,因而能够起到惩恶扬善的作用,基于此,个人的自我价值才有实现和发展的空间。"英国人是最爱自由的,可是,奇怪,大学里的学生对于学校简直是没有发言权。英国人是最爱自由的,可是,奇怪,处处是有秩序的,几百万工人一齐罢工,会没放一枪,没死一个人。秩序和训练是强国的秘宝……"② 英国社会以法理为本位,由此约束英国人不做越矩之事,培养国民的理性意识的同时保障国家的有序运转。老舍的思考延伸至更高的层面:唯有整个社会都崇尚法理,才能扭转中国长期"官本位"的局面。

老舍看待国民教育的观念其实就体现了他的跨文化意识:"从自我看他者,从他者看自我,再到视域融合后再反观两者,这样反复、交互地看,便形成一种复杂的交互解释,交互参照和反观越是频繁,所看到的东西也就越有跨文化性。"③ 老舍一直在做加法:他并未摒弃自身的根,而是在深深扎根的同时向外开枝散叶、汲取能量。老舍没有全盘接收英国文化,也没有全部倾向中国传统文化,而是客观地在跨文化对照中试图取英国之长补中国之短。于英国公民社会中耳濡目染,老舍发现英国人身上理性、务实的品质,正是满嘴"仁义道德"的中国人所欠缺的。

① 老舍:《英国人》,《老舍全集》第 14 卷,人民文学出版社 2013 年版,第 61 页。
② 老舍:《二马》,《老舍全集》第 1 卷,人民文学出版社 2013 年版,第 529 页。
③ 周宪:《跨文化研究方法:方法论与观念》,《学术研究》2011 年第 10 期。

中国之所以落后，是因为国民愚弱、怠惰，所以国人自尊的唤醒和能力的提高是救国的必要途径，教育在此时被提升至极高的地位。老舍的早期小说《老张的哲学》《赵子曰》贬斥了教育无序的现象，《二马》则通过马威父子在英国的所见所闻比较了中西差距和异同，暗示着：如果不汲取西方的进取精神，中国潜藏的文化危机将会使其湮没于世界现代化洪流中。在谈论《二马》的创作因由时，老舍说："那时在外国读书的，身处异域，自然极爱祖国。再加上看着外国国民如何对国家的事尽职责，也自然使自己想作个好国民，好像一个中国人能像英国人那样作国民便是最高的理想了。"① 英国的生活经历成为老舍反观国民教育的一面镜子。

四　以《老张的哲学》多维度审视国民教育之弊

《老张的哲学》是老舍创作的一个起点，初载于 1926 年《小说月报》第 17 卷 7—12 号，1928 年由商务印书馆初版印行。作为老舍的开山之作，该书颇具社会现实性，对于我们窥知当时国民教育情况有一定的参考意义。"在写'老张'以前，我已作过六年事，接触的多半是与我年岁相同的中年人。我虽没想到去写小说，可是时机一到，这六年中的经验自然是极有用的，这成全了'老张'。"②

创作《老张的哲学》时距五四也有数年，身肩教书育人之责的老舍从北京师范学校辗转至英国伦敦大学。20 世纪初的英国已经是一个工业发展趋向成熟的国家，一战后中产阶级、工人阶级成为推动英国社会现代化进程的重要力量，因此个人的自由与平等、政治治理透明化、社会监督等理念也被纳入英国社会运行原则中。老舍自身脱胎于儒家文化，当他置身于西方文明浪潮中，英国所带给他的不仅仅是震撼，同时也催生了他内心深处的矛盾和忧思。"设若我始终在国内，我不会成了个小

---

① 老舍：《我怎样写〈二马〉》，《老舍文集》第 16 卷，人民文学出版社 2013 年版，第 173 页。

② 老舍：《我怎样写〈赵子曰〉》，《老舍文集》第 16 卷，人民文学出版社 2013 年版，第 167 页。

说家——虽然是第一百二十等的小说家。"① 老舍以"旁观者清"的站位在中西对比中自觉反思民族生存困境，在矛盾与困惑的碰撞冲击中逐渐拓宽视野，这为其剖析国内现状与国民心理提供了参照的尺度。在英期间，老舍于新的环境下反观国内形势，将满腔爱与憎诉诸笔墨，"老张"这一角色便跃然纸上。

"老舍自己以为没有分量的《老张的哲学》是一个邪恶教员和杂货商人的故事，虽然这本书在嬉笑怒骂上完全失败，它对公理沦丧这一事实的英雄主义的处理，却是老舍后来作品的先声。"② 老舍将自己的人生经验与智慧置入现实的情境中，与人民群众也是最广大的读者建立联系与沟通，这是他"个人经验"取得积极转化的条件，使其作品具有了教育的功能。在《老张的哲学》里，教育失效，民无尊严。老张是京郊一所官商小学校长，无心治学，怙恶不悛，钱消溶了他作为人的尊严——"营商，为钱；当兵，为钱；办学堂，也为钱！此之谓'三位一体'，此之谓'钱本位而三位一体'。"③ 老张不仅利用高利贷将李应的叔父和龙树古逼得走投无路，还在给乡绅孙八买小老婆的交易中捞钱。这个作恶多到罄竹难书的人最后爬上了北郊自治会会长的位置，最后由盟兄保荐竟做上了南方某省的教育厅长。教育者如此，对受教育者而言简直是莫大的戕害。书中对老张的生活哲学进行了无情而深刻的揭露和讽刺，用工笔手法描绘了那些在不断幻灭的理想中努力挣扎的人物群像。人们最终沦丧为荒漠般冷寂环境的一部分，这种当时社会中最广泛、最普遍、最不易察觉而又最根深蒂固的"近乎无事的悲剧"，是环境所决定的。老舍不弃不舍地从跨文化的角度对人性、命运的深度进行着严肃的拷问。"所看到的有美也有丑，有明也有暗，有道德也有兽欲。这丑的暗的与兽欲也正是应该注意的，应该解决的。"④ 这是几年后老舍在文学概论里

---

① 老舍：《我的创作经验（讲演稿）》，《老舍全集》第 17 卷，人民文学出版社 2013 年版，第 68 页。

② 夏志清：《中国现代小说史》，刘绍铭等译，复旦大学出版社 2005 年版，第 117 页。

③ 老舍：《老张的哲学》，《老舍全集》第 1 卷，人民文学出版社 2013 年版，第 4 页。

④ 老舍：《文学概论讲义》，《老舍全集》第 16 卷，人民文学出版社 2013 年版，第 104 页。

所提及的，也显示其创作目的——唤醒即是教育的开始。

在老舍作品中找不到一个激进式的口号，他以平等与同情的叙事方式，做一个毫无情绪倾斜的还原者。如果说鲁迅是批判国民性，那么老舍则是揭露国民性，如显微镜一样将每个人物看得一清二楚，在生存矛盾的游走间将伦理叙事推向了一个让人难以企及的高度。如果说老舍看到了其他人看不到的东西，那必定得益于那双受过西方文明洗礼的眼睛，让他以西方现代理性自觉审视中国的教育及一切。

（一）从社会角度批判国民教育

随着西方列强入侵中国，这个闭关锁国已达千年的传统礼教之国逐步意识到教育办学的重要性。由老舍在《老张的哲学》中自述可知，书中故事发生的时间大概在 1919 年至 1923 年之间。时值军阀割据时期，袁世凯复辟帝制、张勋进北京拥戴溥仪复辟等丑剧上演，新式思想与旧式传统矛盾重重。国家主权尚未稳定，社会结构并没有彻底重建，因此关于教育的改革也未能落到实处。"几十年来的教育改良，只注意数量的增加却不曾注意根本上的方法改革。"① 皮囊之变不能剔除深入骨髓的恶，表里不一的教育方式不能从根本上拯救一代青年，反而会腐蚀人性。

办学不规范是《老张的哲学》中最显而易见的问题。从教育从业者看，开篇老舍用了自问自答的句式："老张也办教育?"② 来表示对老张办学的不可思议。老张从教办学校，虽然身为人师，但却无师范。他严禁学生在自己学堂以外的商店去买点心，以体罚要挟学生让家长送东西；同时老张也是当时特殊社会背景下一个新兴的资产阶级者，他从商放高利贷盘剥勒索群众，师生之间纯粹的教学关系已被剥削关系取代；从教学环境和教学内容上看，老张的学堂四周环绕臭水沟，一年四季不允许学生开窗；四合院的临街三间是老张售卖鸦片的杂货铺；学务大人来检查时老张命令学生把《三字经》《百家姓》收起来，拿起《国文》逢场作戏，可见得老张填鸭式教学法所教的还是封建礼教的旧知识，对学生

---

① 胡适：《实验主义》，载葛懋春、李兴芝编《胡适哲学思想资料选》，华东师范大学出版社 1986 年版，第 89 页。

② 老舍：《老张的哲学》，《老舍全集》第 1 卷，人民文学出版社 2013 年版，第 4 页。

心智能力的提高无所帮助。他在应付学务检查时搬出了新式教科书，但之后继续搬出老派经书妄想着科考复辟。时代在变，但落后的教育本质却不变，如蔡元培所言："吾国教育界乃尚守几本教科书，以强迫全班之学生，其实与往日之《三二字经》《四书五经》等，不过五十步与百步之相差。"[①] 书中另一教育从业者，即学务南飞生也是假正经之流，在督查教学时指出讲台的位置："那是'白虎台'，主妨尅学生家长。"[②] 连监管者都如此贻笑大方，可想而知其无所作为。

教育界腐败也是老舍在书中批判的一大社会问题。德胜汛小学聘请教员时，正规的师范毕业生因为没有门路而找不到事做；与之构成讽刺对比的是，"我们的英雄老张"因为盟兄当上师长而被推举作南方某省的教育厅长。从教育者的"官迷"本质上看，老张和学务南飞生所代表的是一批将教育作为从政跳板的势利者。教育事业只是他们借以装裱门面、满足私欲的工具。老张意识到，唯有权才能稳住钱，于是便趁国不成国之际，勾结恶绅搞"自治"竞选阴谋，走上从政之路。本是为民发声为民谋利的自治会却沦落到了投机者手里。老张的名言之一就是："人是被钱管着的万物之灵！"[③]《老张的哲学》中所描写的日常生活场景无一不印证着这句"金玉良言"。老张为人师表却贪婪至极，只要有利可图，他什么事情都想插一脚。他对钱的疯狂痴迷像极了巴尔扎克笔下的葛朗台。官商勾结无法避免，无奈的是最终连教育这片净土也被玷污。老舍以戏谑的笔调一边讽刺老张，一边又"成全"老张，让他在欺凌强占中"顺风顺水"，令读者不忍直视这颠倒黑白的社会。

当时，社会不但不能为学生提供正面的引导，反而扭曲学生价值观。常言道，社会即是青年人的大百科全书，塑造一代人的认知和人格。而从《老张的哲学》的时代背景可知，当时新的政治结构还缺乏稳定的根基，不足以提供任何精神上的启蒙和制度上的保障——国无定法，社会

---

① 蔡元培：《新教育与旧教育之歧点》，《蔡元培全集》（第三卷），浙江教育出版社 1989 年版，第 175 页。

② 老舍：《老张的哲学》，《老舍全集》第 1 卷，人民文学出版社 2013 年版，第 15 页。

③ 老舍：《老张的哲学》，《老舍全集》第 1 卷，人民文学出版社 2013 年版，第 131 页。

无序，榜样缺失。彼时沦为半殖民地半封建社会的中国，资本主义所带来的种种物质变化不断使人和人之间形成赤裸裸的金钱关系，金钱这一具有颠倒是非作用的罪恶之源刺激着人们的欲望，愈来愈多的人以"钱""权"取代"法"作为一切的衡量标准。政府不成政府，警察不成警察，社会秩序受到严重破坏。社会底层人民像车夫赵四、李应叔父以及龙凤、李静两女子，都是处于被强权操纵的对象。"凡公事之有纳入私事范围内之可能者，以私事对待之。"① 老张这一"哲学"可见其对法律和道德的无视。乡绅孙守备出于正义感在老张娶亲时想要救下李静，但却遭到老张"以钱易人"的勒索，表面上说要和老张打官司，心底却发出了如此慨叹："打官司？是中国人干的事吗？难道法厅，中国的法厅，是为打官司设的吗？"② 就连做过以军职兼民事守备的老张，也将"打官司"当成笑话。王德欲破坏老张的婚礼，以此控诉这种非人道的掠夺。但最后恶棍老张的婚礼仍照常举行，王德却被锁起来送进步军统领衙门。这无异于贼喊抓贼，抢人者安然无恙，被抢者却受到制裁，老舍通过这一对比控诉了炎凉世态。在黑白颠倒的社会环境下，学生纵使在书本中学到知识，却在现实中处处碰壁无计可施。一个理性和正义逐渐消弭的社会，势必不能给学生提供正面激励，也势必难以培养人格健全的一代新人。

（二）从家庭伦理角度批判国民教育

家庭教育是"一个人自生至死，受家庭环境、成员、气氛的直接熏陶或间接影响，在情感生活的学习上、伦理观念的养成上、道德行为的建立上，获得身心健全发展的指导效益"③。从一个家庭的伦理关系网可窥知整个社会是否正常运行。尽管维新派推崇西方"天赋人权"，辛亥时期资产阶级革命派宣传妇女解放、新文化运动倡导"民主"与"科学"，但是直至老舍所在的年代，封建传统思想的根蔓仍盘桓于人民心底。女性玩物化，婚恋金钱化，孝道扭曲化，伦理关系陷入尴尬状态。

---

① 老舍：《老张的哲学》，《老舍全集》第 1 卷，人民文学出版社 2013 年版，第 152 页。
② 老舍：《老张的哲学》，《老舍全集》第 1 卷，人民文学出版社 2013 年版，第 173 页。
③ 丁连生：《亲职教育的基本观念之分析》，《师友月刊》1980 年第 12 期。

家庭这一社会单位作为伦理意识的载体为老舍所关注。《老张的哲学》
掀开了他探讨伦理道德教育的第一页，与五四时代"人性复归"的思想
相应和。

　　女性玩物化是封建专制下数千年男权社会的后果，男尊女卑的偏激
思想根深蒂固。尽管辛亥革命后，表面上看女子缠足等陋习已被破除，
但实际上女性仍被钉在枷锁之中，精神和意志受到"理所当然"的
摧残。

> 　　老张跑出来，照定那个所谓死母猪的腿上就是一脚。那个女人
> 像灯草般的倒下去，眼睛向上翻，黄豆大的两颗泪珠，嵌在眼角上，
> 闭过气去。这个时候学生吃过午饭，逐渐的回来；看见师母倒在地
> 上，老师换着左右腿往她身上踢，个个白瞪着眼，像看父亲打母亲，
> 哥哥打嫂子一样的不敢上前解劝。①

　　这段场景描写别有用意，说的不只是老张如何暴打妻子，而是人们
如何打妻子，从一个场景延伸至整个社会。学生们"像看父亲打母亲，
哥哥打嫂子一样"②，可见当时家暴的普遍性和妇女地位之卑下。老张说
服孙八纳妾，冠冕堂皇称做官的都要纳妾，否则无人往来，无人提拔。
女人作为男人的附属品，被待价而沽。"买女子和买估衣一样，又要货
好又要便宜：穿着不适合可以再卖出去。"③受过新兴思想熏陶的资产阶
级买办者蓝小山也认为，女性只是擦红抹粉引诱男性的东西，毫无实在
意义。女性作为男性的玩物，在三从四德、三纲五常的钳制下生活。看
似粉饰太平的传统伦理意识中存在着极大的不平等：女性从一而终，而
男性妻妾成群，"长跪问故夫，新人复合如？"《老张的哲学》中不只借
助男性的视角，甚至通过女性的视角，来描述女性的自我贬低。王德问
她妇女是干什么的，李静默默地在纸条里写着："妇女是给男人作玩物

---

① 老舍：《老张的哲学》，《老舍全集》第 1 卷，人民文学出版社 2013 年版，第 25 页。
② 老舍：《老张的哲学》，《老舍全集》第 1 卷，人民文学出版社 2013 年版，第 25 页。
③ 老舍：《老张的哲学》，《老舍全集》第 1 卷，人民文学出版社 2013 年版，第 138 页。

的。"古语曰"女子无才便是德",女性无知无才无主见,才能唯唯诺诺地受男权摆布。哪怕是受过新式教育的李静,骨子里的自卑感和束缚感仍然沉重。

婚恋金钱化是家庭畸形的病症之一。老张的妻子也是十多年前顶父亲的债卖给老张的,嫁过来后就是一台只许服役不给加油的机器,老不给妻子吃饱,饿了常常只许喝水。老舍在《老张的哲学》里同时也叙述了另外两桩婚约:一桩是老张和李静的抵债之婚,另一桩是孙八和龙凤的买卖之婚。宗教慈善组织的领导人之一龙树古表面信奉基督教,但还是贬低人性,认为女儿对穷少年李应的爱是一文不值的,但在老张的说服下选择走资产阶级婚姻,可见宗教只是他暂时的庇护所,其本质还是固守"孝道金钱化"的传统礼教者。

"老张虽老丑,可是嫁汉之目的,本在穿衣吃饭,此外复何求!况且嫁老张可以救活叔父,载之史传,足以不朽!"① 赵姑母逼迫李静嫁老张时,一语道出这桩婚姻赤裸裸的目的性。中国自古有"养儿防老,积谷防饥"之说,身体发肤受之父母,所以用之父母。虽然嫁女是无奈的选择,但是从中可见对女性独立的否定。"老舍反映了许多在旧的儒家传统支配下中国人的性格特征——即对亲属朋友的残忍性。"② 长者出于对物质的需要而牺牲子女的恋爱自由,一是否定了爱情,婚姻在某种意义上类似待价而沽的交易;二是否定了亲情,儿女在某种意义上类似于家庭的储备物资。在为生存而挣扎的环境里,人性逐步退化,被社会挤压乃至变形。

孝道扭曲化是《老张的哲学》中披露的又一家庭矛盾根源。一直占据中国意识形态领域主导地位的孔孟之教将人与人的关系总结为五伦——"父子有亲,君臣有义,夫妇有别,长幼有序,朋友有信",在此框架束缚下,个人意志总是为长者意志扭曲。李静和王德青梅竹马,彼此情投意合,但却被赵姑母为抵李应叔父的债许给老张,宣告了"所

---

① 老舍:《老张的哲学》,《老舍全集》第 1 卷,人民文学出版社 2013 年版,第 151 页。

② [苏] A. A. 安基波夫斯基:《老舍早期创作与中国社会》,宋永毅译,湖南文艺出版社 1987 年版,第 28 页。

谓儿女的爱情就是对于父母尽责"的礼教又一次胜利。李静虽然牺牲自我以回报对家人的养育之恩，但日后对家人的情感也是分外复杂的。最后，李静在孙守备的帮助下免于成为老张之妾，赵姑母却说李静是个没廉耻的女孩子，"临嫁逃走的"。李静个人争取自由和幸福的权利，完全被赵姑母否定。新教育何曾向赵姑母摆过阵？五四新青年的"人性复归"思想又被狠狠打回。在李静出嫁时的街景描写中，老舍对旁观人物的三言两语的速写表现了当时社会风气，众人赞不绝口："女学生居然听姑母的话嫁人，是个可疼的孩子！"[①] 还有个媳妇对八九岁的小孩教唆着"跟人家学学！"可见"愚孝"在当时社会中的普遍性和合理性。书中另一个主角王德，在迷惘之际也在四十八小时之内在父母的指配下迎娶一个陌生姑娘。老舍在这一处笔触描写之细，可见其用情之深，这大抵跟他自身经历有关。老舍年轻时也面临过包办婚姻的困扰，他执意拒绝母亲定的亲事，在万般说服下母亲才含泪同意退婚。"时代使我成为逆子。婚约到底是废除了，可是我得到了很重的病。"[②] 在"孝道"和"自主"这一矛盾中的挣扎经历，使他对家庭的解读更加深刻。诚如赵园所说："中国现代知识分子最初发现的，一般还不是作为经济单位的'家'，而是作为思想笼牢、作为政治对立物的'家'。"[③]

　　旧文化根深蒂固，彼时对家庭传统伦理和自由民主精神之矛盾的阐述聚讼纷纭，传统孝道的"克己复礼"，始终无法构建起平等的社会和家庭伦理关系。五四运动之后，"我"和他人之间界限的界定逐渐被强调。老舍作为具有跨文化素质和现代视野的人，发出了关注家庭教育的呼声。

　　（三）从受教育者心理批判国民教育

　　时值五四运动，但文化革新的浪潮并不能动摇传统礼教的根基。可见当时教育改革失效，只触及皮毛而不能有的放矢。老舍在《老张的哲

　　① 老舍：《我的母亲》，《老舍全集》第 14 卷，人民文学出版社 2013 年版，第 330 页。

　　② 老舍：《小型的复活（自传之一章）》，《老舍全集》第 15 卷，人民文学出版社 2013 年版，第 354 页。

　　③ 赵园：《艰难的选择》，上海文艺出版社 2001 年版，第 75 页。

学》中，除了描写了老张——这个"20世纪初中国社会阶级关系重新调整后的畸形产儿"① 以外，还描述了老张棍棒下的一批学生。老舍把笔触延伸至年轻的一代人，在国家奄奄一息时发现了国人蒙昧心理在青年人身上依旧有所传承：驯良、苟安、奴性、封闭、蒙昧……

《老张的哲学》中，学生们毫无学习动机和学习目的。从《三字经》《百家姓》到应付学务大人检查拿出的《国文》，可知老张仍旧在私塾内推行旧式教育，对学生进行传统礼教的洗脑，教育具有极大的盲目性。老张告知王德父亲阻止王德辍学，原因是"快复辟了，将来恢复科考，中不了秀才，可就悔之晚矣"②。私塾里灌输的死学问只是被异化为当官求财的工具，学生在求学过程中已被抹杀了好奇心与创造欲。毫无驱动力的"接受心理"在某种程度上促使这个国家的一代年轻人渐渐走向迷失。老舍在其《文学概论讲义》中把这种没有逻辑的思维方式称为"向后走"思路。"这种习惯使中国思想永远是转圆圈的，永远是混含的，没有彻底的认识。"③ 在王德和李应辍学时，二人走在街口茫然不知何处去，便以掷铜圆的方式决定各自出发方向，隐喻着两个青年人生选择的盲目性。

奴化教育培养了一批充当"看客"的学生。老张作为京师德胜汛小学的校长，在对待学生时就以棒打这种残暴的手段要求他们送礼，推行奴化教育。"那种教化本身是灌输忠顺安分的奴性文化，这就是教化成一种只知忠顺安分而不知另有思考的愚民。"④ 可想而知，在这样的教育者最后晋升为南方某省教育厅厅长时，受其荼毒的学生和教师又会有多少。老舍所书写的"奴性"潜伏在一群看客身上。在老张对着躺在地上的师母拳打脚踢时，学生"个个白瞪着眼，像看父亲打母亲，哥哥打嫂子一样的不敢上前解劝"⑤。在王德、李应为师母抱不平与老张打架时，其他的学生也是"很安详而精细的，看着他们打成一团"⑥。学生长期在

---

① 王本朝：《老舍研究》，重庆大学出版社2013年版，第106页。
② 老舍：《老张的哲学》，《老舍全集》第1卷，人民文学出版社2013年版，第31页。
③ 老舍：《文学概论讲义》，复旦大学出版社2004年版，第105页。
④ 熊铁基：《传统文化与中国社会》，华中师范大学出版社1993年版，第169页。
⑤ 老舍：《老张的哲学》，《老舍全集》第1卷，人民文学出版社2013年版，第25页。
⑥ 老舍：《老张的哲学》，《老舍全集》第1卷，人民文学出版社2013年版，第26页。

老张的淫威之下忍气吞声，受长期压迫而致心理畸形，衍生出一种丑陋的集体无意识：正义感和廉耻心消弭，用冷漠来代替一切反叛。后文老舍描写其他的成人看客时，令人不禁想到：这样的人就是老张的学生长大后的样子。在描写王德为救出李静拿刀大闹婚场时，老舍惟妙惟肖地用"男人们闭住了气"这个细节表现了看客们的怯懦，委婉地说"本来中国男女是爱和平而不喜战争的"①，这与鲁迅笔下的"看客"不谋而合。消极敷衍的国民最突出的表现是：缺乏社会责任感和民族使命感。老舍一冷一热的嘲讽蕴含着对这群"出窝老"的青年的忧虑，他以启蒙主义者的姿态希望通过创作唤醒世人心里的良知和反抗的觉悟。

小知识分子的软弱性和妥协性也在《老张的哲学》中暴露无遗。李应和王德最初作为反叛者的形象出现在作品中，不管是挺身而出救师母和老张打架，还是从老张的学堂中辍学自行找工作，都表现了他们敢作敢为的抗争精神。但最后两个人在与命运的搏斗中均败下阵来，在工作中丧失斗志。原本诚实朴素的王德在报社里杜撰了"游公园遇女妖"的稿子，而李应跑到天津，"已成了一些事业"，但成的是什么事业呢？他当的是"救世军"，但其实是打着基督教的幌子为统治阶级服务的压迫人民的军队。谁曾料到，李应本人也在维护着他所憎恶的旧世界。王德的爱情也无疾而终。他被迫和陈姑娘结婚之后，死心塌地地帮助父亲打理家里几亩地，不再敢冒险地进城找事。老舍在书中把王德的行为比成"浪子回头"，反讽其踏上那个时代所谓的"正轨"："青年必须经过一回野跑，好像兽之走圹，然后收心敛性的作父母的奴隶。"② 一如李静做了赵姑母的奴隶，龙凤做了龙树古的奴隶……他们就这样对罪恶妥协，对自我敷衍，最后被吞噬掉的是一颗颗年轻正义的心。由于认知缺乏理性，心智尚未成熟，青年学生在进入社会后要么被混沌的社会击败，要么被社会同化，他们无疑是时代的牺牲品。老舍关注着这些处于传统和现代夹缝中的青年，对比英国青年的自由和开朗，中国青年却在刚刚接触新

① 老舍：《老张的哲学》，《老舍全集》第1卷，人民文学出版社2013年版，第168页。
② 老舍：《老张的哲学》，《老舍全集》第1卷，人民文学出版社2013年版，第184页。

式教育时，被传统伦理的沉重负荷压垮。

虽然当时青年人开始追崇新式风潮，剪辫弃发，鞠躬礼兴，但是固有的社会风俗和腐朽的伦理道德仍代代相传。两千多年的封建帝制压迫，使华夏儿女出于某种强大的惰性和惯性而在政治生活中放弃主动性，毫无自由与自尊可言。陈独秀指出忠、孝、节三样旧道德给青年人带来的心理危害："一曰损害个人独立自尊之人格；一曰窒碍个人意志之自由；一曰剥夺个人法律上平等之权利；一曰养成依赖性，戕贼个人之生产力。"[①] 老舍在《老张的哲学》中，还原了当时青年一代的心理困境，披露了"长者本位"的社会里青年在个人发展的路途中遇到的种种障碍。

《老张的哲学》所影射的社会、家庭与青年人之间的关系链，体现了社会转型时期的恶性循环。在这个有着几千年宗法制历史的封建社会中，农耕文化注定了人自幼与土地和家庭保持紧密联系，这种固化的模式重伦理而轻人欲，重纲常而灭人性。国门洞开后先进文化涌入，但是新教育也难以深入群众，难以动摇国民的深厚的封建思想根基。黑白颠倒的社会无法提供有实质意义的教育，家庭教育也在逼迫孩子重蹈覆辙，导致一代青年涣散如蝼蚁，最终将这种思想上的"遗传病"传给自己的下一代。"新制度与新学识到了我们这里便立刻长了白毛，像雨天的东西发霉。"[②] 老舍不仅抨击了这个死水一般的社会，还揭露了一个发人深省的问题：新生力量得不到培养，但老派力量却又强大到足以将其扼杀，国民的出路何在？

老舍在《老张的哲学》中从社会教育、家庭教育与受教育者等角度出发，对教育从源头、过程到结果进行了剖析。老舍抛开传统价值尺度，深入地批评当时历史语境下腐朽的文化现象，剥丝抽茧地分析其深层原因，对此进行自我反思和中西文化之对比，其作品现实性来源于其多年教学实践，其超越性来源于跨文化的体验。他对社会的关注着眼于底层人民，并在哀其不幸怒其不争的同时寄托了自己"人格教育"的理想，

① 陈独秀：《孔子之道与现代生活》，《新青年》1916 年第 2 卷第 4 号。
② 老舍：《猫城记》，《老舍全集》第 2 卷，人民文学出版社 2013 年版，第 229—230 页。

诚如崔明芬所言的"历史原动力"。他是超前于这个时代的，其现代性思维至今仍参与着教育思想体系的重构。

　　当然，出于其自身的局限性和时代的蒙蔽性，老舍并没有具体指出如何在当时社会环境中实施国民教育，通过何种途径实现自我进步与思想解放。老舍早期的教育小说《老张的哲学》提出问题，在《赵子曰》和《二马》中，老舍分别借李景纯、李子荣之口提出一剂药方，认为救国有用的是出国学习财政、法律、商业等比较实用的学问。老舍早期的教育小说书写当时教育的困境，并一直贯穿着对青年道德培育的思考。但是在中期的《文博士》《毛博士》《东西》等小说中，留学归来的学者们却只抓住了外国文化中表面的肤浅东西，并将学历当成为官的跳板，可见旧思想荼毒之深非海外求学所能化解。"虽是因我国教育上的种种缺点，但最主要的应归结为教育权旁落，所以别人得越俎代庖，以间接制造所欲制造的人物。"① 显然，老舍在早期提出来的方法无法解决道德培育问题。因为在当时的社会形态下，教育本身无法承担政治、经济等社会多方面的负荷。老舍自身作为教育家和文学家，在政治方面多少也有点心有余而力不足。晚年老舍在与英国人斯图尔特·格尔德玛·格尔德的对话中，反省自己的创作："我虽然同情革命，但我还不是革命的一部分，所以，我并不真正理解革命，而对不理解的东西是无法写出有价值的东西的。"②

　　老舍在字里行间揭示了国民教育缺席带来的种种病症和弊端，其前瞻性和启蒙性对当时的社会具有唤醒作用。老舍对青年人的深切理解和对人本主义的思考，也是我们在探索国家现代化进程中必不可缺的两大因子，至今仍值得反思和自省。教育的启蒙使命，注定教育事业是一个时时需要反省与更新的事业。虽然现在距离《老张的哲学》的创作年代已近百年，但是许多集体无意识至今仍沉积在国人思想中，我们也不难找到与书中场景如出一辙的情节。在当下，老舍融汇多元文化的教育思

---

　　① 周太玄：《留学问题的各面观》，《中华教育界》1926 年第 16 卷第 2 期。

　　② 老舍：《与英国人斯图尔特·格尔德、罗玛·格尔德的谈话》，《老舍全集》第 18 卷，人民文学出版社 2013 年版，第 283 页。

想仍具深刻的指导意义。

第二节　从知识分子人格审视国民教育之弊

　　古往今来，中国并不乏读书人和谋略者，但各个时代治学者的目的和途径不一，因而尚未有一个准确的概念来描述。知识分子是一个从西方传入的概念。"从词源上说，'知识分子'一词来自俄语 интеллигенция，而这个俄语词又是俄国学者通过对拉丁语 intelligentia（意为理解、知识）的翻译而形成的。俄国学者在创制出 интеллигенция（知识分子）一词时，将之定义为'最有文化的，教养的，最先进的社会阶层'。"① 《辞海》中对"知识分子"的定义范围则广阔得多，即"有一定文化科学知识的脑力劳动者"。知识分子是特定社会下的产物，在不同历史语境下的知识分子也迥然不同。

　　"士""士大夫"即是中国最早的知识分子。春秋战国时期百家争鸣，各个诸侯国为了强盛国力、削弱他国而重用一些有智有谋的人才，这些人在社会、伦理、政治、军事等各个方面著书立说。显然，当时知识分子的社会地位极高，他们与国家的关系建立在赤裸裸的政治利益的基础之上；秦汉时期，随着四分五裂的诸侯割据局面的结束，由于儒家的仁义观和等级观有利于稳定中央集权封建统治，董仲舒"罢黜百家，独尊儒术"，从此儒家思想在中国文人中的地位便不可撼动，学术界百家争鸣、自由辩驳的局面不再，士人创新精神日渐枯竭；隋朝大一统，科举制的确立正式把士人阶层纳入了封建官僚体制的运行轨迹之中，虽然科举制彻底打破血缘世袭关系和世族的垄断，但由于考试内容刻板僵化，知识分子为了仕途而皓首穷经、脱离实际，变得空疏无用，"求知""求是"的理想逐渐被"求仕"取代。这一束缚人才思维的选拔考试至清光绪三十一年（1905）举行最后一科进士考试为止。在这一千三百多年间，中国知识分子的创造力和生命力被抹杀于摇篮中，而西方资本主

---

① 张法：《中国话语与世界语境中的知识分子》，《贵州社会科学》2009 年第 4 期。

义国家声势浩大地完成了两次工业革命，自然科学研究取得重大进展，航海技术也飞速提高。他们扩张的爪牙开始伸向了昏睡中的中国。

在历史大变之际，知识分子被迫转型。"日之将夕，悲风聚至"的清王朝在西方列强的侵略下苟延残喘，对外无法御敌，对内无法改变积贫积弱的现实。封建体制内的知识分子失去避风港，各界仁人志士开始睁眼看世界，发奋学习西方的制度和技术文化，由此中国士人开始了向近代新式知识分子转型的过程。俞可平在《知识分子与社会发展》一书中将康有为、梁启超等戊戌四君子视为中国最早的知识分子和最后的士大夫，即中国早期现代化的直接硕果之一。不管是洋务运动"学器"，维新运动"立宪"，还是辛亥革命推翻君主专制，这些尝试皆因没有触碰深层次的变革——思想文化变革而败落。五四运动高举"民主、科学"旗帜，使中国知识分子开始具有现代意识，自觉追求独立人格，着眼中西政治文化对比，渐渐建立起以真理认同为基础的价值判断能力。1902 年，梁启超在《新民丛报》第 14 号中申明当代文人的宗旨为"专在借小说家言，以发起国民政治思想，激励其爱国精神"①。反抗封建文化和改造国民性成了启蒙文学的两大主题。五四运动催生了知识分子小说的发展，这是时代与文学思潮发展的必然结果。

知识分子生存状态的悲剧性描写自鲁迅开始，从鲁迅的《在酒楼上》、郁达夫的《沉沦》到郭沫若的"漂流三部曲"，众多作品皆再现了新旧交替时期中国知识分子的生存窘境。"老舍没有赶上这一代知识分子在金戈铁马、大浪淘沙下所作的文化心理选择，他是在'五四'新文化运动落潮的情势下登上文坛的。这就决定他在登上文坛的同时，就带上二十年代中后期知识分子特有的历史使命，以冷静、务实精神，重新审视'五四'新文化运动。"② 老舍自 21 岁就当上老师，因而他对学生有着特殊的亲近感，而与五四运动始终保持着一种恰如其分的距离，这使得他以一种"旁观者清"的姿态审视这些过渡时期的知识分子。同

---

① 陈平原、夏晓虹编：《新小说（第一号）》，《二十世纪中国小说理论资料》第一卷，北京大学出版社 1989 年版，第 56 页。

② 谢昭新：《老舍的文化心态与中国知识分子》，《北京社会科学》1990 年第 1 期。

时，老舍于英国任教期间切身感受英国社会文明，在中西比较中反思英国之所以强、中国之所以弱的根源，对这群看似"独立自主"的弄潮儿进行解构，也于纸张上建构了自己理想中的知识分子形象。鲁迅作品中力推"改造国民性"的思想，老舍与其是一致的。不同于鲁迅尖锐冷峻地揭露国民劣根性，老舍总以一种"笑骂而不赶尽杀绝"的温和态度来看待这些鱼龙混杂的知识分子。具体来说，老舍多着眼于教育批评，因此他的教育小说具有独特的个人特色。不论是教育场景还是教育者形象，抑或是学生心理，在老舍的作品中总能得到极富真实感的还原。

如果以历史结点为参照，可以把老舍的创作生涯划分成如下三个阶段：从老舍身处异域开始创作到抗日战争爆发前是其创作生涯的早期；从抗日战争爆发到 1949 年是他创作生涯的中期；1949 年后至老舍去世这段时间则是他创作生涯后期。本章集中探讨的是老舍早期小说中受过高等教育或从事知识工作的群体形象。早期，老舍与主流意识形态恰如其分地疏离，同时敏锐而深邃地审视当时的知识分子，对于人物性格特征的挖掘具有普遍性和超越性，我们不难在老舍中后期作品中读到一些格外熟悉的灵魂，他们带有文化转型时期的"遗传基因"。故对老舍早期小说中知识分子的解读，有管中窥豹之意；同时老舍也在该阶段的小说创作中融合其跨文化视域，从新旧对比中看异国文化影响下时代青年的发展历程，可见老舍在文化选择上审慎而复杂的态度。

一　"把旗子放下，去读书，去做事"

19 世纪末 20 世纪初，可谓中国历史上第二次礼崩乐坏的时期。彼时封建统治被推翻，辛亥革命的果实被军阀盗取，旧的文化传统分崩离析，新的社会秩序尚未建立。巴黎和会的导火索引发了五四运动，现代知识分子作为一股反封建的力量登上历史舞台，他们高举"民主""科学""自由""人权"的旗帜，表达对社会的抗议。有志救国的固然大有人在，但浑水摸鱼者也混迹其中。封建社会的教条主义教育僵化腐蚀了一批学生认知，令他们的心智不足以吸收消化"民主""科学"的精髓所在，却执恋于拆解甚至毁灭一切权威；他们也尚无宽宏之心来感知

"自由""人权"的魅力所在，却在干预社会中牟取私利。动乱的时代像一把放大镜，在放大人性优点的同时，也使人的劣根性暴露无遗。

五四运动时，老舍虽然只有二十几岁，因其已任教数年，有着超乎同龄人的成熟稳重。他没有和当时的知识青年一样走上街头呼喊口号，而是做一个谨慎的旁观者。他在《我怎样写〈赵子曰〉》中写道："我差不多老没和教育事业断缘，可是到底对于这个大运动是个旁观者。看戏的无论如何也不能完全明白演戏的……于是我在解放与自由的声浪中，在严重而混乱的场面中，找到了笑料，看出了缝子。"① 老舍笔下的学生运动，生动地反映出了人如何"吃人"的过程。

> 校长室外一条扯断的麻绳，校长是捆起来打的。大门道五六只缎鞋，教员们是光着袜底逃跑的。公事房的门框上，三寸多长的一个洋钉子，钉着血已经凝定的一只耳朵，那是服务二十多年老成持重的庶务员头上切下来的。校园温室的地上一片变成黑紫色的血，那是从一月挣十块钱的老园丁鼻子里倒出来的。②

老舍对经历"知识分子"洗劫后的学校场景和教员样貌的细节描写，虽无半句批判，但讽刺之意显露无遗：学生看似手无缚鸡之力，却与军阀并称为"新社会两大武化势力"；学校这一原本求知求学的圣地，却变成狂飙突进者的主场。"真草隶篆各体的书法，长篇短檄古文白话各样的文章"③，这帮学潮中的学生仿佛汲取尽新旧文化杂糅之下的所有糟粕。《赵子曰》开篇提及主人公赵子曰的出场时，老舍还称其为"最和蔼谦恭的君子"。但对于这位在名正大学读书的"君子"，书中却没有涉及他在学校里虚心求学的生活场景描写，但是他打牌、票戏、喝酒、下馆子、闹学潮却一个也没落下。欧阳天风煽动学生罢考、殴打教员时

---

① 老舍：《我怎样写〈赵子曰〉》，《老舍全集》第16卷，人民文学出版社2013年版，第167—168页。
② 老舍：《赵子曰》，《老舍全集》第1卷，人民文学出版社2013年版，第226页。
③ 老舍：《赵子曰》，《老舍全集》第1卷，人民文学出版社2013年版，第226页。

竟无一人提出异议，由此可见无知的学生群体在人云亦云中扩大了学潮的破坏性，各种冷嘲热骂"从名正大学的大门贴到后门，从墙脚粘到楼尖，还有一张贴在电线杆子上的"①。而放眼当时社会，教育部"大门紧闭，二门不开"，其他教育团体也熟视无睹，俨然是对这种丧失理性和人道的行为的默许。

这一场景在老舍短篇小说《大悲寺外》中也不陌生。学生们抗议要取消月考制度，撤换英文教员，此等无理要求自然遭到校长拒绝。学监黄先生尽自己本职维持秩序、与学生疏通，但年仅17岁的学生丁庚却一时心血来潮掷石头将学监打死。而这个死得无缘无故的学监平日对学生极其关爱有加，甚至拿出每月三分之一的薪水来补贴学生。在五四众多文学作品不遗余力地肯定青年学生时，老舍无疑是一个逆行者。他不赞同也不支持利用热血学生群体进行反抗活动，五四之后，个体意识和自由思想被抬高到了一定的地位，但是有不少知识分子将其变成自己解除桎梏后暴力泄欲的借口。

继五四运动之后，北京各种各类"教潮""学潮"风起云涌，老舍还亲眼看见了五四退潮后北京教育界一浪高过一浪的学生运动中所呈现的失控场面：1919年12月，北京第二中学出现教员"唆令学生反对新校长，甚至捣毁校具、攒殴校长，俾该校几濒于解散"②的情况；1920年3月，北京工业专门学校学生为罢考事，"出言荒谬，举动非法，并用强力推拥校长及学监主任出校"③；1922年，北京大学的"讲义费风潮"事件中，时任校长的蔡元培先生辞职，并在其辞呈中说："此种越轨举动，处于全国最高学府之学生，殊为惋惜。废止讲义费之事小，而破坏学校纪律之事实大，涓涓之水，将成江河，风气所至，将使全国学校共受其祸。"由此可见老舍创作与真实社会的吻合程度。时代并未给予无知的青年一段过渡期来消化和吸收"自由"和"革命"的真谛，在社会

---

① 老舍：《赵子曰》，《老舍全集》第1卷，人民文学出版社2013年版，第226页。
② 吴永平：《老舍长篇小说〈赵子曰〉琐论——纪念〈赵子曰〉出版80周年》，《民族文学研究》2008年第2期。
③ 吴永平：《老舍长篇小说〈赵子曰〉琐论——纪念〈赵子曰〉出版80周年》，《民族文学研究》2008年第2期。

各种势力的倾轧下，冠冕堂皇的起义运动中混杂着私人情绪和目的，正常教学秩序遭到极大破坏。以民主科学为目的的教育界都堕落至此，那社会如何有所发展？诚如别林斯基所言："当不合理显得合理而压倒合理的时候，喜剧性就有了悲剧性。"① 老舍在书写青年学生时有几分"爱之深，责之切"的意味，对比在英国接触的务实理性的英国人，老舍意识到中国青年人格失范的根源在于理性教育的缺失。他在《二马》中写道："把纸旗子放下，去读书，去做事"②，由此可见，培养知识和人格兼备的人是老舍教育观之一。

二　中不中，西不西

自 1840 年鸦片战争起国门被迫洞开，西方科学技术、政治理念在国内迅速传播，中外文化的融通为知识分子自身发展提供了更广阔的空间，但在西方现代文明洪水般的冲击下，中国封建文化的暗流依旧涌动。一批仁人志士走上求学以救国之路，但仍有一些似新实旧的知识分子实际上并未从根本上理解时代精神，只触及皮毛而已。西式的女权发展会传到了中国演变成《赵子曰》中赵子曰物色女人的场所，自治选举到了京郊也演变成《老张的哲学》中众人谋取私利的工具。

"新制度与新学识到了我们这里便立刻长了白毛，像雨天的东西发霉"，因为"采取别人家的制度学识最容易像由别人身上割下一块肉补在自己身上，自己觉得只要从别人身上割来一块肉就够了，大家只管割取人家的新肉，而不管肌肉所需的一切养分。取来一堆新知识，而不晓得研究的精神"③。

只注重外表上的"入时"却满脑子陈腐观念，一些表里不一的知识分子成为滑稽的笑柄。《老张的哲学》中的学监大人南飞生穿着一件旧灰色官纱袍，河南绸做的洋式裤，足下一双短筒半新洋皮鞋，"乍看使人觉着有些光线不调，看惯了更显得'新旧咸宜'，'允执厥中'。或者

---

① ［俄］别林斯基：《别林斯基选集》第 1 卷，满涛译，上海译文出版社 1979 年版，第 93 页。
② 老舍：《二马》，《老舍全集》第 1 卷，人民文学出版社 2013 年版，第 529 页。
③ 老舍：《猫城记》，《老舍全集》第 2 卷，人民文学出版社 2013 年版，第 229—230 页。

也可以说是东西文化调和的先声。"① 而这个南飞生一出场，就昂首阔步地在杏树下吐了一口痰。他来到老张的学校视察，监督其办学教育时说："你的讲台为什么砌在西边，那是'白虎台'，主妨尅学生家长，教育乃慈善事业，怎能这样办事呢？"② 讽刺的是，在教育从业者眼里风水迷信竟被提升到如此高度，那新文化的本意又如何在学校传播开来？

上了年纪者尚且如此，青年学生中浮夸者更甚。《赵子曰》中描写了新旧交替的历史时期一帮"闭着眼瞎混"的大学生。他们在外表上极力模仿外国人，自视沾染了西方的新鲜空气。赵子曰的皮鞋"绝对新式，英国皮，日本作的，冬冷夏热……"③，他整日在戏院里捧着如花似玉的女角，通宵达旦地搓麻将，流水般地赌博输钱；他不务正业，却在"女权发展会"中沽名钓誉。而为他的虚荣心买单的却是他在乡下勤勤恳恳种地的老父亲。赵子曰就这样一边冠冕堂皇地不停写信、发电报去催"奴隶"父亲寄钱，一边嫌弃自己的父亲是个不理解新文化的守财奴。而自己考试名列榜尾，仍洋洋自得地说："倒着念不是第一吗？"

此外，几个天台公寓的青年都是外来文化与传统文化冲撞时产生的病态人物，他们盲目地追"新"逐"洋"实际上却庸碌无为，披着西方文明的浅薄外衣。《小说月报》主编郑振铎在《最后一页》中预告道："从第三号起，将登一部长篇小说《赵子曰》……写的乃是一班学生，是我们所常遇见，所常交往的学生。老舍君以轻松微妙的文笔，写北京学生生活，写北京公寓生活，是很逼真很动人的。"④ 由此评论中提及的"日常所见"和"逼真"可知，老舍笔下的夸张人物正是那个时代青年风貌的缩影。

在恋爱心理上，也可看出知识分子虽紧跟时代解放自我的欲望，但内心仍坚守封建思想。赵子曰满口"自由恋爱、女性解放"，却以女性为玩物，"孔教打底，西法恋爱镶边"⑤。受过新兴思想熏陶的资产阶级

---

① 老舍：《老张的哲学》，《老舍全集》第 1 卷，人民文学出版社 2013 年版，第 12 页。
② 老舍：《老张的哲学》，《老舍全集》第 1 卷，人民文学出版社 2013 年版，第 15 页。
③ 老舍：《赵子曰》，《老舍全集》第 1 卷，人民文学出版社 2013 年版，第 198 页。
④ 郑尔康：《郑振铎》，北京交通大学出版社 2008 年版，第 88 页。
⑤ 老舍：《赵子曰》，《老舍全集》第 1 卷，人民文学出版社 2013 年版，第 242 页。

买办蓝小山也认为，女性只是擦红抹粉引诱男性的东西，毫无实在意义。

"'士'的传统虽然在现代结构中消失了，'士'的幽灵却仍然以种种方式，或深或浅地缠绕在现代中国知识分子的身上。"① 彼时封建统治被推翻，科举制度失效，但新的人才培养和选用制度尚未出台。文化氛围涣散，导致新一代青年仍旧抱残守缺，丧失理性，自然难以形成独立人格。繁文缛节像是无形的束绳绑在一代又一代中国人身上，纵使外界风起云涌，这些人仍旧以僵化的姿态应对。在老舍看来，"中不中，西不西"是社会过渡时期青年人的常态：他们将家国责任感抛到九霄云外，既没有继承传统文化的精髓，又抓不住现代文明的重点。因而老舍将教育重点落在一个更具体更深入本质的层面：唯有个体的独立意识觉醒，才能够拥有健全人格，以追求个人发展、社会发展的双向合一。

三　精致利己，毁于贪欲

社会变迁时期，传统文人失去了自身赖以生存的庇护所，被毫不留情地抛掷到乱序无章的社会中。西方资本主义商品经济逐步成为中国社会的主导部分，挣脱了"礼义"束缚的人们对钱财的欲望无限膨胀。中国知识分子"万般皆下品，唯有读书高"的仕途抱负无可施展，官本位逐渐让位于钱本位。老舍在中西方文化冲突中挖掘出人性贪婪空虚的一面。

《老张的哲学》中，老张作为京郊一所小学的校长，表面上顺应时势改换教材，佯装成与时俱进的教育者，但实际上却是一个衣冠禽兽。老舍写道："老张的哲学是'钱本位而三位一体的'。他的宗教是三种：回，耶，佛；职业是三种：兵，学，商……"② 他利用各种手头资源坑蒙拐骗，严禁学生在自己学堂以外的商店去买点心，以体罚要挟学生让家长送东西，师生之间纯粹的教学关系已被剥削关系取代；同时老张也是当时特殊社会背景下一个新兴的资产阶级者，他放高利贷盘剥勒索群众，强逼女子抵债；继而他发现如果不能从政当上一官半职，就无法取

---

① 余英时：《士与中国文化》，上海人民出版社 2003 年版，第 6 页。
② 老舍：《老张的哲学》，《老舍全集》第 1 卷，人民文学出版社 2013 年版，第 3 页。

得统治地位收敛财富，于是密谋着在京郊自治会选举中暗箱操作，而这样如强盗一般的人最后也当上了南方某省教育厅厅长。

《赵子曰》中的欧阳天风是名正大学的一名学生，视"名、钱、作官，便是伟人的三位一体的宗教"①，他看似风度翩翩，但骨子里却毫无人性，他在诱骗玷污王灵石之后，逼迫她嫁给一个有钱人从中牟取暴利，将纯真的女性作为赚钱工具；欧阳天风的野心不止于此，他甚至想借朋友身兼司令的父亲杀死张教授，步入政界；另一个大学生赵子曰——天台学生公寓公众会议厅厅长，被老舍戏称为"最和蔼谦恭的君子"。② 他既无爱国理想，也无心求学，并非出自名门望族，但身上却沾染着诸多纨绔子弟的恶习。他把自己的父亲当作一个提款机，忘恩负义地骂自己勤恳朴实的农民父亲为不懂文化的守财奴。如此借亲情变相地剥削亲人，可见罪恶的金钱观已深深荼毒了这个青年；赵子曰和很多人一样，欲走上从政之路捞点油水，于是他从控制所谓的"女权发展会"入手，想谋取点名声做官。

这些知识分子虽然与"新式教育"等字眼挂钩，但却是对教育界的侮辱。他们受中国数千年来"学也，禄在其中矣"的传统风气影响，但是并无儒家"君子谋道不谋食"的胸襟；他们没有吸收西方现代文明的精髓，反而深受资本主义经济的诱惑，最终成为传统文化与西方糟粕集于一体的病态知识分子。老舍在批判这些贪得无厌的青年时，也塑造了西方文明国家"君子爱财，取之有道"的形象，他借李子荣之口说："我就佩服外国人一样，他们会挣钱！你看伊太太那个家伙，她挣三四百一年。你看玛力，小布人似的，她也会卖帽子。你看亚力山大那个野调无腔，他也会给电影厂写布景。你看博物院的林肯，一个小诗人，他也会翻译中国诗卖钱。"③ 在老舍看来，英国社会的良性循环发展基于个体踏实向上的金钱价值观，这正是弱国子民需要借鉴的。

---

① 老舍：《赵子曰》，《老舍全集》第1卷，人民文学出版社2013年版，第325页。
② 老舍：《赵子曰》，《老舍全集》第1卷，人民文学出版社2013年版，第197页。
③ 老舍：《二马》，《老舍全集》第1卷，人民文学出版社2013年版，第596页。

四　夹缝中的一束光

推翻封建统治后的中国仍旧面临巨大难题：对内无法稳住动乱，对外无法防御侵略者，万千赤贫百姓身处黑暗中。随着民族危机的加剧，在强烈的社会责任感的驱使之下，一些心系祖国的知识分子开始扛起了"启蒙"的大旗。五四运动作为新民主主义革命的开端，具有现代性意义。国内一些敏感而善学的青年以及海外留学生，还有在国外从事文化事业的知识分子接触到新式教育，自觉对比中西文化差异，对本民族精神痼疾进行反省与解剖。梁启超"小说界革命"里提出的"新民"理念在老舍小说中有迹可循。

《二马》中的马威是一个游离在传统观念与新思想之间的人物，他跟随继承古董店的父亲来到英国，异国迥异的文化环境对于小马何尝不是一种冲击。在英国人眼中，中国人喜欢煮老鼠吃，在茶饭中"放毒"，高档的店和旅馆皆拒绝中国人……这样的种族歧视并没有消磨小马的志气。他切身感受到了当时中国的软弱无能，在与英国人打交道的过程中也认识到英国的先进之处："帝国主义不是瞎吹的！……不专是夺了人家的地方，灭了人家的国家，也真的把人家的东西都拿来，加一番研究。动物、植物、地理、言语、风俗，他们全研究，这是帝国主义厉害的地方！他们不专在军事上霸道，他们的知识也真高！知识和武力！武力可以有朝一日被废的，知识是永远需要的！"① 马威从踏上英国国土的那一天起，便悉心比较中国人和英国人的差异，并积极主动地融入西方文明社会，无论是与伊牧师一起吃饭，还是和李子荣一起就餐，都坚持 AA制。小马不同于虚荣心极强的老马，他摒弃了传统东方社会的面子和人情原则；他在与小店雇员李子荣打交道时虚心求教与探讨，从不以自己是老板的儿子自居。虽然老马迂腐昏庸，一心想让小马为官从政以光宗耀祖，但小马坚定摒弃官本位观念，坚持以新思想新文化武装自己。情窦初开的小马因国籍遭到了英国女子玛力的拒绝，虽在情感上大为受挫，

---

① 老舍：《二马》，《老舍全集》第 1 卷，人民文学出版社 2013 年版，第 557 页。

但却能理性接受，不自暴自弃，"以身体的劳动，抑制精神的抑郁。早晨起来先到公园去跑一个圈，有时候也摇半点来钟的船"①。最终他选择了离开。当李子荣问他去哪里时，他回答："德国，法国，没准儿！"这样的结尾无疑是充满希望的。

《二马》中的另一青年李子荣，更是符合作者审美的人物。李子荣是祖籍山东的官费留学生，家境贫寒，在英国这个头号资本主义国家留学的他，靠每月勤工俭学的几英镑收入来维持生活。这与当时赴英国伦敦任教的老舍颇为相似，在艰苦之极身兼数职，同时仍不放弃求知。在英的所见所闻开阔了李子荣的眼界，他鄙视"官本位"的传统价值观，认为"中国人不把官迷打破，永不会有出息"②。他认识到工商业发展对国家的意义，所以选择就读商业专业，"有了这种能力，然后他们的美术，音乐，文学，才会发达，因为这些东西是精神上的奢侈品，没钱不能做出来"③。他身体力行地为国家命运和民族前途奔波劳顿，并且乐善好施，将自己的生活经验毫不保留地传授给马威。在老马和马威父子的古董店经营不善时，他想方设法替古玩店节省工钱开支，主动帮铺子策划广告和寻找货源。李子荣汲取了西方独立自主的文化品格，在经济关系上分明，他对老马严肃地说："英国的办法是人情是人情，买卖是买卖，咱们也非照着这么走不可。"④ 李子荣是一个有着新式思想和人格的实干者，是老舍早期在西方社会中所构建的一个成功的跨文化交际者。

《赵子曰》看上去像是对赵子曰、欧阳天风等数位名正大学靡乱学生的告状书，但在种种反衬中更凸显出李景纯人格志向的可取之处。老舍对他的外表描写已将自己的偏爱表示得格外明显，"两只眼睛分外的精神，由秀弱之中带出一股坚毅的气象来"⑤。他反感中国封建传统的落后文化，崇尚西方现代的文明与理性。他认识到要改善社会必须依靠学

---

① 老舍：《二马》，《老舍全集》第 1 卷，人民文学出版社 2013 年版，第 530 页。
② 老舍：《二马》，《老舍全集》第 1 卷，人民文学出版社 2013 年版，第 444 页。
③ 老舍：《二马》，《老舍全集》第 1 卷，人民文学出版社 2013 年版，第 596 页。
④ 老舍：《二马》，《老舍全集》第 1 卷，人民文学出版社 2013 年版，第 432 页。
⑤ 老舍：《二马》，《老舍全集》第 1 卷，人民文学出版社 2013 年版，第 211 页。

习先进的科学技术和文化知识，"因为中国的将来是一定往建设上走的，专门的人才是必需的"①。这一脚踏实地的人物以指路明灯的角色出现在整部小说中，李景纯忠告莫大年"人人有充分的知识，破出命死干，然后才有真革命出现"②；他以诚心打动子曰，将他从浑浑噩噩的生活境遇中解救出来。最后，李景纯为了救国，以螳臂当车之力刺杀军阀被捕入狱，他对赵子曰和莫大年的临终遗言是："救国有两条道，一是救民，一是杀军阀……老莫！老赵！你们好好的去作事，去教导人民，你们的工作比我的难，比我的效果大！我只是舍了命，你们是要含着泪像寡妇守节受苦往起抚养幼子一样困难！不用管我，去作你们的事！"③ 这一至死不渝的爱国主义形象，表达了新派知识青年与不义社会进行抗争的决心。老舍在小说中特意塑造这些契合自己社会理想的人物，其缘由莫过于将他们当成自己教育思想的传达者，以起到启迪民智的效用。

老舍作为一个温和的人道主义作家，在其小说中很少对浑浊的社会进行长驱直入式的批判，他更倾向于在人物刻画中寄托自己的爱憎。"假若我们现在对荷马与莎士比亚等的人物还感觉趣味，那也就足以证明人物的感诉力确是比事实还厚大一些，说真的，假若不是为荷马与莎士比亚等那些人物，谁肯还去读那些野蛮荒唐的事儿呢?"④ 不论是丑角形象还是正面形象，皆因其逼真的描写而被赋予了生命力。这些乱世中的知识分子，不论是正面形象还是丑角形象，都可寻到老舍自身性格隐线，老舍小说中所叙述的对象与其生活经历不无相似之处。老舍从初入社会工作到23岁之间，是一个对烟、酒、麻将都十分上瘾的青年，"烟，酒，麻雀，已足使我瘦弱，痰中往往带着点血！……清闲而报酬优的事情只能毁了自己。"⑤ 这一时期的老舍与游手好闲的赵子曰有几分相似，暂处于混沌时期。老舍辞职后认识了英国神学院留学回来的宝广林，开

---

① 老舍：《赵子曰》，《老舍全集》第1卷，人民文学出版社2013年版，第366页。
② 老舍：《赵子曰》，《老舍全集》第1卷，人民文学出版社2013年版，第293页。
③ 老舍：《赵子曰》，《老舍全集》第1卷，人民文学出版社2013年版，第364页。
④ 老舍：《人物的描写》，《老舍全集》第16卷，人民文学出版社2013年版，第216页。
⑤ 老舍：《小型的复活（自传之一章）》，《老舍全集》第15卷，人民文学出版社2013年版，第354—355页。

始投身于宗教改革和社会服务事业。宝广林对老舍的鼓舞和引荐，如同李景纯对赵子曰的感召，使他意识到救国救民的重要性。在英国伦敦任教的老舍，其际遇和情怀又与《二马》中的李子荣如出一辙，老舍在异国身兼数职的同时不断充实自己，在这期间表现出了强烈的求知欲，他为了学习语言拜读了威尔斯、康拉德、狄更斯、福楼拜等名家的作品。置身于西方文明浪潮中，他认真观察英国人如何为人处事，总结强国之所以强的原因，亲自体验了中西文化的矛盾碰撞并逐渐拓宽视野，同时创作出具有教育意义的小说。于"审丑"中"审美"，使得老舍的小说不仅是时代的镜子，还是属于老舍自己的一面镜子。

中西方的生活经历无疑是老舍创作的土壤，使他形成了多元的文化教育观。在批判各种教育缺席之余，老舍塑造的负重前行者，更像是身处异国他乡的老舍的一处精神寄托，他们抱有"治天下于大治"的爱国使命感，拥有中西方文化整合后的理想人格。他们是老舍小说中的指路灯，从中可见老舍为中国未来教育事业指明的方向。时至今日，知识分子价值观的建构仍然受到各种考验，如何在跨文化浪潮中审慎地取舍，如何与时俱进地推进教学实践，至今仍值得我们探索。当我们品读老舍小说时，唤起的是作为中华儿女深藏于心里的集体无意识，敲响的是作为新一代青年的希望之钟。

第三章 以东方的格调写英伦的景物

——论《二马》中的写景艺术

第一节 老舍小说中景物描写的绘画美

在现代和当代的中国文坛上，老舍是景物描写的高手之一。他卓然独步，成绩斐然，在文学里老舍创造了一个鲜活的自然世界。"用图像来感诉"是他的美学原则，也是他写作惯用的艺术技巧。

众所周知，文学与绘画有着许多相通之处。苏轼曾赞誉王维的诗："味摩诘之诗，诗中有画；观摩诘之画，画中有诗。"诗画同质一直就是中国文学与艺术创作的审美取向。从五四时期开始，中国的现代作家就开始提倡绘画美与文学美相结合，即建构白话文的色彩和构图功能，使得"白话文"取得"画"的艺术效果。闻一多提出了文学应该达到"三美"，即"绘画美、音乐美、建筑美"。兼为画家和作家的丰子恺先生就在《绘画与文学》等论文中提出"绘画与文学握手""绘画美与文学美的综合"等理论。现代以来，很多小说家都将绘画因素注入自己的文学作品之中。小说家自身的绘画艺术修养，在将绘画因素引入景物描写中起到了非常重要的作用：凌淑华是擅长花卉山水的画家，张爱玲也作过不少人物的素描，萧红引白描、空白的绘画技法入小说，张承志散文所独具一格的绘画美。老舍自己也曾在《言语与风格》一文中论述过："在小说中，我们可以这样说，用字与其俏皮，不如正确；与其正确，不如生动。小说是要绘色绘声的写出来，故必须生动。"① 这些作家以自

---

① 老舍：《言语与风格》，《老舍全集》第16卷，人民文学出版社2013年版，第227页。

已对绘画中色彩、线条、构图等方面的细致敏锐的洞察力，使作品呈现了"绘画美"的特色。

范亦豪先生早年在《"悦耳的"老舍》一文中就曾经表述过老舍作品中的"音乐美"，"老舍作品的美，不仅能从阅读中感受出来，还可以从朗诵、倾听中品味出来"[①]。同样，老舍作品的美，还能从想象与视觉的角度细读出来。对绘画的痴迷使老舍在小说创作中不自觉地以画作文，将绘画艺术融入小说的景物描写之中，使作品呈现了鲜明的绘画之美。

一 老舍景物描写绘画美的成因

（一）老舍与绘画的不解之缘

老舍是一位"不染丹青谙丹青"的超级"画儿迷"，他生前喜欢观画、买画、藏画、挂画，同时也喜欢结交一些画家朋友、爱逛画展、为书画作序，以至对图画入迷，爱发表一些观画感言。他一看到好画就两眼发亮。他不但是画家的知音、净友，而且是一位水平极高的美术鉴赏家和评论家。所以，绘画等艺术形式对于老舍的创作有着非常大的影响。老舍在《关于文学的语言问题》中也做过这样一番解释："作家若以为音乐、图画、雕塑、养花等等与自己无关，是不对的。对什么都不感兴趣，哪里来的词汇？你接触了画家，他就会告诉你很多东西，那就丰富了词汇。"[②] 由此我们可以大胆猜测，老舍在文中对于景物的描绘、独具匠心的词语运用，无一不与那些画家的密切往来有关。在生活的交谈中，老舍潜移默化地学习到了一些绘画的技巧，唯有这种切身的领悟，才能够在作品创作时不动声色地带入，让人为之惊叹。

孙钧政在专著《老舍的艺术世界》中就将老舍誉为"用图像感诉的作家"[③]。"哲人的心，画家的眼，绣工的手，这是老舍所具备的天才条

---

① 范亦豪：《"悦耳的"老舍——论老舍作品的音乐美》，《盐城师范学院学报》（人文社会科学版）2003 年第 1 期。

② 老舍：《关于文学的语言问题》，《老舍全集》第 16 卷，人民文学出版社 2013 年版，第 372 页。

③ 孙钧政：《老舍的艺术世界》，北京十月文艺出版社 1992 年版，第 97 页。

件。"从接受美学的角度看，人们最容易接受的艺术，是视觉艺术，所以"用图像去感诉"是最容易让读者接受的。

老舍的妻子胡絜青就是一位丹青圣手，拜师于齐白石和于非闇。《胡絜青自述》中说："我有一个好家庭，丈夫一辈子从事写作，虽然他自己的作画水平不及一个幼儿园的孩子，却偏偏天生地有一双鉴赏家的眼力，评论起来头头是道，加上为人热情，喜好交结画家，家中常常画家如云，墙上好画常换，满壁生辉。"老舍的儿子舒乙也说过，他的父亲鉴赏力极佳，常常和朋友在一起对着一张字画评头论足。"不染丹青谙丹青"，老舍是一个精于鉴赏的"画儿迷"，所以被誉为"当代文坛上最懂画的文人"。

老舍究竟从何时开始与书画结缘的呢？

资料表明，《王羲之爱鹅》《舞剑图》和《列女图》这三幅作品在老舍的一生中都起到了重要的作用。在少年时代，老舍最早接触到的绘画作品是每年都更新的灶王爷像、门神等一类的通俗绘画作品。其次就是老舍父亲生前钟爱的《王羲之爱鹅》。虽然这只是一幅画匠画，但是画中的故事和人物让老舍了解到了王羲之这位伟大的书法家和他在画中所呈现出的在生活中的美。老舍在 15 岁的时候曾跟着裱糊匠当过学徒，对中国艺术馆内的传统绘画、木刻等艺术都有一定的了解。读北京师范学校时他又受到了正规美术课的训练，并接受过当时方还校长的书法条幅。毕业后担任劝学员和通俗教育研究会会员期间，负责审核取缔有伤风化的画报、画片等，并在 1921 年与同班绘画特长生挚友、后成为赫赫有名的画家颜伯龙合作编印了练体操的教本《舞剑图》。老舍在英国任教的五年，以及之后在 1929 年归国的途中，也曾参观过一些欧洲著名的画廊和博物馆，其中也包括被劫掠到英国的那一套"每一笔都像刀刻"般"画得硬"的"举世钦敬的杰作"——东晋画家顾恺之的《列女图》，并购买过一些零星画片和画报等。①

老舍有一大批堪称名师大家的画家朋友，有自幼交往的同窗颜伯年；

---

① 曾广灿：《老舍与绘画》，《盐城师范学院学报》（人文社会科学版）2006 年第 5 期。

有在济南结交的桑子中、赵望云；也有抗战中结识的傅抱石、丰子恺等人。他也喜欢收藏南北不同画家的名画：北方有齐白石、徐悲鸿、于非闇、陈半丁、李可染、傅雪斋、叶浅予，南方有丰子恺、傅抱石、关山月、黄宾虹、林风眠、关良。

老舍自己看画的感受是："我热爱国画。看见一张好的国画，不仅为个人的眼福而狂喜，而且感到一种民族的骄傲。"①

老舍对于那个时代的画家好友都有自己独到的艺术见解，对他们的画作也都作了一番详细的品评。与此同时，那种观画、赏画、评画的艺术理念也在不自觉中融入了他的文学创作之中。

根据《老舍文艺论集》② 以及《老舍研究资料》③ 统计，老舍写作的有关"绘画"方面的文章如下：

1. 散文：《观画记》《颂中国画册》

2. 杂文：《假如我有那么一箱子画》

3. 为画家画集作序：《关有声画集》序、《桑子中画集》序、《海岱画刊》发刊词、《泰山石刻》序

4. 文艺杂谈：《连环图画》《观画偶感》《看画》《漫画》《读画小记》《傅抱石先生的画》《谈中国现代木刻》

5. 评论：《观画》《画舫斋观画》《迎春画展》《看迎春画展》《观画短记》

6. 题画诗：《武汉小景（八幅诗配画）》《二期抗战得胜图》《西洋景词画》《为关良〈凤姐图〉题画诗一首》

7. 开幕贺词：《贺北京市美术展览会开幕》《献诗祝贺——为中国人民解放军第三届美术作品展览会而作》《沫若抱石两先生书画展捧词》《祝贺》（北京国画院成立）《邵恒秋先生画展》

8. 悼文：《悼于非闇画师》

被老舍点评过的画家，有名有姓者多达 40 余人。他的谈画之作有

---

① 老舍：《祝贺》，《老舍全集》第 16 卷，人民文学出版社 2013 年版，第 396 页。
② 张桂兴编：《老舍文艺论集》，山东大学出版社 1999 年版。
③ 曾广灿、吴怀斌编：《老舍研究资料》，北京十月文艺出版社 1985 年版。

30 多篇，题画诗词则更多。《傅抱石先生的画》从美学、文学的视角对比傅抱石的画与顾恺之、关山月的画，最后得出结论："他们的改造中国绘画的企图与努力都极值得钦佩，可是他们的缺欠似乎也不应当隐而不言。据我看，凡是有意改进中国绘画的都应当：第一，去把握到中国画的笔力，有此笔力，中国画才能永远与众不同，在全世界的绘画中保持住它特有的优越与崇高；第二，去下一番工夫学习洋画，有了中国画的笔力和西洋画的基本技巧，我们才能真正创造现时代的中国画法。你看，林风眠先生近来因西画的器材太缺乏，而改用中国纸与颜色作画。工具虽然改了，可是他的作品还是不折不扣的真正西洋画，因为他致力于西洋画已有二三十年。我想，假若他若有意调和中西画，他一定要先下几年工夫去学习中国画，不然，便会失去西洋画，而也摸不到中国画的边际，只落个劳而无功。"① 可见老舍不但深谙中国画和西洋画的笔力和技巧，而且对中国传统绘画艺术的传承和创新也十分重视。

　　在《语言与生活》中老舍谈到了一段他与画家关山月和沈柔坚观赏齐白石大师作品时的一致观点："大师不仅热爱绘画，而且热爱他所画的花鸟山川。大师原是农村中的木匠，对水牛、鸡雏、芋头、辣椒，和许多乡村中日常使用的东西，如竹筐、锄头等等，都有深厚的感情，所以他画起它来不仅在技巧上求其形似，而且从感情上得其神似。他不惜呕心沥血把自己热爱的、也就是一般农民所热爱的东西画了出来，引起别人的热爱。他的热爱迫使他去苦心经营，找到独创的技巧，画出不容易画的，和一些前人所未曾画过的东西来；不但画了出来，而且具有高度的艺术性，使我们既爱他的画，也爱他所画的东西。"② 老舍在评价齐白石老人的同时，也在表达自己的心声。他能够洞悉艺术创作的苦心孤诣。这就表明，正因老舍与画家有着相似的审美感受，才能在作品中运用画一般的语言来描写景物。更难能可贵的是，他展示出的绘画般的文字，实则源于他对这个世间所有美好事物的热爱。"绘画也好，写作

---

① 老舍：《沫若抱石两先生书画展捧词》，《老舍全集》第 17 卷，人民文学出版社 2013 年版，第 439 页。

② 老舍：《语言与生活》，《老舍全集》第 16 卷，人民文学出版社 2013 年版，第 604 页。

也好，首先要看有无对事物的热爱。有此热爱，就能逐渐找到技巧。无此热爱，有现成的技巧也是徒然。"①

虽说老舍晚年才开始对绘画有所研究，但我们不可否认的一点就是他对绘画的独特品位。早年间，无论是北京的大街小巷、山河湖水、名胜古迹，还是游历各国所见的古典建筑、自然美景，都深深地打动了他，其文学作品也不自觉地带着如画般的意蕴。

（二）独特人生经验的"追忆"

俄国作家列夫·托尔斯泰在他的《艺术论》中写道："在自己心里唤起曾经一度体验过的感情，在唤起这种感情之后，用动作、线条、色彩、声音以及言辞所表达的形象来传达出这种感情，能使别人体验到同样的感情。"② 这句话说得简单明澈，也是文学艺术的一个共同特征。同样，老舍在谈及自己的创作论《景物的描写》时也解释道："我们幼时所熟习的地方景物，即一木一石，当追想起来，都足以引起热烈的情感。"③ 二人都强调对地方景物的追忆是写作的动机之一。而这种感情想要获得读者的感同身受，就得以绘画的方式描述出来。对于对绘画等艺术作品有着深深迷恋但又不是画家的老舍而言，将脑海中的画面以文字的方式记录下来，已经成为他的一种爱好。那种爱好也不自觉地带入了小说创作之中，他用文字描述着一幅幅美丽的图画：《老张的哲学》中，有老北京皇城根脚下的市井图；《赵子曰》中有对净业湖、什刹海和北海端午节景观的描绘；《二马》中描绘了银波荡漾的泰晤士河、繁花盛开的瑞贞公园；等等。

纵观老舍的创作与生活历程，他出生在北京，25 岁到了英国东方学院任教，许地山就曾带着他到城里城外到处玩耍，观赏了泰晤士河上的落日余晖，参观了古木参天中的汉普顿宫……老舍在伦敦居住的那五年，从 1924 年的秋天到 1929 年的夏天，暑假或寒假的时候，老舍都会一个人去乡间或到别的城市游玩。五年之后老舍离开英国，经巴黎到欧洲大陆走了

---

① 老舍：《语言与生活》，《老舍全集》第 16 卷，人民文学出版社 2013 年版，第 605 页。
② ［俄］列夫·托尔斯泰：《艺术论》，丰陈宝译，人民文学出版社 1958 年版，第 27 页。
③ 老舍：《景物的描写》，《老舍全集》第 16 卷，人民文学出版社 2013 年版，第 207 页。

一遭。当年 10 月又到新加坡滞留了一段时间。回国后又在山东的济南和气候宜人的海滨之城青岛任教。战乱时期，又投身于抗战救国的洪流之中，流离到重庆、武汉、昆明等地。抗战胜利后，又受邀赴美讲学。他不但踏遍祖国的大江南北，也领略过异域的自然人文风情。大自然的一切都给予了他丰富的灵感：无论是《趵突泉的欣赏》中清浅、鲜洁的溪流和泉水，还是《五月的青岛》中明艳的樱花和素丽的丁香；无论是《济南的冬天》中对山川绿水、白雪阳光等各景各物的描绘，还是《"住"的梦》中以北平、青岛、成都、杭州、昆明等地为依据对自己梦想居住地的描绘，神奇的大自然都为他富有绘画美的作品提供了丰厚的素材。

　　老舍在伦敦讲学期间创作了三部长篇小说。老舍在国外末期的最后一部作品《二马》则包含了对伦敦的观察体验与文化审视，是"现在的现实"。最能体现这种"现在的现实"的是老舍对伦敦自然景色的描绘，所呈现的伦敦自然景观是真实的、实在的。老舍曾在《我怎样写〈二马〉》一文中说："《二马》中的细腻处是在《老张的哲学》与《赵子曰》里找不到的"[1]，"心理分析与描写工细是当代文艺的特色；读了它们，不会不使我感到自己的粗劣，我开始决定往'细'里写。"[2] 这种细腻的写作手法，从《二马》中的地名描写就可以轻而易举地得到考证。李振杰曾对《二马》中的地名一一寻找、考察。"小说中一共出现了近40 个地名，其中有街道、大院、车站、码头、展览馆、教堂、公园、河流等。"[3] 宁恩承曾回忆道："有一次我同他坐船沿泰晤士河到汉谟吞故宫去，那是亨利第八的皇宫，雄踞河上，古堡春深，十分优美。他全记下来。又一次到瑞屈港正是日落，我们坐在山坡上，静看太阳西下，红霞晚照，泰晤士河水溶溶，清风拂面。他掏出他的零页纸片，一一记下来为他日写景的材料。《二马》中的泰晤士河的红霞日落，是经过一番

　　① 老舍：《我怎样写〈二马〉》，《老舍全集》第 16 卷，人民文学出版社 2013 年版，第170 页。
　　② 老舍：《我怎样写〈二马〉》，《老舍全集》第 16 卷，人民文学出版社 2013 年版，第170 页。
　　③ 孟广来等编：《老舍研究论文集》，山东人民出版社 1983 年版，第 200 页。

实际体验功夫的。"①《二马》中对景物惟妙惟肖的描写，体现了老舍在艺术上的自觉与开拓进取的创新精神，同时也为日后的小说创作提供了宝贵的经验。

"他们是在描写一景一事的时候，随时随地的运用着一切经验，使全部故事没有落空的地方。"②《二马》中的景物描写就是最好的印证。《二马》中马威初到伦敦的所见所感全部都是由老舍自身经验带入的。假设老舍没有到过伦敦，没有游览过伦敦的景物，单凭空"想象"是无论如何也不能将伦敦的一步一景如此生动细致地描绘出来的。而老舍后期的散文《头一天》就是最好的例证。

《头一天》写于 1934 年，大概是老舍回到祖国之后，回想十年前第一天到英国所作的散文，里面就描写了老舍自己到英国所见到的景物：

> 上了火车。火车非常的清洁舒服。越走，四外越绿，高高低低全是绿汪汪的。太阳有时出来，有时进去，绿地的深浅时时变动。远处的绿坡托着黑云，绿色特别的深厚。看不见庄稼，处处是短草，有时看见一两只摇尾食草的牛。这不是个农业国。③

在《二马》中，马威初到英国在火车上观赏窗外的景物描写如下：

> 马威顺着窗子往外看：高高低低没有一处是平的，高的土岗儿是绿的，洼下去的地方也是绿的。火车跑得飞快，看不清别的东西，只有这个高低不平的绿地随着眼睛走，看那儿，那儿是绿的。火车越走越快，高低不平的绿地渐渐变成一起一落的一片绿浪，远远的有些牛羊，好像在春浪上飘着的各色花儿。④

---

① 曾广灿、吴怀斌编：《老舍在英国》，《中国文学史资料全编·现代卷·老舍研究资料》，知识产权出版社 2010 年版，第 238 页。

② 老舍：《景物的描写》，《老舍全集》第 16 卷，人民文学出版社 2013 年版，第 213 页。

③ 老舍：《头一天》，《老舍全集》第 14 卷，人民文学出版社 2013 年版，第 14—15 页。

④ 老舍：《二马》，《老舍全集》第 1 卷，人民文学出版社 2013 年版，第 400 页。

这两段不同时期描写同一景物的文字有着异曲同工之妙。马威初到英国，是满怀着希望与憧憬的，他想学习商业，时时想到国家为什么落后，于是看到英国的景色是充满欣喜的。他满眼都是"绿的"。草地上的牛羊，在他眼中也成了"春浪上飘着的各色花儿"。这与同样从农业国而来的老舍所见相同，满眼的绿色代表着新的希望，而英国这个商业大国也在以它独特的先进魅力吸引着这个身怀抱负的年轻人。

老舍对大自然的细心观察造就了他的景物描写的极为细致的特征，并培养了他善于观察的眼睛。这种独特的生命体验方式，他就在《景物的描写》中作过相关论述："地方景况的追念至少也得算写作动机之一……我们幼时所熟习的地方景物，即一木一石，当追想起来，都足以引起热烈的情感。"[1] 诚然，大自然的"一木一石"都让老舍感受到了最真实的存在，自然也是他美好的回忆，给他宝贵的素材。在《人、物、语言》中，也给了相同的呼应："就是对不会说话的草木泉石等等，我们也要抓住它们的特点特质，精辟地描写出来。它们不会说话，我们用自己的语言替它们说话。"[2] "我们了解了事物，找出特点与本质，便可以一针见血地状物绘景，生动精到。"[3] 由此可见，老舍具有一双独到的抓住事物本质与特点的画家的眼，善于观察事物并描绘景物。

二　老舍景物描写绘画美的体现

（一）"移步换景"式的构图美

王国维曾经说过："绘画之中，布置属于第一形式。"这里的布置也就是构图。关于"构图"《现代汉语词典》中的定义如下："绘画时根据题材和主题思想的要求，把要表现的形象适当地组织起来，构成协调完整的画面。"老舍的小说也非常讲究画面的构图布局，所以在读者面前呈现了一幅幅优美的图画。

"移步换景"顾名思义就是随着脚步的移动和视角的变换，不断描

---

[1]　老舍：《景物的描写》，《老舍全集》第 16 卷，人民文学出版社 2013 年版，第 207 页。
[2]　老舍：《人、物、语言》，《老舍全集》第 16 卷，人民文学出版社 2013 年版，第 596 页。
[3]　老舍：《人、物、语言》，《老舍全集》第 16 卷，人民文学出版社 2013 年版，第 596 页。

绘不同的图景。老舍作品中的景物都不是胡诌乱造的，更不是虚构的，而是他时时留心观察的记载。老舍在英国时期热衷于旅行，并将自己游览行踪有层级地在文本中描绘出来。

例如他在创作《二马》时，描绘了老马和亚历山大在伊牧师家中吃完饭后去喝酒的路程中所见到的景物：

> 两个人出了蓝加司特街，过了马路，顺着公园的铁栏杆往西走。正是夏天日长，街上还不很黑，公园里人还很多。公园里的树叶真是连半个黄的也没有，花池里的晚郁金香开得像一片金红的晚霞。池子边上，挨着地的小白花，一片一片的像刚下的雪，叫人看着心中凉快了好多。隔着树林，还看得见远远的一片水，一群白鸥上下的飞。水的那边奏着军乐，隔着树叶，有时候看见乐人的红军衣。凉风儿吹过来，军乐的声音随着一阵阵的送到耳边。天上没有什么云彩，只有西边的树上挂着一层淡霞，一条儿白，一条儿红，和公园中的姑娘们的帽子一样花哨。①

采用移步换景法描写景物时，首先就要把观察点的变换交代清楚。"蓝加司特街"是伊牧师的家，老马和亚历山大由此而出。其次，要把移动中所见的景物具体地展现出来：两人顺着公园往西走，此时正值夏天，作者就很好地在此处描绘了公园内的景物：从树上的树叶，到花池里的晚郁金香，再到紧挨着花池边上的小白花。景随人移，隔着树林，让人望见了一片水。视线由下往上，由一群白鸥延伸到了树林另一边的穿着红军衣的乐人。随后，视线再往上扩展，没有云彩，只有一条淡霞的天空，使读者看到一幅绚丽多彩、内容丰富的生动画面。这样的景观，也让老马"一个劲点头夸好。心中好像有点诗意"。老舍在采用移步换景的方法描写景物时，也注意围绕公园这一个中心展示不同的画面，避免了画面的支离破碎感。

---

① 老舍：《二马》，《老舍全集》第 1 卷，人民文学出版社 2013 年版，第 469 页。

老舍紧紧围绕着两个人物前行的路程，把不同方位看到的景物流于笔端，一步一景。他的语言带有一种诗情画意，让人仿佛穿越时空，亲身感受到当时的自然风情和社会人文风貌。老舍小说景物的构图不仅强调整体框架的构成，而且还注意到了构图的层次感和时间的先后顺序，最终使得他的景物描写风格以画面感的优势得以凸显，达到了绘画般的艺术效果。

无独有偶，老舍在前期的作品《老张的哲学》中，也用了相同的构图技巧：

> 到了德胜桥。西边一湾绿水，缓缓的从净业湖向东流来，两岸青石上几个赤足的小孩子，低着头，持着长细的竹竿钓那水里的小麦穗鱼。桥东一片荷塘，岸际围着青青的芦苇。几只白鹭，静静的立在绿荷丛中，幽美而残忍的，等候着劫夺来往的小鱼。北岸上一片绿瓦高阁，清摄政王的府邸，依旧存着天潢贵胄的尊严气象。一阵阵的南风，吹着岸上的垂杨，池中的绿盖，摇成一片无可分析的绿浪，香柔柔的震荡着诗意。①

为什么到了德胜桥，要从西边说起呢？

按照观画的顺序，自西向东同游人赏画观字的顺序一致。眼前是一潭碧绿的湖水，缓缓地自西向东流淌着，河岸两边的石头上，有几个孩子正拿着竹竿低头垂钓。视线由上往下，绿荷中静静地立着几只白鹭，"幽美而残忍的，等候着劫夺来往的小鱼"②。虽然白鹭静立的样子是"幽美"的，可是"等候着劫夺过往的小鱼"这一行为却是残忍的，那"幽美"且"残忍"的白鹭，作者这样安排自然有他的目的所在。"白鹭"的行径，与故事里的人物背景联系起来，暗指什么就不言而喻。

由北到南，即是画面自上而下的顺序。北岸是"一片绿瓦高阁，清

---

① 老舍：《老张的哲学》，《老舍全集》第1卷，人民文学出版社2013年版，第43页。
② 老舍：《老张的哲学》，《老舍全集》第1卷，人民文学出版社2013年版，第43页。

摄政王的府邸，依旧存着天潢贵胄的尊严气象"。从眼前的自然景物，从小小的孩童，从人鹭之争，到摄政王的府邸，由小到大的顺序，作者以这样的视角变换解决了由点滴到无限，从最低到最高的递进过程。

最后，"一阵阵的南风，吹着岸上的垂杨，池中的绿盖，摇成一片无可分析的绿浪，香柔柔的震荡着诗意。""南风"在此处，就是让这幅画面有了整体感，浑然天成，也让读者的心境感到了丝丝凉意。此处本来就是一幅值得一看更值得深思的人间画面，细读，细品，加上仔细琢磨，不仅会觉得有意境，更有文外的言犹不尽的意思。

同样的描写方法，老舍也运用到了30年代的散文创作当中。就如《济南的冬天》中，老舍运用移步换景，先写小山包围住的城内，再沿着顺序写到了城外，在不同的观察点，描写了济南冬日暖和的城内和城外山村雪后的景色。老舍先从俯视的角度写日光下的济南城内，再从仰视的角度写小雪点染下的山景。在写小山时，又按照山尖、山坡、山腰自上而下的空间顺序，使得济南冬天山村雪景的整体美凸显出来。老舍以敏锐的观察力、细腻的笔触，描绘了一幅济南特有的冬季图，在不经意间透露了济南冬天"暖晴"的特点。《趵突泉的欣赏》按照一路向北的游览顺序进行描写，从门外的桥上，到池边的建筑，再到泉池，往里看到小泉，直至出了北门。《非正式的公园》以介绍性的口吻，描绘了齐鲁大学夏季的景观。全文也是按照移步换景的方式进行描述的，从校门进入看见绿墙，往里走沿着草地到绿荫深处，再到花池，之后以花池为定点，介绍了东西边的楼和南边的礼堂，再以礼堂为定点，描绘了南面的群山，东西两边的绿径。最后，一幅完整的校园平面图就按照游览的顺序呈现出来了。

（二）"融画于文"的色彩美

绘画的特色之一就是对色彩的运用，通过色彩的对比显示其独特的感染力。当人们看到色彩时，在个体想象和联想的牵引下，色彩本身的张力使审美主体产生了情感活动，从而达到了一种与情感有关的艺术效果。画家生性就对颜色有种独特的敏感，能够在绘画中鲜明、直接地将事物重现于画纸之中。高尔基就说过："可以用词画出生动的图画。"同样，对于善于描摹现实的作家而言，他们对色彩的专注与敏感，其实并不亚于画家。他们可以用形象的语言来表现色彩，使读者通过想象营造出具有丰富色彩的画面，唤起逼真的视觉联想。就好像白居易诗句"日出江花红胜火，春来江水绿如蓝"中的"胜火"红花映衬出"如蓝"的绿水，红绿相称；骆宾王的"白毛浮绿水，红掌拨清波"中红、白、绿三色相交；杨万里"接天莲叶无穷碧，映日荷花别样红"中满池绿色的荷叶映衬出娇嫩欲滴的粉色荷花；李清照通过"绿肥红瘦"的强烈对比刻画出残春景象。这些诗句能够如此生动地向我们展示一幅幅逼真的画面，这种艺术效果的达成，全然离不开色彩词汇的成功运用和掌控。

在中国现当代的文人作品中，有很多作家诗人都注重对色彩的运用，比如闻一多、萧红、鲁迅、沈从文、凌叔华、郁达夫、朱自清等。狄德罗在《画论》中指出："素描赋予人与物形式，色彩则给它们以生命，它好像是一口仙气，把他们吹活了。"① 老舍就曾在《观画记》中表明了他对鲜艳的颜色的喜爱："大概我是有点野蛮劲，爱花红柳绿，不爱黑地白空的东西。我爱西洋中古书籍上那种绘图，因为颜色鲜艳。一看黑漆漆的一片，我就觉得不好受。"② 老舍对于鲜艳的色彩有着特殊的感情和偏好，他描绘景物时，也将自己的爱憎好恶体现在这世间的芸芸众生之中。他的景物描写，呈现在我们眼前的就是一幅幅独具匠心、色彩斑斓的画面。

在老舍的小说中，各种色彩词随处可见。无论是自然景观、屋内陈设、街上的车水马龙，还是人们的服装颜色，都认真地运用色彩描绘。

1. 对"色彩"的娴熟运用

在《二马》中，老舍就对自然中景物的色彩变化有着多处描绘。

小说开头，马威要离开伦敦的时候，老舍将人物所处的环境设定为太阳快要下落时：

---

① ［法］狄德罗：《画论》，《狄德罗美学论文选》，张冠尧等译，人民文学出版社 1984 年版，第 370 页。

② 老舍：《观画记》，《老舍全集》第 15 卷，人民文学出版社 2013 年版，第 227—228 页。

　　已经快落太阳了，一片一片的红云彩把绿绒似的草地照成紫不溜儿的。工人的红旗慢慢的变成一块定住了的紫血似的。听讲的人也一会儿比一会儿稀少了。

　　马威把手揣在大氅兜儿里，往前只走了几步，在草地边儿上的铁栏杆上靠住了。

　　西边的红云彩慢慢的把太阳的余光散尽了。先是一层一层的蒙上浅葡萄灰色，借着太阳最后的那点反照，好象野鸽脖子上的那层灰里透蓝的霜儿。这个灰色越来越深，无形的和地上的雾圈儿联成一片，把地上一切的颜色，全吞进黑暗里去了。工人的红旗也跟着变成一个黑点儿。远处的大树悄悄的把这层黑影儿抱住，一同往夜里走了去。

　　人们一来二去的差不多散净了。四面的煤气灯全点着了。围着玉石牌楼红的绿的大汽车，一闪一闪的绕着圈儿跑，远远的从雾中看过去，好象一条活动的长虹。

　　草地上没有人了，只是铁栏杆的旁边还有个黑影儿。①

　　云彩是红的，草地是绿的。草地在云彩的照射下变成了"紫不溜儿的"，旗帜是红色的，同样在云彩的照射下变成了"紫血似的"。老舍在描写太阳的余光时，由"浅葡萄灰色"一步一步加深至"灰里透蓝"。这样的颜色，也就只能在野鸽子脖子上找到。这段描述是那样得体、恰当与贴切，换了其他任何物件，都不能最好地比喻这样的颜色。最后到"灰色越来越深"，那特有的灰色与地上的雾连成了一片，形成了一体，似乎那特有的灰色，没了任何踪影。这时，大地上的那最初的雾色，犹如一张无比硕大的嘴，把大地上的一切颜色，全吞了进去。大地上的一切，也就彻底地消失在黑暗之中了。红旗也由红变紫，最终变成了一个"黑点儿"。

---

　　① 老舍：《二马》，《老舍全集》第1卷，人民文学出版社2013年版，第385—386页。

在这里，老舍先生还特意强调了两点，一个是工人的红旗，另一个则是远处的大树。工人的红旗，随着大地彻底被黑暗吞噬的同时，也跟着变成了一个黑点儿。可以想见，当夕阳西下的时候，那红旗肯定无比惹眼、无比辉煌，即便大地彻底走进了黑暗，仍旧留了一点给它，证明它是那样特殊，那样与众不同。然而，它毕竟总还得过去，尤其在彻底黑透了情形之下。除了工人的红旗之外，还有那远处的大树，它虽然也不情愿地走进黑暗，但当一切都看不见的时候，它也就无可奈何地走进黑暗里去了。

这种对颜色的细腻描绘，让读者领悟到了夕阳下景物颜色的变化过程。

老舍在描绘伦敦著名的雾景时也着力使用了多种颜色：

> 伦敦的雾真有意思，光说颜色吧，就能同时有几种。有的地方是浅灰的，在几丈之内还能看见东西。有的地方是深灰的，白天和夜里半点分别也没有。有的地方是灰黄的，好像是伦敦全城全烧着冒黄烟的湿木头。有的地方是红黄的，雾要到了红黄的程度，人们是不用打算看见东西了。这种红黄色是站在屋里，隔着玻璃看，才能看出来。若是在雾里走，你的前面是深灰的，抬起头来，找有灯光的地方看，才能看出微微的黄色。①

在这段文字中，老舍用了"浅灰""深灰""灰黄""红黄"四种不同的颜色来具体描述伦敦不同程度的雾。这种雾对于常年居住在伦敦的英国人而言，也许不足为奇。但是，老舍用深入的观察、强烈的色彩来表现这一道不同于中国的日常自然景观，使人产生了无穷无尽的想象。而这种效果，不单单是对雾的形态描写到位，就连难以描绘出来的雾景，也用简单的颜色词一笔带过，留给读者无尽的联想。今天，伦敦的环境得到了很好的治理，想要再环顾这种伦敦雾景，必须通过这些很久之前

---

① 老舍：《二马》，《老舍全集》第1卷，人民文学出版社2013年版，第525页。

的文字才能联想出来。

老舍对于色彩的掌控，还体现在他对颜色词语的熟练运用。《二马》有一段描写瑞贞公园里鲜花盛开景象的段落：

> 瑞贞公园的花池子满开着花，深红的绣球，浅蓝的倒挂金钟，还有多少叫不上名儿来的小矮花，都像向着阳光发笑。土坡上全是蜀菊，细高的梗子，大圆叶子，单片的，一团肉的，傻白的，鹅黄的花，都像抿着嘴说："我们是'天然'的代表！我们是夏天的灵魂！"①

显然，这段文字给人一种亲切愉悦之感，强烈的"红蓝"对比，加上各种黄白交错的小花，构成了一幅娇艳无比的夏日繁花盛开的图景，留给我们一个鲜明的视觉印象。作者巧用拟人手法，将这百花盛开的图景述之笔端，让人不知不觉融入了这种令人心驰神往的意境中。

除了大自然的景物，老舍在《二马》中还认真地描绘了生活中的各种事物。比如，描写人物温都太太："她戴着顶蓝色的草帽，帽沿上钉着一朵浅粉的绢花。蓝短衫儿，衬着件米黄的绸裙。"② 老舍笔下是"语言大师的人物画廊"，自然也就不吝笔墨地将人物的衣着显现于书中。而这也并非不无目的，衣着的华丽更让人不经意间联想到 20 世纪初时期英国工商业的发达和英国社会的千姿百态。温都的女儿玛力永远都在追求着最新潮的帽子，通过老舍笔下这些人物的描绘，对研究 20 年代英国的风俗人情也大有意义。

2. 对"绿色"的情有独钟

绿色是生命的颜色，在我们传统的文化中，绿色代表了清新、希望、和平、理想等许多不同的含义：自南朝江淹在"春草碧色，绿水绿波"中首次以"绿"开始描绘春天的景色以来，历代文人骚客就在诗文中不

---

① 老舍：《二马》，《老舍全集》第 1 卷，人民文学出版社 2013 年版，第 491 页。
② 老舍：《二马》，《老舍全集》第 1 卷，人民文学出版社 2013 年版，第 497 页。

断尝试用"绿色"来描绘春天、象征生命、讴歌希望。"春风又绿江南岸"就让人看到了春回大地时的喜悦；"千里莺啼绿映红"似乎让人看到春天万物复苏时的灵动。刘禹锡《陋室铭》中的"苔痕上阶绿，草色入帘青"也留给人们一种不受凡事所累、平静、舒适的感受。绿色给人留下的是平和安逸之感，心理学家也曾表明人类在短波长颜色下（即绿色和蓝色）会容易产生平静的感受，所以不难看出老舍为何会对绿色情有独钟，且在文本中乐此不疲地使用绿色来描绘心中所爱之景。

舒济先生曾作文阐述了老舍对于绿色的喜爱，她说："老舍的笔下，对于自然风光的描绘常常伴随着对风景中绿色的捕捉和赞美。绿色带给他种种美好的感受，使他不由自主地观察绿；情不自禁地描绘绿。"[①] 舒济在这篇文章里讨论了老舍先生笔下对绿色的捕捉，山、水、草原、林海、大风景、身边的小景、家乡的绿、异国他乡的绿，全在他的笔下绿得诗意盎然。诚然，老舍是对绿色情有独钟的，否则，他也不会用如此之多的笔墨来描绘他心中以及所到之处的绿色。

老舍先生自己也曾在《"住"的梦》中描绘过他夏天最理想的居住地应该是青城山，那里虽然没有奇峰瀑布，也没有名胜古迹，但是"它的那一片绿色已足使我感到这是仙人所应住的地方了"[②]。而且，他也在此点明了绿色是他创作的灵感与源泉，"我想，在这里住一夏天，必能写出一部十万到二十万的小说"[③]。此情此景，让人很难不把这种高雅的意境同刘禹锡"陋室"恬静、雅致的居住环境联系起来。绿色带给老舍不单单是心灵的宁静与自在，更可贵的是，绿色带给他的欣喜，必定是一种大自然赋予这位作家的独特灵感。

绿色，是在老舍作品中随处可见的颜色。据统计，小说《二马》涉及绿色之处就有几十处。在他的笔下，用绿色描写得最多的就是绿叶、青草和绿光，看看下面这些句子：

---

① 舒济：《老舍与绿色》，《汕头大学学报》（人文社会科学版）2012年第6期。
② 老舍：《"住"的梦》，《老舍全集》第15卷，人民文学出版社2013年版，第395页。
③ 老舍：《"住"的梦》，《老舍全集》第15卷，人民文学出版社2013年版，第395页。

——已经快落太阳了，一片一片的红云彩把绿绒似的草地照成紫不溜儿的。①

——岸上的小树刚吐出浅绿的叶子，树梢儿上绕着一层轻雾。②

——太阳光从雾薄的地方射到嫩树叶儿上，一星星的闪着，像刚由水里捞出的小淡绿珠子。③

——马威顺着窗子往外看：高高低低没有一处是平的，高的土岗儿是绿的，洼下去的地方也是绿的。火车跑得飞快，看不清别的东西，只有这个高低不平的绿地随着眼睛走，看那儿，那儿是绿的。火车越走越快，高低不平的绿地渐渐变成一起一落的一片绿浪，远远的有些牛羊，好像在春浪上飘着的各色花儿。④

——街上高杨树的叶子在阳光底下一动一动的放着一层绿光，楼上的蓝天四围挂着一层似雾非雾的白气。⑤

——春天随着落花走了，夏天披着一身的绿叶儿在暖风儿里跳动着来了。⑥

老舍笔下的草地是"绿绒似的"，像平铺在地上的一块绿毛毯。这很容易让读者联想到西方的油画中成块成块的绿色，这就与中国画中对草的描绘只是简单带过不同。这种画面带来的美感，也不是我们所熟悉的"离离原上草"中的那种繁盛感。老舍也曾表示过"对于风景画，我爱水彩的和油的，不爱中国的山水"⑦。老舍欣赏的也必定是这种画面的饱和感，所以采用这样的词语来描绘草地的颜色与形态。

在同一事物"叶子"上，老舍也用了不同程度的绿来呈现：小树刚吐出的绿芽是"浅绿"的，太阳光穿过薄雾照射下的嫩叶又是"淡绿"

---

① 老舍：《二马》，《老舍全集》第1卷，人民文学出版社2013年版，第385页。
② 老舍：《二马》，《老舍全集》第1卷，人民文学出版社2013年版，第389页。
③ 老舍：《二马》，《老舍全集》第1卷，人民文学出版社2013年版，第389页。
④ 老舍：《二马》，《老舍全集》第1卷，人民文学出版社2013年版，第400页。
⑤ 老舍：《二马》，《老舍全集》第1卷，人民文学出版社2013年版，第446页。
⑥ 老舍：《二马》，《老舍全集》第1卷，人民文学出版社2013年版，第446页。
⑦ 老舍：《观画记》，《老舍全集》第15卷，人民文学出版社2013年版，第228页。

的。而老舍笔下的绿色，也不仅仅是这两种绿，《五月的青岛》中写出了各种绿："绿，鲜绿，浅绿，深绿，黄绿，灰绿，各种的绿色，联接着，交错着，变化着，波动着，一直绿到天边，绿到山脚，绿到渔帆的外边去。"① 貌似有说不完的绿色，纵使再多词语也不能够穷尽这种绿色的变化。老舍不愧有双"画家的眼"，在辨别这说不尽的绿后，用语言来描绘画家笔下一时无法调配出的颜色。

以上第四个例句中是马威下了轮船，在火车上所看到的景色。哪儿哪儿都是绿的，在他的眼中，绿色才是主色调。也只有对绿色情到深处的作家才会乐意花费如此笔墨，将这种一眼望去全是绿色的单调景色，用"春浪"来形容，并将远处的牛羊比作"小花"来点缀这一整幅绿画。

杨树的叶子是会发绿光的，夏天是披着一身的绿衣裳跳动着来的，如此可爱。这些大自然的微妙景观，都被老舍的慧心慧眼捕捉住了，让人忍不住想要喜爱与赞叹。

在小说《二马》中，除了草地、树叶和光是绿的，街上奔驰着的汽车，商铺里的帽子，温都家门口的栅栏，房屋内铺着的地毯，木椅上的椅垫儿，纱制的灯罩，公园旁商店里挂着的帘子，避暑的广告，甚至玛力的平时的穿戴，都是绿的。夸张的还有，"外国人见了别人遇难，是拼命去救的，他们不管你是白脸人，黑脸人，还是绿脸人，一样的拯救"② 人脸也是绿的，貌似有些夸张，但这后面是否还有更深层次的意蕴，值得我们深思。

老舍除了用绿色描写大自然中的自然景物以外，还注重给人物提供一个专门的"境地"，借此能够烘托出人物的感情，所以，他一直都在强调："我们写风景也并不是专为了美，而是为加重故事的情调，风景是故事的衣装。"③ 在小说《微神》中，他在开头就用了长篇幅来描写以"绿色"为主的自然景物，那"诗意与遐想小山上的绿意"并不是简单

---

① 老舍：《五月的青岛》，《老舍全集》第 14 卷，人民文学出版社 2013 年版，第 82 页。
② 老舍：《二马》，《老舍全集》第 1 卷，人民文学出版社 2013 年版，第 511 页。
③ 老舍：《怎样写小说》，《老舍全集》第 17 卷，人民文学出版社 2013 年版，第 326 页。

的景物描写，而是象征"我"内心的绿色海洋，是主人公对"爱"的追求，是人物内心的小秘密。文本中也多次出现表情达意的一个"意象"：一双"小绿拖鞋"，小绿拖鞋的每次出现，都会引起男主人公情感的波动，达到了一种言语无法抵达的视觉效果。正如老舍在《景物的描写》中所解释的："景物与人物的相关，是一种心理的，生理的，与哲理的解析，在某种地方与社会非发生某种事实不可。"①

小说《二马》的最后，马威在和李子荣参观完韦林新城之后，不禁也发出这样的感叹："英国的乡间真是好看：第一样处处是绿的，第二样处处是自然的，第三样处处是平安的。"② 英国乡村的好看在很大程度上归功于绿色，自然的绿色，平安的绿色。老舍为绿色所欣喜，一步一步升华主题，将景物与人物密切联系起来。

三　受康拉德印象主义艺术手法的影响

印象主义最早是兴起于 19 世纪末法国的一种绘画艺术形式。1874年，一批被剥夺了在官方沙龙展览权的年轻画家举办的画展中，莫奈的油画《日出·印象》被一名保守派的记者嘲讽为"印象主义画家的展览会"，印象主义也由此得名。印象派画家注重视觉世界，强调对自身对大自然的独特感受。

19 世纪晚期，福楼拜、詹姆斯、康拉德和福特等一大批小说家开始认识到传统文学不能够传达作者对于生活的理解，不能描绘眼见的现实，继而提出了新的文学理论主张。詹姆斯在《小说的艺术》中说："小说，在其最宽泛的定义上就是个人生活印象的直接反映。"③ 这种和印象画派有着相似的美学追求的写作技巧，福特把它称作"印象主义"。他和康拉德一起推动了西方文学朝着印象主义的方向发展，康拉德也因此被誉为"英美文学印象主义的先驱"。

"光色是印象主义绘画的灵魂，也是印象主义文学的灵魂。这是一种

---

① 老舍：《景物的描写》，《老舍全集》第 16 卷，人民文学出版社 2013 年版，第 208 页。
② 老舍：《二马》，《老舍全集》第 1 卷，人民文学出版社 2013 年版，第 595 页。
③ ［美］亨利·詹姆斯：《小说的艺术》，朱雯等译，上海译文出版社 2001 年版，第 3 页。

文体的风格元素。印象主义把色彩的运用当作展示心灵的媒介，把情感传达给风景，把自由的灵魂赋予到耀眼的色彩中。"① 康拉德也谈到，文学的目标在于当使用文字进行表达的时候，通过景色描写来传达感染力。

印象主义是康拉德艺术手法的突出特色，他认为生活不是用来记叙的，而是给大脑传递印象的，小说应该通过复制把这种印象呈现出来从而达到描述真正生活的效果。"他在小说中多处采用印象主义写作手法，非常注重色彩和明暗的使用，例如他用白色表示纯洁善良，用黑色表示邪恶与死亡。"② 而 20 世纪初生活在英国伦敦的老舍，则用灰色为主色调来描绘当时被雾笼罩着的伦敦的惨淡。

老舍曾不止一次流露出他对康拉德的赞赏，也毫不避讳地说出他的小说有模仿康拉德的痕迹，在写《二马》时也借用了他的创作方法。除了叙述和结构以外，是否也受到了印象主义的影响，我们可以从他的《二马》中的景物描写得到结论。

老舍对色彩和光线青睐有加，在小说《二马》中，运用了大量词汇来表现色彩和光影。在老舍笔下，他运用的色彩词汇很多都是日常普通的词汇，如绿、红、黑、白、黄、灰、蓝等，以及日常事物合成的色彩词汇，比如，灰色有浅葡萄灰色、灰里透蓝、灰喑嘟的、灰汪汪、浅灰、灰紫色的、深灰，以及由灰而深灰这样过渡的色彩；黄色有浅黄、鹅黄、米黄、灰黄、红黄、微微的黄色、金黄色、轻黄色等；红色有红扑扑的、金红、深红等，其他还有像紫血色、傻白、浅粉的、淡粉等。涉及光影的词汇文中也有多次出现，在文中反复出现的就有红云彩、太阳、余光、煤气灯、金光、绿光、金鳞、太阳光、汽车灯、阳光、灯光、五彩电灯、水影、铺子的金匾等。老舍正是通过对各种各样的色彩和光线的描写，运用印象主义的构图技巧，展示了 20 世纪初英国伦敦城市景观。

小说《二马》中，他对英国伦敦泰晤士河的描写，将色彩和光影有

① 孙晓青：《文学印象主义》，《外国文学》2015 年第 4 期。
② 刘沛：《康拉德作品中的印象主义文学特质研究》，《时代文学》（下半月）2012 年第 4 期。

机地结合在了一起，俨然就是一幅精美的印象派画作。

从窗子往外看，正看泰晤士河。河岸上还没有什么走道儿的，河上的小船可是都活动开了。岸上的小树刚吐出浅绿的叶子，树梢儿上绕着一层轻雾。

太阳光从雾薄的地方射到嫩树叶儿上，一星星的闪着，像刚由水里捞出的小淡绿珠子。河上的大船差不多全没挂着帆，只有几支小划子挂着白帆，在大船中间忽悠忽悠的摇动，好像几支要往花儿上落的大白蝴蝶儿。

早潮正往上涨，一滚一滚的浪头都被阳光镶上了一层金鳞：高起来的地方，一拥一拥的把这层金光挤破；这挤碎了的金星儿，往下落的时候，又被后浪激起一堆小白花儿，真白，恰像刚由蒲公英梗子上挤出来的嫩白浆儿。

最远的那支小帆船慢慢的忽悠着走，河浪还是一滚一滚的往前追，好像这条金龙要把那个小蝴蝶儿赶跑似的。这样赶来赶去，小帆船拐过河湾去了。①

关于这段文字，后来宁恩承在回忆老舍的创作谈《老舍在英国》中写道："又一次到瑞屈港正是日落，我们坐在山坡上，静看太阳西下，红霞晚照，泰晤士河水溶溶，清风拂面。他掏出他的零页纸片，一一记下来以为他日写景的材料，所以他写的景物不是粗制滥造的，不是随便胡诌虚构的。《二马》中的泰晤士河的红霞日落，是经过一番实际体验工夫的。"② 同画家一样，老舍有双善于观察生活的眼，更可贵的是，他将眼睛看到的一切符合"印象派"稍纵即逝的画面，用文字描绘出来，把一幅幅静止的画面变为动态，变为永恒。这种对艺术的专注，正如他自己在创作谈中所强调的："所谓观察便是无时无地不在

---

① 老舍：《二马》，《老舍全集》第 1 卷，人民文学出版社 2013 年版，第 389 页。
② 宁恩承：《老舍在英国》，香港《明报》1970 年 5、6 月号。

留心，而到描写的时候，随时的有美妙的联想，把一切东西都写得活泼泼的，就好像一个健壮的人，全身的血脉都那么鲜净流畅。"①这种对于自然的热爱与想象为他日后的散文与小说创作投入源源不断的新鲜血液。

在这几段文字的景物描写中，光线和色彩都很清晰。老舍不仅描绘了河岸上被雾笼罩着的小树、河上活动着的小船等，而且还恰到好处地描写了阳光照射下的早潮，更为精到的是，他利用阳光照射，使原本无色的浪头镶上了金鳞。太阳光是这幅画的光线来源，首先，它穿过薄雾，照射在树叶上，由于反射作用，清晨水珠像星星般闪烁着光，树叶成了"水里捞出的小淡绿珠子。"与此同时，阳光还给潮水洒上了金光，于是静止的画面到了老舍这里，变成动态的了。这很像老舍笔下所称赞的康拉德的景物描写："落日的斜光像火闪照到木船的一边，把摇船的人们的细长而破散的影儿投在河上各色光浪上。"②

在这段文字中，老舍用拟人的手法使浪头具有了一种动态感，将浪花比作"蒲公英梗子上挤出来的嫩白浆儿"，栩栩如生地向读者展现了一幅晨光照射下潮浪波动图。之后，将阳光照射下的河浪称作"金龙"，而浪花又成了"小蝴蝶儿"，潮水击打出的小白花儿，成了金龙追赶着的小蝴蝶儿，生动而又贴切，富有动感和生命力。

除了这段景物描写，老舍还善于利用自己对色彩和光影的感知能力，将这种光影的投射与人物的情绪紧密相连，如：

例1：雨刚住了，太阳光像回窝的黄蜂，带着春天的甜蜜，随着马威的手由窗户缝儿挤进来。③

例2：太阳忽然从一块破云彩射出一条光来，正把他们的影子遮在石碑上，把那点地方——埋着人的那点地方——弄得特别

---

① 老舍：《景物的描写》，《老舍全集》第16卷，人民文学出版社2013年版，第213页。

② 老舍：《一个近代最伟大的境界与人格的创造者——我最爱的作家——康拉德》，《老舍全集》第17卷，人民文学出版社1999年版，第92页。

③ 老舍：《二马》，《老舍全集》第1卷，人民文学出版社2013年版，第413页。

的惨淡。①

例3：街上高杨树的叶子在阳光底下一动一动的放着一层绿光，楼上的蓝天四围挂着一层似雾非雾的白气；这层绿光和白气叫人觉着心里非常的痛快，可是有一点发燥。②

例4：处处点着灯，可是处处的灯光，是似明似灭的，叫人的心里惊疑不定。③

例1是马氏父子刚到伦敦的时候。春天的伦敦阴晴不定，雨后初霁，面对着刚吐绿的杨柳儿，马威面对这番美景，心中是愉悦的。穿破乌云照射下来的阳光，显然带给马威的是无尽的喜悦，像黄蜂，"带着春天的甜蜜"。面对眼前的美景，对于梦想干一番事业的马威而言，都是一种崭新的希望。

例2所述，是在马威父子来到老马哥哥坟地上的时候，同样的太阳光给人的感受却是那样不同。背景是坟地，云彩也变得不可爱了，老舍恰到好处地在前面加了个"破"字。阳光投射在了石碑上，照射得特别不合时宜，在这样的对比之下，坟地就显得尤为惨淡，不由得引起主人公老马落泪，想要赶紧离开这个地方。

例3的文字，描述的是春去夏来的景象。夏天到了，伦敦这个阴晴不定的雾都也有了晴朗的蓝天，伦敦的大街上热闹非凡。这个时候，马威已到伦敦一段时候了，他坐在公共汽车上，观赏这伦敦街道，虽说满眼繁华，可还是忍不住让他落泪，他开始感叹英国人的优越生活，从而反思中华民族的落后。"绿光和白气"虽说眼看着痛快，可心里却不由得发燥，一方面是为自己，另一方面是为民族。

例4是圣诞前夕，伦敦大雾。马威望着窗外万家的灯火，似明似灭，心中开始忧愁，这其实也是马威内心深处最真实的写照。身处伦敦的他开始迷茫，在深受异族的不公待遇之下，又眼见自己不争气的父亲以及

① 老舍：《二马》，《老舍全集》第1卷，人民文学出版社2013年版，第429页。
② 老舍：《二马》，《老舍全集》第1卷，人民文学出版社2013年版，第446页。
③ 老舍：《二马》，《老舍全集》第1卷，人民文学出版社2013年版，第528页。

给中华民族丢脸的中国城，马威开始思考，开始恐惧，对未来一片迷惘。

老舍对印象主义手法的运用，使他的作品呈现出了五光十色的画面感。不仅深化了小说主人公马威来到伦敦由满怀理想到失望再到绝望的这一悲剧主题，而且也折射出了 20 世纪初英国工业革命以后，工商业发展而带来的人性冷漠这一主题。在老舍的文学世界里，他不但是位"说书"的圣手，更是位优秀的调色师。

《二马》中景物描写所呈现出的绘画美带给了读者无限美好的视觉感受和心理遐想。老舍笔下的景物所呈现出的绘画美不仅源于其自身的审美素养，西方文学中注意光色以及情感的瞬间捕捉的技巧也在潜移默化地影响着老舍的创作。

《二马》中景物描写所呈现出的绘画美是老舍创作的一大特色，那么，这部老舍在英国完成的最后一部作品又是运用什么景物描写手法使其与前期作品有所不同呢？这不得不使我们开始审思其在景物描写中所运用的语言描写。

第二节　对《二马》中使用白话写景的探讨

一　老舍的文学语言中"白话"的发展轨迹

几十年来，老舍被大家公认为语言大师，这就说明了老舍在语言方面所取得的杰出成就以及对现代语言发展所作的重要贡献。老舍的作品读起来老少皆宜，更有多篇被选入语文教材。纵观老舍一生的文学创作，老舍创作的发展与他的文学语言发展是同步的，在老舍的小说中，存在着他自己的一套系统化的语言理论。老舍的语言主要来自两个方面：一是民族语言。老舍自幼受到传统文学的熏陶，与此同时，他的作品中也不乏民间口头语言的影子。二是西方语言。老舍曾在英国生活过五年，也受到了西方各国各流派小说家的影响。他在研究了外国文学语言表述方式之后兼收并蓄，发展形成了自己独特的言语风格。

舒乙先生曾经作文《老舍文学语言发展的六个阶段》，因资料保存不当，我们现在只能查阅到第三阶段之后的内容："第三阶段：初期的口语体；第四阶段：白话文万能论；第五阶段：发展土语文学；第六阶段：使用普通话。"① 根据不同时期老舍的作品，我们就能发现他的语言发展观在每个阶段都有所不同。但是无可厚非的一点就是，无论老舍的语言怎样随着时代发展，清新浅白、简明轻快始终是他的小说语言特征。

舒乙也曾指出老舍的语言特色表现在七个方面："一：不用生僻的字词；二：用现成的字和词；三：句子精简；四：朗朗上口；五：少用形容词；六：用口语描写；七：'怎么写'比'写什么'更重要。"②

舒乙先生在提及五四时期的白话文时说："老舍先生有过描述，他说：'城市和农村里的普通人根本不懂混入现代作家语言里的关系从句以及其他西方玩艺儿，其实，这一套对他们来说就像文言文一样莫名其妙'。"③

1922 年，老舍在南开中学任教时期发表的第一篇短篇小说《小铃儿》就是采用纯正浅白的口语进行创作的。这部小说中的句子如："小铃儿每天下学，总是一直唱到家门，他母亲听见歌声，就出来开门；今天忽然变了。"④ 作品中没有含生僻字，全是浅白易懂的白话。只要掌握一定汉字水平的读者，都能够读懂他的短篇小说。

1924 年之后，老舍在英国伦敦的东方学院教授汉语的这五年期间，他发表了《老张的哲学》《赵子曰》以及《二马》这三部长篇小说。这一时期的作品，就印证了老舍最初的白话文创作实践是以口语体的形式展开的。舒乙在该文中肯定了这三部小说在文学语言方面的价值。"他把'五四'文学运动兴起的白话文带入了一个新的发展阶段，掀开了新的一页。"⑤ "老舍的头三部长篇的历史功劳是使白话文'活'了，由天上回到了人间。"⑥

《老张的哲学》是老舍这位讽刺幽默大师的奠基之作，全文以轻松、

---

① 舒乙：《老舍文学语言发展的六个阶段》，《语文建设》1994 年第 5 期。
② 舒乙：《老舍文学语言发展的六个阶段》，《语文建设》1994 年第 5 期。
③ 舒乙：《老舍文学语言发展的六个阶段》，《语文建设》1994 年第 5 期。
④ 老舍：《小铃儿》，《老舍全集》第 8 卷，人民文学出版社 2013 年版，第 94 页。
⑤ 舒乙：《老舍文学语言发展的六个阶段》，《语文建设》1994 年第 5 期。
⑥ 舒乙：《老舍文学语言发展的六个阶段》，《语文建设》1994 年第 5 期。

幽默的笔法著称。而关于这部作品，老舍自己也提到了让自己最难堪的便是文字方面的"半文半白"。因而，写到《赵子曰》时，他便努力克服这一毛病，为了使文字"挺拔利落"，他认为"把一件很好的事描写得不堪，那多半是文字的毛病"①。写到《二马》时，他才认为文艺创作就是"兼思想与文字二者"，进而承认"在文字方面就必须努力，作出一种简单的，有力的，可读的，而且美好的文章，才算本事"②。因此，他在小说《二马》中尝试用"顶俗浅的字"写出"物境之美"。

　　老舍先生最初的这三部作品把白话文运动带入了一个新的发展阶段，甚至可以说是拯救了白话文。最初口语化的白话文句子很短，语言也很幽默，而且没有任何的语法。作为一个新生的事物，白话文最初也同样是没有规则可言的，这样来看老舍先生的作品的话，我想虽然不能说是他的作品完全奠定了现代白话文的语法规则基础，但至少可以承认他的作品在很大程度上影响了后来白话文的发展方向，为白话文文法规则的建立做出了很大的贡献。由此我们可以想象，如果当时不是老舍先生，而是别的什么人创作了不知道名字的几部白话文的作品，那么我们今天所面对的白话文恐怕就是另外一种模样了，所以说老舍先生的贡献就是在白话文初创时期为白话文从诸多种可能的发展道路中最终选定了一种，我们现在不能说这种早在一个世纪之前就被选择出来的发展道路究竟好不好，只是我们可以在现行的白话文的模式下大胆突破创新，或许再过个十几年我们今天的突破也会逐渐发展成一套新的语言模式。

　　提及老舍和白话的关系，我们就不得不能谈到老舍关于"白话万能论"的言论："我们必须相信白话万能！否则我们不会全心全意的去学习白话，运用白话！我们不要以为只有古诗人才能用古雅的文字描写田

---

① 老舍：《我怎样写〈赵子曰〉》，《老舍全集》第 16 卷，人民文学出版社 2013 年版，第 168 页。
② 老舍：《我怎样写〈二马〉》，《老舍全集》第 16 卷，人民文学出版社 2013 年版，第 171 页。

园风景。白话也会。"① 老舍先生向来是欣赏《红楼梦》这部伟大的作品的，当然，他也不止一次谈及《红楼梦》中语言的运用。"看看《红楼梦》吧！它有多么丰富、生动、出色的语言哪！专凭语言来说，它已是一部了不起的著作。"② 诚然，《红楼梦》最出色的语言描写是将人物写得活灵活现。小说中的人物各有各的语言。虽然老舍对这部作品称赞有加，但是令老舍唏嘘的却是书中的景物描写不是那么令人满意。所以，他在创作《二马》时就大胆批判《红楼梦》中风景描写的语言："《红楼梦》的言语是多么漂亮，可是一提到风景便立刻改腔换调而有诗为证了"③，可见对于语言，他尤其提倡大胆创造，不落窠臼。因为生活是变化的，不能按照一定的套路进行，任何一种文艺形式，一旦一成不变就会立刻衰落下去。重新审视白话，不应仅在景物描写方面，还应涉及"性理之学"："我们不要认为只有儒雅的文字才能谈哲理，要知道，宋儒因谈性理之学才大胆地去用白话，形成了语录体的文字。白话会一切，只怕我们不真下功夫去运用它！我们不给白话打折扣，白话才能对我们负全责。"④ 正是在这种白话观念的指导下，老舍才在自己的文学道路上不断使用白话进行创作。直到《小坡的生日》完成后，他才大胆肯定白话的力量："有了《小坡的生日》，我才真明白了白话的力量；我敢用最简单的话，几乎是儿童的话，描写一切了。"⑤

那么，究竟是什么原因促使在新旧夹缝中的老舍先生，选择挑起"白话万能论"这杆大旗的呢？这需要我们联系当时的实际进一步探索。

二 国内白话文浪潮的影响

自 1929 年 3 月在《留英学报》发表了第一篇文章《小铃儿》

---

① 老舍：《怎样写通俗文艺》，《老舍全集》第16卷，人民文学出版社2013年版，第328页。

② 老舍：《〈红楼梦〉并不是梦》，《老舍全集》第17卷，人民文学出版社2013年版，第660页。

③ 老舍：《我怎样写〈二马〉》，《老舍全集》第16卷，人民文学出版社2013年版，第171页。

④ 老舍：《怎样写通俗文艺》，《老舍全集》第16卷，人民文学出版社2008年版，第328页。

⑤ 老舍：《我怎样写〈小坡的生日〉》，《老舍全集》第16卷，人民文学出版社2013年版，第178页。

起，老舍就一直提倡文学作品使用浅近的白话文进行创作。老舍对白话的肯定，与他所处的特定的时代语境密切相关。五四时期的文学革命、白话文运动的兴起，令当时的社会都在极力宣扬白话文创作，提倡将普通大众口中所说的白话用于文学创作之中。这一背景，给自幼接受传统教育、学习文言文的老舍进行白话文创作提供了有利的契机。

白话文与古代正统的文体——文言，相对而立。白话的历史可追踪至唐宋年间，因不受朝廷重视，白话只能在民间有着较大的发展。直到清末维新运动时期，才有改良派提出了"言文一致，提倡白话"的口号，但只在书报中使用，文学的正统仍旧是复杂的文言文。

1917 年，胡适在《新青年》发表了《文学改良刍议》，主张用白话文代替文言文，成为白话文运动的公开信号，文中提出"白话文学为文学之正宗"的口号也得到了鲁迅、陈独秀以及钱玄同等当时改革派的支持。鲁迅认为，白话文应该是"四万万中国人嘴里发出来的声音"。于是乎，白话文运动的口号接踵而至，展开了白话与文言的论战。1919 年，反帝反封建的五四运动爆发，随之在"文学革命"的口号下，一场从北京推向全国的划时代的文体改革运动——白话文运动取得了胜利。1921 年，鲁迅的中篇小说《阿 Q 正传》发表，成为中国现代白话文学赢得世界声誉的第一部巨作。

老舍出生于 1899 年 2 月，当时仍是清朝统治时期，白话文在当时也并不通行。老舍在八九岁时才在"宗月大师"刘寿绵的帮助下进了私塾学习。非常鲜明的是，老舍从小接受的就是传统的中国古代文化与思想教育。1913 年，老舍进入北京师范学校学习，所用的课本也都是文言所写，接受的教育仍旧是正规的文言和诗词技法的训练，在这种环境下，老舍的文言功底已经非常深厚。但为什么老舍还是最终选择了白话文进行创作？结合资料进行考证，发现这与当时的时代的背景是离不开的。

老舍曾经说过："'五四'运动给了我一双新眼睛……给了我一个新

的心灵"①，"在我初期的作品里所表现的是兴之所至……兴之所至的'兴'从何而来呢？是来自五四运动。在五四运动以前，我虽然很年轻，可是我的散文是学桐城派，我的诗是学陆放翁与吴梅村。到了五四运动时期，白话文学兴起，我不由得狂喜。假若那时候，凡能写几个字的都想一跃而成为文学家，我就也是一个。我开始偷偷的写小说……用白话写……那是多么痛快有趣的事啊！再有一百个吴梅村，也拦不住我去试写新东西！这文字解放（以白话代文言）的狂悦，在当时，使我与千千万万的青年不知花费了多少心血，消耗了多少纸笔。"②

老舍虽然没有亲身参加五四运动，但是五四运动提倡的放眼世界、学习西方、救亡图存的精神却深深影响了他。其早期的作品包括在英国完成的《老张的哲学》《二马》《离婚》和一系列短篇小说都对中国的传统文化和国民性进行了深刻的反思和批判，并且这些作品中的反思精神都建立在对中西方文化进行比较思考的基础上，体现了作者的跨文化思想。

显而易见，是五四运动和白话文运动使老舍和当时的一群年轻人能够用更清浅和自然的白话进行写作。就其方式而言，白话文写作较之文言写作也更加新颖，让老舍有源源不断的新鲜劲来进行文学创作；就其成就感而言，老舍成为文学家的理想，通过白话文写作也更容易实现。若是没有这场声势浩大的文学革命运动，想必老舍也需再经过十几二十年的锤炼，才能够成为用文言写作的大家。

1927年，老舍发表了他的第一部长篇小说《老张的哲学》，紧跟其后，又发表了第二部长篇小说《赵子曰》。这两部小说的创作语言也不全是白话，从很大程度上来说，是掺杂了很多文言成分的半白话文。1919年白话运动兴起到老舍彻底使用白话创作，其间也经历了一段很长的时期。在创作的初期阶段，他也摆脱不了千年以来文人对白话的诟病：

① 老舍：《"五四"给了我什么》，《老舍全集》第14卷，人民文学出版社2013年版，第636—637页。

② 老舍：《"五四"给了我什么》，《老舍全集》第14卷，人民文学出版社2013年版，第520页。

浅俗、难登大雅之堂。这最终导致了前两部小说并不能完全放弃文言。而后期，他也在创作论中给出了合理的解释："我在'老张'与《赵子曰》里往往把文言与白话裹在一处，文字不一致多少能帮助一些矛盾气，好使人发笑。涤洲是头一个指出这一个毛病，而且劝我不要这样讨巧。我当时还不以为然，我写信给他，说我这是想把文言溶解在白话里，以提高白话，使白话成为雅俗共赏的东西。可是不久我就明白过来，利用文言多少是有点偷懒；把文言与白话中容易用的，现成的，都拿过来，而毫不费力作成公众演讲稿子一类的东西，不是偷懒么？所谓文艺创作不是兼思想与文字二者而言么？那么，在文字方面就必须努力，作出一种简单的，有力的，可读的，而且美好的文章，才算本事。在《二马》中我开始试验这个。请看看那些风景的描写就可以明白了。"①

老舍认为，白话与文言的不一致能够帮助他在创作时解决一些矛盾。老舍在创作《老张的哲学》和《赵子曰》时，他就使用了这种讨巧的方法，博得了读者的认可。他解释了原因，是"想把文言溶解在白话里，以提高白话，使白话成为雅俗共赏的东西"②。由此可见，在长期接受正规文言训练且没有白话创作经验的老舍心中，白话还是有很多俗浅的成分在内。经过好友白涤洲的点拨，老舍在进行《二马》创作之后，才承认了利用文言是"多少是有点偷懒"也肯定了白话的力量，能够"作出一种简单的，有力的，可读的，而且美好的文章"③。"文言中的现成字与辞"④ 对于文章这道大菜，便是"酱油与味之素什么的"调味品，不是文学创作所想得到的真正的原味儿，可以弃之不用。

至此之后，老舍便下定决心利用通俗、简单、可读性高、俗浅易懂的白话进行创作。在南洋的旅途中创作的第四部长篇小说《小坡的生日》之后，他欣喜地谈道："我没有算过，《小坡的生日》中一共到底用了多少字，可是它给我一点信心，就是用平民千字课的一千个字也能写

---

① 老舍：《我怎样写〈二马〉》，《老舍全集》第 16 卷，人民文学出版社 1999 年版，第 171 页。
② 老舍：《我怎样写〈二马〉》，《老舍全集》第 16 卷，人民文学出版社 1999 年版，第 171 页。
③ 老舍：《我怎样写〈二马〉》，《老舍全集》第 16 卷，人民文学出版社 1999 年版，第 171 页。
④ 老舍：《我怎样写〈二马〉》，《老舍全集》第 16 卷，人民文学出版社 1999 年版，第 172 页。

出很好的文章。"① 这更让他坚定了使用白话这种最浅显自然、最接近人民大众的文字的决心，老舍说："我写作小说也就更求与口语相合，把修辞看成怎样能从最通俗的浅近的词汇去描写，而不是找些漂亮文雅的字来漆饰"，"我愿在纸上写的和从口中说的差不多。"② 这一语言观念，老舍终其一生都在坚持。这种创作原则，指导了他的文学创作，也成功在现代文学史上为老舍赢得了"语言艺术大师"的美誉。

三 受但丁欧洲俗语论的影响

在 20 世纪 30 年代的一次演讲中，老舍坦率承认"设若我始终在国内，我不会成了个小说家——虽然是第一百二十等的小说家"③。

《南方周末》记者曾问起过老舍的长女舒济先生，关于英国时光对老舍的影响时，舒济干脆地回答："造就了一个文学家。"舒济记得，老舍非常喜欢但丁和莎士比亚。20 世纪 70 年代末，她调入人民文学出版社，整理和编辑整理老舍生前的作品。老舍曾批评自己的许多作品。比如，《老张的哲学》的文字"还没有脱开旧文艺的拘束"；《赵子曰》的结构强了，"可文字的讨厌与叙述的夸张还是那样"。《二马》的内容更丰富，结构与文字都进步了，但没写完——原本可能有发生在巴黎的后传，且立意太浅，动机只是在比较中英两国国民性的不同，"至好不过是种报告，能够有趣，可很难伟大"，而且人物较少，大多是"中等阶级"④ 的。

纵观老舍的文艺创作，我们不能够忽视，老舍在英国任教期间的这五年经历给他带来的影响。他曾谈论到，狄更斯、康拉德、但丁、福克纳等人对他的影响，其中尤以但丁为甚。在齐鲁大学执教时期，老舍汲

---

① 老舍：《我怎样写〈小坡的生日〉》，《老舍全集》第 16 卷，人民文学出版社 2013 年版，第 178 页。

② 老舍：《我的"话"》，《老舍全集》第 17 卷，人民文学出版社 2013 年版，第 307 页。

③ 老舍：《我们创作经验〈讲演稿〉》，《老舍全集》第 17 卷，人民文学出版社 2013 年版，第 68 页。

④ 老舍：《我们创作经验〈讲演稿〉》，《老舍全集》第 17 卷，人民文学出版社 2013 年版，第 69 页。

取了但丁在文学创作方面的技巧和语言工具使用上的经验，围绕"文学本质"展开文学理论建构，倡导用白话进行创作。

老舍在《文学概论讲义》第十三讲里说，"在大诗人中，但丁是主张用字须精美"①，我们不妨揣测，老舍在创作中"俗白精致"的语言特色，曾受到过但丁提倡的"俗语论"的影响。老舍曾经多次提及但丁的《神曲》，并强调在自己所读的外国作品之中，"受益最大的是但丁的《神曲》"②。1925 年，老舍初读《神曲》，就提出了"要写出像《神曲》那样完整的东西"③。刚登上文坛的老舍对但丁推崇备至。

1945 年 7 月，老舍发表了《写与读》一文，回顾自己 20 多年的阅读与写作经历，其中谈到了自己初次读到《神曲》的情景，以及《神曲》对自己的影响：

> "使我受益最大的是但丁的《神曲》。我把所能找到的几种英译本，韵文的与散文的，都读了一过儿，并且搜集了许多关于但丁的论著，有一个不短的时期，我成了但丁迷。读了《神曲》，我明白了何谓伟大的文艺。"④

> "它的每一景物都是那么生动逼真，使我明白何谓文艺的方法是从图像到图像。天才与努力的极峰便是这部《神曲》，它使我明白了肉体与灵魂的关系，也使我明白了文艺的真正的深度。"⑤

但丁是西方文艺复兴运动的先驱者，1304 年到 1308 年期间，但丁为了引起知识界对民族语言的注意，用拉丁文撰写了《论俗语》。《论俗语》是但丁建立标准的意大利语言文学的纲领，他希望可以通过这样一部著作，能够确立一种新的文学语言，从而使更多的人民大众接触文学、

---

① 老舍：《文学概论讲义》，《老舍全集》第 16 卷，人民文学出版社 2013 年版，第 135 页。
② 老舍：《写与读》，《老舍全集》第 17 卷，人民文学出版社 2013 年版，第 460 页。
③ 老舍：《写与读》，《老舍全集》第 17 卷，人民文学出版社 2013 年版，第 461 页。
④ 老舍：《写与读》，《老舍全集》第 15 卷，人民文学出版社 2013 年版，第 460 页。
⑤ 老舍：《写与读》，《老舍全集》第 15 卷，人民文学出版社 2013 年版，第 461 页。

接受文学。但丁首先提出了"俗语"与"文言"的区别。但丁在《论俗语》的第一章就曾经给"俗语"下过这样的定义："是小孩在刚一开始分辨语辞时就从他们周围的人学到的习用语言，或者更简短地说，我们所说的俗语就是我们模仿自己的保姆不用什么规则就学到的那种语言。"在意大利文艺复兴时期，《论俗语》就曾经掀起了一股语言改革的新风尚。但丁在《论俗语》中谈论道："语言之于思想是必要的工具，正如骏马之于骑士，最好的马只适合最好的骑士，已如上述，既然如此那么最好的思想只能来自天才和学识，所以最好的语言只适合于才识兼备的人。"但丁还强调要做民族的文学，必须用自己民族的俗语写作，这样才能真实展现自己纯真的思想。

刘苗苗在《"老舍文学"中的"但丁之影"》中"提倡白话文学"一节中就曾经谈到但丁用俗语写作《神曲》是促使老舍决定用白话文写作的重要因素：

> 从外部条件看，但丁用俗语著写的《神曲》获得艺术上的成功对老舍重提文学白话运动的重要刺激因素。中国的白话运动没有产生优秀的彻底的白话文学，并不是因为白话缺少高贵的灵魂，而是文匠们手艺不精，火候不够，没有把真正的香味烧出来，再看一下用意大利诗人但丁用意大利俗语创作的伟大的《神曲》，他的语言是多么生动、灵活、优美，每个人的语言都与他们的灵魂结合得那么和谐，它突破了十四行诗的格式，依循意大利口语的特质形成独有的韵律和形式。①

老舍提倡白话文学不能不说是受了但丁使用意大利语创作的启悟。但丁为俗语振聋发聩的呐喊穿越历史的长河极大地鼓舞了老舍。

1928 年到 1929 年，老舍阅读了一批近三十年的英法一流作家的作品，比如：英国的威尔斯、康拉德、梅瑞迪斯，法国的福楼拜和莫泊桑。

---

① 刘苗苗：《"老舍文学"中的"但丁之影"》，硕士学位论文，青岛大学，2014 年。

那个时期欧洲文学多以心理分析和描写工细为特色，这也更加坚定了老舍将《二马》往"细"处写的决心。尽管《二马》仍未达到老舍期待的理想状态，但我们可以明显感觉到在但丁及其《神曲》的影响下，老舍朝着"细腻"的方向不断努力："从《老张的哲学》初生牛犊的泼辣粗粝，《赵子曰》粗而不壮的过渡状态，到《二马》差强人意的细腻。以学习《神曲》的细腻为肇端，老舍躬身践行，在反复实践中探寻着文艺的真正奥秘。"[1]

　　"《赵子曰》显示了老舍的创作风格，从'粗壮'到'细腻'的过渡，也显示了老舍从受狄更斯的影响转向受但丁的影响。到写作《二马》时，老舍完成了这种过渡，形成了'腻'的风格。《二马》的创作也标志着老舍已正式接受但丁及其《神曲》的重大影响，其批判国民性主题及对东方文明的思考可从《神曲》中寻到相似的内容。"[2] 反观老舍的创作，结合老舍的一些自述，可以看到老舍的语言风格也有一个变化的过程：从《老张的哲学》的"文白夹杂"，到《赵子曰》的文字"挺拔利落"、《老张的哲学》所具有的语言毛病"一点也没减少"，最后到《二马》开始要把白话"真正的香味烧出来"。这一语言风格的变化过程表明老舍的语言技巧逐渐成熟，而这一过程变化也正是老舍从阅读《神曲》到成为"但丁迷"的过程。《二马》在语言上的成功，坚定了老舍使用通俗易懂的白话文进行创作的决心。在新加坡所写的《小坡的生日》就是"用最简单的话，几乎是儿童的话"写成的。即使如此，《二马》与《小坡的生日》在语言运用上仍有不足之处，直到运用北京话创作的《离婚》，老舍才把白话"真正的香味烧出来"。

四　老舍写作《二马》时的环境影响

　　虽然老舍曾深受中国传统文化中民间文学的影响，但他是一个生活在新旧交替中的思想先进的人。他不仅经历了新文化运动，看到白话运

---

[1]　刘苗苗：《"老舍文学"中的"但丁之影"》，硕士学位论文，青岛大学，2014 年。
[2]　葛涛：《探询"灵的文学"论老舍对但丁的接受历史》，《上海师范大学学报》（哲学社会科学版）2000 年第 1 期。

动中"白话"战胜了"文言",并且他又很快地置身于西方当时最发达的国家——英国,感受和学习了异域的文化和语言,所以,老舍一开始就师从狄更斯等人,便是水到渠成的事情了。

《二马》是在域外创作的,所以当然是以英国为背景的。虽然《二马》中那些人与事全是想象的,但是老舍对于伦敦地理环境的描写却十分真实。

老舍在《我怎样写〈二马〉》中说:"在材料方面,不用说,是我在国外四五年中慢慢积蓄下来的",① 老舍在这里所提到的材料,除却"那些人和事",剩下的就是伦敦真实的地理环境。若是没有在伦敦任教的这一番经历,想必老舍也是不敢轻易动笔的。

《二马》的背景描写确实具有浓厚的英国伦敦地方特色,并且非常准确。《二马》中所写到的近40个伦敦地名都是有据可考的。比如街道、大院、车站、码头、展览馆、教堂、公园、植物园、河流等。20世纪90年代,学者李振杰就在伦敦对小说《二马》中的地名进行了考证。他在《〈二马〉中的伦敦》中说:"个别地名比较模糊,但根据小说描述的方位,可以找到真实的地方。虚构的名称只有温都太太住的戈登胡同34号和古玩铺、加麦公司、状元楼三家店铺。"② "作家对具体地点和线路的描述,多数是用作人物活动的背景或烘托人物的思想感情,着笔最多的则是作家本人住过的寓所周围的地理环境。"③

《二马》中所写的玉石牌楼、海德公园、瑞贞公园、牛津大街、圣保罗教堂、蓝加司特街、利物浦车站、牛津街等,都是真名实有的,并且方位、建筑、格局、特点等完全与当时的情景一样。这也是许多外国文学作品所采用的办法。老舍又引用莫泊桑《回忆》中的一段话:"你们记得那些在巴黎附近一带的浪游日子吗?我们的穷快活吗,我们在各处森林的新绿下面的散步吗,我们在塞因河边的小酒店里的晴光沉醉吗,

---

① 老舍:《我怎样写〈二马〉》,《老舍全集》第16卷,人民文学出版社2013年版,第172页。

② 李振杰:《老舍在伦敦》,《新文学史料》1990年第1期。

③ 孟广来等编:《老舍研究论文集》,山东人民出版社1983年版,第200页。

和我们那些极平凡而极隽美的爱情上的奇遇吗?"① 他认为这种追忆性的、平凡而亲切的东西,是十分宝贵的。这一点无疑也给老舍留下了十分深刻的印象,给他带来十分有益的启示。然而,在伦敦生活了五年的老舍,并没有像游客一样一直沉醉于那些具有异国情趣的娱乐场所。他带着更高的使命,对伦敦乃至英国整个社会进行了仔细观察和深刻思考,深切体会了英国社会的人情冷暖以及世间百态。他不盲目听从,独立思考英国强大的原因。同时,他一直清楚自己肩负的使命,所以他便会特别关注那些文化和科技中值得学习和借鉴的地方。

　　然而,伦敦的际遇只是让老舍提笔的一个因素,更直接的便是经济上的原因。老舍在英国伦敦学院授课所得的工资,除却要寄给国内的老母亲的,剩余的仅仅只能维系日常生活的开支,经济情况不是很乐观。宁恩承说:"在伦敦时老舍每叹一无所长。'贩卖大白话'或者是一条出路。他说:'你们各有专业,各有所长,我拿什么呢?'所以立志写小说,贩卖大白话为生。他做一个梦,梦想写十几本小说,得点版税,维持个最简单的生活。"② 这也就决定了老舍在创作小说《二马》时所考虑到的读者的语言能力和接受水平。这里,就不得不谈白话较之文言的优点。

　　首先,文言文是属于中国古代的书面语言系统,是用来阐释中国传统文化的;但是西方文化与中国文化不同,所以,用来阐释其思想内容的语言系统也与中国的不同,用文言阐释西方文化是行不通的。白话是人们在日常生活中使用的语言,相对于文言而言,在交流思想、表达情感方面具有优势。如果在文学以及艺术创作中使用白话,则更易于在民众中普及并且得到认可。其次,白话与文言相比,在阐释西方思想以及文化上更为便捷。早年,西方传教士进入中国传教,就认为语言是他们进行传教的一大阻碍。《二马》是老舍在英国伦敦进行汉语教学之际诞

---

　　① 老舍:《景物的描写》,《老舍全集》第 16 卷,人民文学出版社 2013 年版,第 207—208 页。

　　② 宁恩承:《老舍在英国》,载曾广灿、吴怀斌编《老舍研究资料》,北京十月文艺出版社 1985 年版,第 108 页。

生的，创作目的是比较国民性的不同。在这个创作背景之下，要想更好地表现西方的思想与文化，最好的方式就是利用白话文进行创作。所以，白话是中西文化沟通传播的最佳桥梁。

老舍创作《二马》的动机是比较两种文化的异同，以求最大化地呈现一个值得国内民众学习的榜样。在《二马》中，无论是在华生活过二十多年的伊牧师一家，还是对中国人抱有偏见的温都母女，都操着一口流利的"京白"，这极大地拉近了书中人物与读者的距离，让千里之外的读者在阅读时既熟悉又有一定的陌生感，这也是老舍《二马》创作的动机之一，虽说故事情节发生在遥远的大不列颠，但是书中除却有证可考的历史性建筑以及本土化的人名以外，其余在很大程度上都被中国化了。老舍将"保姆"称作"老妈子"，硬币是"铜子"，伦敦的街道又被称作"胡同"，司机是"赶车的"，外出度假是"歇夏"，商店也被称作"铺子"。这些活跃在书中的北京话，深深烙印在老舍的心里，随文跳跃在字里行间。对于普通读者而言，这便是再亲切也不过的了。

《二马》的创作背景是立足中西文化比较的，但是若使用生硬陌生的语言，想必并不能达到作者要唤醒国人的意图。所以，要想让国人看到英国的一切，就得用读者熟悉的语言，用白话进行写作。

五 《二马》中运用白话写景的独特之处

朱自清先生说："写景是老舍先生的拿手戏，差不多都好。"① 老舍先生用方言、口语写景，所有的景物在他的笔下都充满了灵气，多姿多彩，有声有色，成为文章的有机组成部分。

老舍提倡"白话万能"，这"万能"并不只是一句空口号，即我们要在主观上相信白话，大胆运用白话；而白话也真真正正能够承担起语言叙述、描写的功能。白话不仅可以表达出作者的思想，而且在人物、

---

① 朱自清：《〈老张的哲学〉与〈赵子曰〉》，《朱自清散文经典全集》，哈尔滨出版社2013 年版，第 239 页。

风景的描写上,白话也不劣于文言,"不要以为只有古代诗人才能用古雅的文字描写田园风景。白话也会"①。文言小说中的景物描写注重的是语言的典雅凝练、意境的幽远含蓄,白话小说中的景物描写注重的是语言的浅显俚俗、画面的真实自然。风景之美的描绘并不是文言文的专利,白话文同样可以。白话文不会因为它产生于日常生活,就丧失了语言的描绘之美,白话文不仅可以描写湖光山色,而且可以把风景写得很美。

在写作《二马》时,老舍借鉴了当时英国作家的写作手法,决定往"细"里写。同时因听取了好友白涤洲的意见,老舍决定通篇采用白话。于是,老舍就大胆地在《二马》的写景文字中开始试验。

> 在文字上可是稍稍有了些改动。这不能不感激亡友白涤洲——他死去快一年了!已经说过,我在'老张'与《赵子曰》里往往把文言与白话夹裹在一处;文字不一致多少能帮助一些矛盾气,好使人发笑。涤洲是头一个指出这一个毛病,而且劝我不要这样讨巧。我当时还不以为然,我写信给他,说我这是想把文言溶解在白话里,以提高白话,使白话成为雅俗共赏的东西。可是不久我就明白过来,利用文言多少是有点偷懒;把文言与白话中容易用的,现成的,都拿过来,而毫不费力作成公众讲演稿子一类的东西,不是偷懒么?所谓文艺创作不是兼思想与文字二者而言么?那么,在文字方面就必须努力,作出一种简单的,有力的,可读的,而且美好的文章,才算本事。在《二马》中我开始试验这个。请看看那些风景的描写就可以明白了。②

翻翻中国历代的文艺作品,写景写得好的诗词曲赋,散文小说,不计其数,老舍却称赞杜甫的一些口语化的写景词句:"塞水不成河",

---

① 老舍:《怎样写通俗文艺》,《老舍全集》第16卷,人民文学出版社2013年版,第328页。
② 老舍:《我怎样写〈二马〉》,《老舍全集》第16卷,人民文学出版社2013年版,第171页。

"月是故乡明"。第一句是客观的现象，属无我之境；第二句是主观感受，属有我之境。老舍对这两种写法都说好，并称之为"连人带景一齐来"，观察感受一齐来。中国古典文论很注重写景，主张寓情于景，"不能作景语，又何能作情语"。老舍用口语既能作景语又能作情语，很善于以景写情。

比如下段文字：

> 园外没有什么人，园门还悄悄的关着。他折回到大桥上，扶着石栏，看着太晤士河。河水灰汪汪的流着，岸上的老树全静悄悄的立着，看着河水的波动。树上只有几只小黑鸟，缩着脖儿，彼此唧咕，似乎是诉什么委屈呢。靠着岸拴着一溜小船，随着浪一起一落，有点像闲腻了，不得不一动不动似的……远处的灰云把河水、老树全合成一片灰雾，渺茫茫的似另有一个世界，和这个世界一样灰淡惨苦，只是极远极远，不容易看清楚了。①

这段文字便是这部小说"寓情于景"的典范，三个动作"折回""扶着""看着"便足以说明人物当时的心境——有家无可归时的悲伤与落魄。这些典型的口语化描写景物的句子，夹杂着一点拟人化手法在内。"河水"是"灰汪汪"地流着，"老树""静悄悄""立着"，对偶整齐却又不失形象，俨然和人物的心境联系在了一起，有着马致远笔下"枯藤老树昏鸦，断肠人在天涯"的意境，同是天涯沦落人，以景带情，惟妙惟肖。

《二马》中的写景状物十分细致，其细就细在完全从作品中人物的眼光和感受去写，不但使景与物都活了起来，而且将人物与环境融合在一起，相映成趣。比如小说三次精妙地描绘了名扬世界的牛津街：一次是写伊牧师走在牛津街上，这条熙熙攘攘的大街使伊牧师宗教上的尊严至少减去百分之九十九。第二次是老马走在牛津街上，看到的全是"车

---

① 老舍：《二马》，《老舍全集》第 1 卷，人民文学出版社 2013 年版，第 555 页。

海"，"在车海中往下看，只看见一把儿一把儿的腿，往上看只见一片脑袋一点一点的动"，"像'车海'的波浪把两岸的沙石冲得一动一动"①，老马越看越晕，只得用高价雇出租汽车。第三次是写马氏父子同在牛津街上。这条街本来就因为人太多，走路谁要忽然停住，后面的人会撞上来跌成一堆，但老马偏偏不管这些，"那时高兴便那时站住"。小马没办法只得跟着，"爷儿俩好像鱼盆里的泥鳅，忽然一动，忽然一静，都叫盆里的鱼儿乱腾一回"②。那份热闹劲儿读者可感可触。至于小说中人物惟妙惟肖的个性化的语言，更是通贯全书，不胜枚举。当老马发现儿子为单恋而痛苦欲绝时，只用了这么一句话表示惊讶："想不到这么年青就'闹媳妇'!"③的确，白话文经老舍的使用后就活了起来。

从晚清到现代走出国门的学客游子，他们的欧洲游记必然涉及公园、博物馆、咖啡馆、剧院等娱乐场所。老舍也在英国游览过那些著名的公园和博物馆等景点。他们都以不同的笔法来写作文章，希望国人能看到英国先进的一切，唤醒民众的觉悟。

"斌椿、张德彝、薛福成等晚清文人在游记中故意淡化英国山水风光的审美描写，而'五四'以后的中国现代旅英作家则对之投以特别的注视。"④斌椿在《乘槎笔记》中介绍伦敦："人烟稠密，楼宇整齐，率多四五层。街道洁净，车毂击，人肩摩，为泰西极大都会也。"⑤王韬也写道："衢路整洁，房屋崇宏，车马往来，络绎如织，肩摩毂击，镇日不停。入暮，灯火辉煌如昼，真如不夜之城，长明之国。"⑥

当时的这些散文家用古老的散文笔法来记录西方社会的现实，介绍了西方的生活环境、思想观念，传播了新的知识；但老舍在描写英国城

① 老舍：《二马》，《老舍全集》第1卷，人民文学出版社2013年版，第426页。
② 老舍：《二马》，《老舍全集》第1卷，人民文学出版社2013年版，第437页。
③ 老舍：《二马》，《老舍全集》第1卷，人民文学出版社2013年版，第519页。
④ 肖菲：《论老舍笔下的英国形象》，硕士学位论文，湖南师范大学，2010年。
⑤ 斌椿：《乘槎笔记》，湖南人民出版社1981年版，第23页。
⑥ 王韬：《漫游随录图记》，山东画报出版社2004年版，第79页。

市景观的时候，使用了新的词汇、新的语法、新的句式，呈现出语言现代化的趋势。

同样是写英国伦敦城市的繁华与热闹、街上车水马龙的场面，在老舍笔下是这样的：

> 大汽车中间夹着小汽车，小汽车后面紧钉着摩托自行车，好像走欢了的鸵鸟带着一群小鸵鸟。好像都要挤在一块儿碰个粉碎，也不是怎股劲儿没挤上；都像要把前面的车顶出多远去，打个毛跟头，也不怎么没顶上。①

《二马》改变了以前将文言与白话混杂的叙述方法，只用一些最简单、最有力的可读的白话文字，描绘出事物真正的味道。这在当时是白话文写作的一个典范。老舍的努力，真正地提高了白话文学在中国文学史上的地位。

---

① 老舍：《二马》，《老舍全集》第1卷，人民文学出版社2013年版，第425—426页。

第四章　跨文化视野下老舍小说的婚育叙事

第一节　东西方文化视野融合下的"离婚"叙事

在老舍毕生的创作中，许多作品谈及"婚恋"问题。作品中，作者对主人公面对婚姻、进入婚姻时面临的问题进行了深刻的思考与探讨。其中，完成于1933年的《离婚》是很独特的一部。第一，这部作品是老舍本人最喜爱的；第二，这部作品在内容、主题、语言、人物、思想等多种层面都是比较成熟且深刻的；第三，笔者详尽地考察过《离婚》在国内外的接受情况，这部作品备受国内外学者的青睐与关注。更重要的是，小说《离婚》融合了东西方文化视野，若以跨文化眼光审视文本中"幽默""京味儿""离婚"等关键词，又能体会到作家创作背后更深刻的价值意义，因此，笔者拟从跨文化角度解读作品《离婚》。

一　跨文化语境下的"幽默"风格

1933年8月20日，《离婚》这部被《良友》催得"十万火急"的老舍第七部（包括因上海"一·二八"战火焚毁的《大明湖》）长篇力作，初版以赵家璧先生编辑的"良友文学丛书"第八种的身份与读者见面。1933年10月8日《申报》就刊登了关于小说的宣传文案："本书都十六万言计三百四十余页不装布钉一厚册售价大洋九角正邮费每册二分半。作者亲笔签名十一百册即日发传。作者是中国特出的长写小说家，在独创的风格里,蕴蓄着丰富的幽默味。本书都十六万言,作者自己在信上说过:'比猫城记强的多,发练处更非二马等所能及。'全书最近脱笔,从未发表,是一九三三年中国文坛上之一大贡献。(再版书准备齐全欲购从速)。"① 这则书讯不但详尽地介绍了《离婚》的基本出售信息,同时以"幽默""练达"的文体风格及作家本人的好评力荐此书。主编赵家璧先生随后撰文介绍了《离婚》的畅销情况:"作者是中国特出的长篇小说家,在独特的风格里,含蓄着丰富的幽默味……本书初版三千部五个月内即售罄,再版本正在发售中。"② 《离婚》自出版后,在1933—1936 年这个时间段,备受评论界的关注③,季羡林、李长之、常风、李影心等在文坛有影响力的知名书评家都专门为《离婚》撰写过书评;耐人寻味的是,这些书评对《离婚》的"幽默"风格都不约而同、或多或少地有所提及。我们不禁要问:《离婚》中老舍的"幽默味"是怎样形成的呢?这样的"幽默"又有哪些深意呢?

"幽默"(Humor)一词源自西方,1906 年王国维首先在《屈子文学之精神》中率先使用"欧穆亚之人生观"的概念阐释屈原的思想和文学精神;1924 年林语堂在《晨报副刊》撰文《征译散文并提倡"幽默"》和《幽默杂话》,正式将 Humor 的音译名定为"幽默"并大力提倡。④20 世纪 30 年代初期,林语堂先后主编了《论语》《人间世》《宇宙风》等文学杂志,并以此为主要阵地集中宣传幽默,中国文坛掀起一阵"幽默风"。

----

① 《申报》,1933 年 10 月 8 日。

② 赵家璧:《诱导与诱惑》,《新民晚报》2011 年 1 月 30 日第 B03 版面。

③ 据《老舍研究资料》统计,1933—1936 年关于《离婚》的书评最为兴盛,共有 10 篇,分别为:燕子的《读过老舍的〈离婚〉》(1933 年 11 月 27 日载《文艺战线》)、窘羊的《老舍的〈离婚〉》(1933 年 12 月 25 日载天津《大公报》)、陈芳若的《评老舍:离婚》(1933 年 7 月 25 日载《学灯》)、唐穆的《〈离婚〉(书评)》(1933 年 12 月载《文艺月刊》)、李长之的《〈离婚〉(书评)》(1934 年 1 月载《文学季刊》)、常风的《评老舍的〈离婚〉》(1934 年 9 月 12 日载天津《大公报》)、李影心的《老舍先生〈离婚〉的评价》(1935 年 8 月 4 日载天津《大公报》)、赵少侯的《论老舍的幽默与写实艺术——评〈离婚〉》(1935 年 9 月 30 日载天津《大公报》)、尹雪曼的《老舍及其〈离婚〉》(1936 年 9 月 1 日载《文艺月刊》)。

④ 王晓琴:《老舍新论》,首都师范大学出版社 1999 年版,第 191 页。

　　而在幽默浪潮初袭之时，老舍先生恰好旅英归来，素有"幽默"传统的英伦文化深深熏染着青年老舍。特别是英国伟大的文学家狄更斯，着力于以犀利而幽默的语言揭露、讽刺资本主义社会的腐朽，他的作品风格深深影响了老舍的创作。早在《离婚》出版的 1933 年年底，青年学者季羡林就以"窘羊"为笔名，在天津《大公报》上发表了五百余字关于《离婚》的书评，其中就谈及了狄更斯对老舍的影响并简要对比了两人的作品，他认为："不但大体上像，连单个角色中也颇有吻合于迭更司的人物的：小赵是活里活脱的喜迫（Ulrah Heap），连行为及其结果都像，丁二爷则更是百分之百的密考伯（Micawber 亦见上书），那样的无用，那样的潦倒而又终于救了一切人。"① 此外，1934 年，常风先生在为《离婚》撰写书评时，与季羡林的西方文学视角相通，也指出了老舍的"幽默"深受留心社会变革的狄更斯的影响。② 可见，老舍先生"幽默"风格的形成受西方文学的影响是毋庸置疑的。

　　回国后，老舍成为《论语》《人间世》的"长期撰稿人""特约撰稿人"。虽初步文坛就获得"笑王"盛誉③，但《老张的哲学》《赵子曰》《猫城记》等作品在幽默方面却受到了批评者"过于油滑""幽默过火"的指摘，因此在《离婚》的写作中作家力图返归并且看住幽默，显然这一努力是成功的。《离婚》将"幽默"风格发扬并走向圆熟。正如老舍本人在 1935 年 11 月 12 日《宇宙风》刊载的《我怎样写〈离婚〉》一文中谈到小说的背景是自己再熟悉不过的北平，人物的核心自然是自己壮年时天天看到的力求万事平衡、专解决其时人们通行"苦闷病"的张大哥；而在老舍看来，在《大明湖》《猫城记》双双失败的境况下，《离婚》是他返归并看住幽默的力作。

　　那么，老舍是如何通过《离婚》返归、看住并形成了他独特的幽默风格呢？这与他的创作背景——挚爱的北平是分不开的。正如狄更斯通

---

　　① 季羡林：《老舍〈离婚〉》，《大公报》1933 年 12 月 25 日。

　　② 常风：《离婚》，《逝水集》，辽宁教育出版社 1996 年版，第 113—118 页。

　　③ 陈逸飞：《老舍早年在文坛的活动》，转引自王晓琴《老舍新论》，首都师范大学出版社 1999 年版，第 193 页。

过如椽之笔描绘了伦敦城的纷繁景象，老舍笔下的北平是他的"符号"，更蕴含着他深刻的身份、文化记忆。作为土生土长的北平人，老舍对这里的一情一景、一事一物、一言一语再熟悉不过了。老舍深爱着这方土地，深切体悟着这里的人和事，也正是这种爱，让他对北平的不完美甚至污秽有着痛心疾首的苛责，而以北平人充满"幽默""市井"味道的京味儿语言将之呈现在作品中则别有一番滋味，起到了更加深刻的警示作用。在《离婚》中，老舍独具一格的"幽默"风格就真实地通过一个个鲜活的、生存在北平的人物形象以及活灵活现的语言充分体现出来。比如小说的开头就尽显了老舍的幽默风格：

> 张大哥是一切人的大哥。你总以为他的父亲也得管他叫大哥；他的"大哥"味儿就这么足。
>
> 张大哥一生所要完成的神圣使命：作媒人和反对离婚。在他的眼中，凡为姑娘者必有个相当的丈夫，凡为小伙子者必有个合适的夫人。这相当的人物都在哪里呢？张大哥的全身整个儿是显微镜兼天平。在显微镜下发现了一位姑娘脸上有几个麻子；他立刻就会在人海中找到一位男人，说话有点结巴，或是眼睛有点近视。在天平上，麻子与近视眼恰好两相抵销，上等婚姻。近视眼容易忽略了麻子，而麻小姐当然不肯催促丈夫配眼镜，马上进行双方——假如有必要——交换相片，只许成功，不许失败。①

又如，对老李这个小市民形象以及张大哥这一形象的描绘，更是在幽默中形成鲜明的对比：

> 其实老李并不丑；细高身量，宽眉大眼，嘴稍微过大一些，一嘴整齐白健的牙。但是，他不顺眼。无论在什么环境之下，他使人觉得不舒服。他自己似乎也知道这个，所以事事特别小心，结果是

---

① 老舍：《离婚》，《老舍全集》第2卷，人民文学出版社2013年版，第291页。

更显得慌张。人家要是给他倒上茶来，他必定要立起来，双手去接，好像只为洒人家一身茶，而且烫了自己的手。赶紧掏出手绢给人家擦抹，好顺手碰人家鼻子一下。然后，他一语不发，直到憋急了，抓起帽子就走，一气不定跑到哪里去。

作起事来，他可是非常的细心。因此受累是他的事；见上司，出外差，分私钱，升官，一概没他的份儿。公事以外，买书看书是他的娱乐。偶尔也独自去看一回电影。不过，设若前面或旁边有对摩登男女在黑影中偷偷的接个吻，他能浑身一麻，站起就走，皮鞋的铁掌专找女人的脚尖踩。

至于张大哥呢，长长的脸，并不驴脸瓜搭，笑意常把脸往偏处纵上些，而且颇有些四五十岁的人当有的肉。高鼻子，阴阳眼，大耳唇，无论在哪儿也是个富泰的人。打扮得也体面：藏青哗叽袍，花驼绒里，青素缎坎肩，襟前有个小袋，插着金夹子自来水笔，向来没沾过墨水；有时候拿出来，用白绸子手绢擦擦钢笔尖。提着潍县漆的金箍手杖，杖尖永没挨过地。抽着英国银星烟斗，一边吸一边用珐蓝的洋火盒轻轻往下按烟叶。左手的四指上戴着金戒指，上刻着篆字姓名。袍子里面不穿小褂，而是一件西装的汗衫，因为最喜欢汗衫袖口那对镶着假宝石的袖扣。张大嫂给汗衫上钉上四个口袋，于是钱包，图章盒——永远不能离身，好随时往婚书上盖章——金表，全有了安放的地方，而且不易被小绺给扒了去。放假的日子，肩上有时候带着个小照相匣，可是至今还没开始照相。[①]

评论界对《离婚》的"幽默"也有一番洞见。比如1934年资深评论家李长之就谈到老舍的幽默风格问题，认为其中的"幽默"实为"讽刺"。他认为老舍小说中"智"（Intellectual）的成分多于情绪，因而在温良和平的态度下，对书中人物折射出的"怯懦""敷衍""妥协"进行讽刺，以讽刺传达哭笑不得的感伤。与李长之定位《离婚》以讽刺为主

---

① 老舍：《离婚》，《老舍全集》第2卷，人民文学出版社2013年版，第295页。

的幽默形式不同，1935 年赵少侯先生则给予老舍的"幽默"很高的评价，他认为《离婚》这部"完完全全的写实小说"是作者远远站在事外看出了"人生根本的幽默"，而且是"真正的幽默"①，充分肯定了老舍的"幽默"才能，也认可了这部写实小说的社会、文学价值。

　　总体来看，这些书评对《离婚》中老舍的"幽默"是肯定有加的。但其中具体的认知分歧主要是在幽默与讽刺的关系上，这与中国文坛"幽默"风潮袭来之时各家各派的观念差异是分不开的。林语堂《论幽默》认为："其实幽默与讽刺极近，却不以讽刺为目的。讽刺每趋于酸腐，去其酸辣，而达到冲淡心境，便成幽默。欲求幽默，必先有深远之心境，而带一点我佛慈悲之念头，然后文章火气不太盛，读者得淡然之味。"② 可见，林语堂反对幽默向讽刺倾斜，追求幽默中平淡祥和的玩味之风；而"幽默"风潮兼左翼文学思潮另一主力鲁迅则与林语堂的看法大相径庭，他鼓励幽默中的讽刺成分，认为若"幽默"失掉了对社会的讽刺，就会落入传统"说笑话"和"讨便宜"的弊端，并以"用玩笑来应对敌人"的主张强调文学的社会功利意识。所以，这一时期评论界对"幽默"的认知基本在这两种主张的影响下摇摆，呼应"幽默"风潮的同时，将各自对"幽默"的理解呈现在对具体的文本批评中。由此，以李赵二人为代表的评论家，对《离婚》中"幽默"的认知就会更为多元。

　　实际上，通过《谈幽默》《什么是幽默》《"幽默"的危险》这些专门论及"幽默"的文章中，可以看到老舍对"幽默"的诠释。老舍并不否认"幽默"中的"讽刺"因素，认为两者虽然不同，但在应用上永远不能严格地分开，并且"幽默"要多少尽到讽刺的责任，针砭时弊，在笑中发人深省。但老舍的"幽默"风格对"幽默"风潮的贡献在于，他的"幽默"深受敏锐而机警的英伦文学传统的影响，又融合了他自然生成的"北平人"的谈笑本色，加上丰富的人生经历，以及对现实生活的

---

① 赵少侯：《论老舍的幽默与写实艺术——评〈离婚〉》，《大公报》1935 年 9 月 30 日。
② 林语堂：《林语堂经典作品选》，当代世界出版社 2007 年版，第 72 页。

发现与思考和与生俱来的悲剧性的性格底色，从而对幽默对象表现出深切的关怀与同情，让他的幽默没有流于玩笑的肤浅玩味，又没有走向刻意嘲讽的急功近利。正如当代研究者王晓琴所评价的："老舍又受左翼文学的影响，又有着对幽默思潮的超越。"① 因此，老舍的幽默叙事艺术在东西方文化的双重影响下，在悲喜交加、含泪中笑的美学构成中，显示出巨大的艺术魅力，给人带来独特的审美享受。

二　跨文化、跨时代语境下的"离婚"主题再论

当读者阅读一部文学作品时，通常首先映入眼帘的是作品的题目。这部小说虽以"离婚"二字为题，小说中的人物也几乎人人喊着离婚，却无一人真正实施离婚行为。那么，作家为什么要以离婚这一主题切入呢？笔者以为，这与当时的时代环境紧密相连，也与老舍跨文化的视野是分不开的。

老舍的旅英经历是他一生中重要的转折点之一。除了上文提及的在创作方面受到了西方文豪的积极影响，在思想方面，他也受到了罗素、尼采、海德格尔等哲学家、思想家的深刻启发。就老舍离婚主题的选择而言，笔者以为，这与英国著名的哲学家、数学家、文学家、社会活动家并有"世纪的智者"之美誉的罗素关于婚恋等问题的思考有很大关系。罗素在他影响深远的代表作《性爱与婚姻》中，分析了妇女在社会中被歧视的根源，并从身份地位、道德、教育等层面深入地探讨了男女平等和妇女解放的问题，他对宗教的性禁锢进行了犀利的抨击，倡导真诚纯洁的爱情和婚姻自由，提出了严肃的婚姻革命主张。尽管罗素诸如赋予"婚外恋"等现象以合法性，有些囿于时代的局限性而显得过于偏激，但罗素关于"婚姻""性别"的洞见确实震撼了思想界，其《谈谈离婚》一文就系统而深入地探讨了离婚问题，他的结论是：

　　　我们的结论似乎是，当离婚在许多国家里——英国是其中一

---

① 王晓琴：《老舍新论》，首都师范大学出版社1999年版，第200页。

个——过于困难的时候，容易离婚，不能真正解决婚姻问题。假如我们要婚姻的制度继续下去，为了子女的幸福起见，婚姻的稳定非常重要。但最能达到这种稳定的方法，是要分清婚姻和仅仅的性关系的区别，是要强调与浪漫的结婚之爱相反的那种生物学上的结婚之爱。我并不假装，说婚姻可以免掉它繁重的职责。在我所推荐的这种制度里，男子的确能不负夫妻之间忠贞的义务，但是作为交换条件，他也应该负克制妒忌的义务。人类不能没有自制力而过着良好的生活，不过克制像妒忌那样的狭隘的仇视的情绪，比起克制像爱情那样的大方的开展的情绪，前者要更好些。习俗上的道德弄错了，不是因为它不应该要求自制，而是因为它要人自制的地方不得当。①

评论家李影心在 1934 年对《离婚》的评析中就敏锐地发现并阐述了老舍受罗素思想影响的这一点。李文的第一部分就谈及老舍在创作《离婚》时，融入了罗素以"自由恋爱"为旨归的婚恋观，并以此来观照中国婚姻制度的弊病。李文肯定了老舍看到"婚姻这东西必是有毛病""婚姻制度根本不该要"的问题，但遗憾的是老舍的主张"感染了很深的乌托邦思想气质"②，而没有达到罗素那样彻底变革的精神高度。在《离婚》中，老李不满足于父母包办的和乡下妻子的传统婚姻，因此，他把隔壁的马太太想象成自己"自由恋爱"的对象，但他心中的那点"诗意"始终是幻想，并没有实现的勇气和行动，而从当时的社会情况来看，也没有实现的可能；那个所谓的知识女性邱小姐，张口闭口"男女平等""女性独立"，还扬言以离婚反抗不合理婚姻，但这些不过是她迎合时代的空洞口号和显示自己优越感的假把式而已。实际上，在面对自己的婚姻时，她是相当保守的。因此，小说虽表现出对某些

① ［英］伯特兰·罗素：《性爱与婚姻》，文良文化译，中央编译出版社 2009 年版，第299 页。
② 李影心著，陈子善、张可可编：《书评家的趣味》，海豚出版社 2004 年版，第 36 页。

西方先进思想的思考，但并未上升到真正解决问题的实际途径层面。李影心以中西婚姻思想制度比对的视角窥探离婚的主题意义与价值缺憾，这一认识相对于之前评论者的发现有所超越。但不容否认的是，老舍对离婚问题的审视是与西方思想的影响紧密相连的。

此外，小说《离婚》在内容上也并没有上升到西方经常涉及的民主法制等层面，离婚只是人物的一个口号。作者之所以这样处理，又和当时中国的社会现实有关，毕竟作者的期待读者是中国大众，也正因为如此，这部作品在评论界产生一定影响的同时畅销一时。从具体的社会文化背景看，据学者的细致考证①，随着五四运动在伦理上追求"恋爱自由"、反对封建礼教束缚等自由的呼声日渐高涨，1930 年颁布的《民法·亲属编》有史以来第一次将离婚问题合法化，并确立男女拥有完全平等的地位。这一法令的出台，一方面是现实离婚问题日益严重的客观反映，另一方面也间接催化了社会离婚率的上升，因此，20 世纪三四十年代是中国历史上第一个离婚高峰。更耐人寻味的是，这个法律在关于一夫一妻制的说明上有个悖论式的漏洞："娶妾并非婚姻，自无所谓重婚"②，由此，《离婚》可以说应时而生，以嬉笑怒骂的形式嘲讽社会虚伪的闹剧。另一个值得注意的文化现象是，在民族危亡的复杂时局下，在中国传统礼教和西方现代化文明的双重作用下，这一时期生成了一批既没有投身民族解放事业又没有独立思考能力的小市民，他们在动荡的俗世中苟且偷生，虚伪敷衍地活着。因此，20 世纪三四十年代作品中，可以找到许多关于婚恋问题的探讨，也可以看到这些世俗化知识分子的群像，1933 年的《离婚》正是在这样的背景下应运而生。然而，老舍的《离婚》与鲁迅的《离婚》(1925)、叶圣陶的《倪焕之》(1928)、潘汉年的短篇小说集《离婚》(1928)、巴金的《家》(1933) 等同样紧随时代，触及婚恋问题又兼及知识分子的生存状态的作品有所不同。上述作家的这些作品更多地承接五四启蒙思潮，指向对封建礼教束缚婚姻自由、

---

① 杨联芬：《暧昧的复调：析老舍小说〈离婚〉》，《名作欣赏》(上旬) 2015 年第 3 期。
② 宋永毅：《老舍与中国文化观念》，学林出版社 1988 年版，第 84 页。

压抑人性的反思与批判，潘汉年的《离婚》则更进一步靠近时代现状，辛辣讽刺了传统法制的虚伪，从侧面揭露了传统与现行法律体系的不健全。相较之下，老舍的超越之处在于：他跳出了单纯的五四思维，通过离婚这一问题，站在社会宏观角度上，以自由知识分子的身份审视国民挣扎扭曲的生存状态。因此，《离婚》体现出中西融合的跨文化背景。

更可贵的是，老舍对离婚主题的充分关注，不但凝结着深厚且深刻的跨文化因子，而且有着跨时代的非凡意义。时至今日，随着离婚这一社会现象越来越普遍，其背后映射的复杂的文化思想问题则更值得我们给予高度的关注：离婚是伴随着社会制度的变革、法律法规的完善而出现的社会现象，又是家庭结构变化、人类思想启蒙后努力实现自我价值、追求自由平等权利意识觉醒的一种体现。老舍通过"离婚"到底想表达什么呢？对《离婚》在国内外 80 余年的接受情况综合考察后，笔者以为基本可以达成这样的共识：老舍通过特定时代的特殊事件，展现了中国人乃至全人类在理想与现实之间，在诗意浪漫与灰色现状之中欲罢不能的苦闷、挣扎、焦灼的生存状态。其深意在于对灰色人物妥协、敷衍的生活态度进行批判，极力展现人类存在的复杂性，体现了守护生命本真存在的形而上关怀，这是小说真正能够超越时代而经久不衰的深度之所在。

相反，自 20 世纪 30 年代开始，社会现实中的离婚问题愈演愈烈。与之呼应的是离婚叙事一直构成中国现当代作家文学作品书写中持久谈及的创作母题，呈现出独特的文学风貌。笔者在参考借鉴张宁关于"离婚"叙事的研究基础上①，结合自己的阅读经验，大致梳理出三条发展线：第一条线是在"离婚"叙事中表达"国民性"主题的，主要以鲁迅先生为代表。他创作于 1925 年的《离婚》，虽以离婚为题，我们却没有看到主要人物爱姑和小畜生的情爱描写，也不是人们所期待的离婚故事。这场闹剧的根本指向是五四以来在个性解放、男女平等的呼声下对传统

---

① 张宁：《中国现代文学中的离婚叙事》，硕士学位论文，西北师范大学，2009 年。

宗法制度根深蒂固的批判。与鲁迅批判礼教一脉相承的还有芦沙发表于1940 年的《离婚》，文本通过被"恋爱"引诱的丈夫为了摆脱"贤妻良母"式的农村原配妻子，以雇佣长工玷污妻子的卑劣手段，走向了新的"爱情"的悲剧，同样揭露了宗法制度下女性的悲惨命运。这条线在 20世纪四五十年代解放区衍生为以"反对包办婚姻"为呼声的一系列故事。最典型的便是以"刘巧儿"为原型的小说、戏曲，还有洪流的《乡长夫妇》、王亚平的《春云离婚》。虽然反对包办婚姻的本质是追求平等自由的人性解放，但由于特殊的时代背景，与离婚主题相关的作品和那时其他作为政治宣传的文学作品一样，成为一种"符号化"的表达，一旦风潮过去，便失去了时效性，经不起作为经典文学的考验而销声匿迹。鲁迅这条批判传统礼教禁锢婚姻的线索，也随着现代化的进程不再成为现代人关注的焦点。第二条线是当代文学中一系列书写知识分子、小人物乃至生活日常的离婚叙事。如：谌容的《懒得离婚》、王海鸰的《中国式离婚》等，离婚在当下似乎成为小说、影视剧中展现生活伦理不可或缺的元素，热播都市伦理剧《离婚前规则》《离婚协议》《离婚律师》等都对当代光怪陆离的离婚现象与现代人的生存矛盾有所展现与铺陈，但这些作品只是停留在现实生活的某一侧面。那些内容单一、叙事逻辑缺失且过于理想化的"大团圆"结局，很难构建当代健康的伦理道德体系，也很难推动婚姻制度的完善。第三条线就目前文学作品中庞大的离婚叙事来看，还相对比较薄弱，主要触及中国婚姻法的疏漏问题。该问题在诸如苏晓康的《阴阳大裂变》、安顿的《绝对隐私：当代中国人情感口述实录》等报告文学中曾被激烈地讨论，但在文学作品中还比较少见。近来，刘震云的小说《我不是潘金莲》似乎有延续这条叙事线的味道。小说中顶了"潘金莲"骂名的妇女李秀莲经历了一场荒唐的"假离婚"案后，为了证明自己的离婚是假的，摆脱"潘金莲"的身份，上访告状二十余载，却不但没有证明假的是假的，还将一大批高官被"双规"。这样一部荒诞的现实讽喻性极强的作品对中国的政治与法制有所反思。但此类辛辣的作品数量较少，作家的批判力度也十分有限。而沿着上述三条主线追溯老舍《离婚》中"离婚"叙事的独特性，就会发现：它巧妙地触及离婚问题，不但对其时的婚姻制度问题高度关注，并作出了些许不着痕迹的敏锐洞悉，又通过在问题婚姻中挣扎的灰色人物的复杂群像，对市民阶层人物敷衍、妥协的精神状态加以批判，进而上升到反思人类生存现状这样的哲学高度。

中国现当代文学中的离婚主题叙事，除了对传统旧制度的批判与反思以及以老舍为代表的对人类生存状态的观照，更多的文本仅停留在对表面现象的叙述层面，尽管对法制漏洞略有指摘，但较之西方直接而犀利的表述，这样的话语建构仍然存在较大缺失。不过，从接受角度对中国现当代文学作品中有关离婚主题的梳理，我们的确可以发现这些作品试图审视社会问题的思想价值。而以跨文化融合的观念以及跨时代接受的视野来解读《离婚》的主题思想，文本本身的巨大价值就显而易见了。

三 "生命哲学"的东西文化内蕴

正如前文所说，《离婚》中的离婚主题不仅反映了作者对当时社会问题的关注，在对小人物灰色生活绘声绘色的描述中还表达了作者对个体生命的深切体悟与思考，并达到了"生命哲学"的高度。而在老舍的"生命哲学"中又可以窥见东方传统士大夫情怀以及西方存在主义哲学等文化思想相互影响的内核，这样的内核加上作家深刻的生命体验之后，他的作品便有了独特的魅力。

仔细体会、梳理《离婚》中具有代表性的老李、张大哥这两位人物的生命轨迹，不难看出，如果说老李代表的是内心追求理想和诗意的人，那么张大哥代表的则是安于在现实中斡旋打转的小市民。前者不甘于小市民蝇营狗苟的灰色生活，想打破传统文化带给生活的种种束缚，对理想的家庭、爱情都有自己一点诗意的、浪漫的构想："我要追求的是点——诗意。家庭，社会，国家，世界，都是脚踏实地的，都没有诗意。大多数的妇女——已婚的未婚的都算在内——是平凡的，或者比男人们更平凡一些；我要——哪怕是看看呢，一个还未被实际给教坏了的女子，热情像一首诗，愉快像一些乐音，贞纯像个天使。我大概是有点疯狂，这点疯狂是，假如我能认识自己……不敢浪漫而愿有个梦想，看社会黑暗而希望马上太平，知道人生的宿命而想象一个永生的乐园，不许自己迷信而愿有些神秘，我的疯狂是这些个不好形容的东西组合成的……"①；而后者则恰好相反，他安于现状，自我优越感很强，凡事讲求中庸，讲究排场和体面，圆滑老练，习惯走关系。即使张大哥儿子张天真的事件给了他莫大的打击，但一旦事情有了回转的余地，他还是不假思索地回到老样子，逃不出生活这个圈。而在阅读中，我们并不觉得张大哥是一位像小赵那样有些可憎、可恶、可怕的人。尽管小赵做了很多伤天害理、舞权弄势、蝇营狗苟的勾当，作者还是在某种程度上体恤了他的种种无奈，这体现了老舍的人道主义情怀。回到张大哥本身，他除了有些"庸俗"之外，可以肯定的是，他的心底还是善良的，不曾有害人之心，有的时候反而给人热情、可爱之感。因此，作者对张大哥形象的反讽并不在于他这个人物本身，而在于对由灰色、变态的社会所造成的这种扭曲的"庸俗哲学""生活哲学"的指摘和反思。

很显然，老舍在老李这一形象上投射的"生命哲学"与西方存在主义哲学有着千丝万缕的联系。存在主义一词的拉丁文 existentia，意为"存在""生存""实存"。存在主义哲学论述的不是抽象的意识、概念、本质，而是注重存在，注重人生。但存在主义哲学并不是指人的现实存在，而是指精神的存在，把那种人的心理意识（往往是焦虑、绝望、恐惧等心理意识）同社会存在与个人的现实存在对立起来，把它当作唯一的、真实的存在。老舍对老李的描写，就是从这种精神层面而书写的。老舍的哲学观较多地吸取了海德格尔、尼采、叔本华等人的思想。在 20世纪 80 年代，西方哲学思潮在我国盛行，学者们紧随西方理论，大量阅读诸如海德格尔、叔本华、尼采、萨特等西方哲学经典，以徐德明、李

---

① 老舍：《离婚》，《老舍全集》第 2 卷，人民文学出版社 2013 年版，第 306 页。

玲为代表的学者们率先敏锐地认识到《离婚》中的哲学意味，他们的研究为老舍"生命哲学"中的西方文化内蕴提供了有力佐证。李玲的《老舍〈离婚〉中的存在追问与人生悲感》一文从"人文性"角度将文本置于哲学高度展开文本细读。该文完全跳出以往研究的道德批评框架，以出色的文本细读剖析了小说的哲思，敏锐而犀利地指出：小说立足于老舍对于普通市民的深切关怀，通过老李、张大哥的对照书写，批评了市民的庸俗哲学，同时在存在层面上思考人生价值，抒发了"逃离和反叛只能归于徒劳的生命悲感"[①]，而这种生命的观照与海德格尔"诗意地栖居"的哲思相契合；徐德明则以叙事学角度为切入点洞察《离婚》的文本张力，进而窥探小说的深意，论文深入地分析了文本的叙事逻辑与叙事策略，认为作家通过设置老李与张大哥的抗衡叙述结构，呈现出一个具有生命解释意义的框架，这一深刻的哲学意蕴也是现代中国历史语境中的普通知识分子对"生活哲学"的冲击与质疑，体现了老舍自由知识分子的立场以及现代文学理论建构的伟大尝试[②]，其中的哲学构建有叔本华悲观主义哲学的影子。因此，可以说《离婚》中作者哲学观念的投射充分体现了西方文化对他的深远影响。

耐人寻味的是，与西方文化中那种由对"自由""民主""公平"声嘶力竭地呼唤引发的反抗、抗争不同，从老李的结局来看，他实际上并没有实现自己的那一点"诗意"，随着马同志的归来，老李对马太太那一缕"浪漫"的幻想彻底破灭了；张天真事件的结束也昭示着张大哥又回到了从前，老李对正义的诉求与努力实际上还是服膺于权力的规训，成效甚微；而他自己不能忍受官场的灰色生活，又不能放弃家庭的责任，还无法通过"离婚"改变传统家庭模式，只能选择"逃离"——辞去政府部门小职员的工作，带着妻儿和丁二爷回到乡下，去过远离喧嚣、归

---

① 李玲：《老舍〈离婚〉中的存在追问与人生悲感》，《中国现代文学研究丛刊》2012 年第 6 期。

② 徐德明：《从〈离婚〉看老舍的小说叙事艺术》，《中国现代文学研究丛刊》2004 年第 4 期。

园田居的平淡生活。从老李的抉择与命运轨迹来看，他的身上又有中国传统士大夫的痕迹。老李是有着自己精神世界的知识分子的典型，离开家乡考取功名，在京城谋得职位。老李原本是有着积极的"入世"心态的，希望能在社会中实现自己应有的价值。然而，官场的灰暗与复杂又是思想较为纯粹的他难以忍受的，但他所接受的传统教育又告诫他家庭、社会责任的重要性，因此，老李不可能像尼采那样振臂高呼"上帝死了"引起全社会乃至全世界的轰动，更不会像尼采那样陷入哲思的困境而导致精神崩溃。老李是中国的老李，是内心驻守着士大夫情怀的老李，所以他携着妻儿像以陶渊明为代表的传统士大夫那样回到乡下，选择归守田园，这也是老李合情合理的必然出路。可见，中国传统文化对老舍的思想有着举足轻重的影响。

实际上，笔者以为，《离婚》中张大哥和老李正是老舍本人在某种意义上的真实写照。很多研究资料显示，老舍本人的性格是"外圆内方"。对外，他为人谦卑、温和、热情，很少像鲁迅先生那样讲犀利、指摘别人的话，永远都是和善地待人接物；老舍先生又是地地道道的北京人，他热爱自己生长地方的一草一木，也很讲究这里的风俗习惯，他喜欢听戏、遛鸟儿、养花种草，穿着也永远是干干净净、体体面面的，这一点和热情好客的张大哥十分神似；而骨子里，老舍又是一个深邃的思想者，他善于吸取学习各方面优秀的知识，并融入自己的思考，很少会跟风、人云亦云，这一点从老舍在面对五四文化思潮采取旁观者的态度以及他最终选择在太平湖自杀可见一斑。他内心深处对精神世界的探寻和在现实生活中的那种苦闷挣扎，以及在时代风口浪尖的那种彷徨和迷茫和老李的困境如出一辙。由此《离婚》中的"生命哲学"思想背后的东西方文化内蕴也就相对显豁了。

综上，以长篇小说《离婚》为例，对老舍小说"离婚"叙事的"幽默"风格、"离婚"主题深意以及"生命哲学"思想的探析，可以充分地解读出作家深受东西方文化的影响，并以跨文化视野客观而冷静地思考社会、人生等深刻问题，在中国现代文学史上彰显了自己独特的价值。

第二节　兼具文化批判性与反思性的生育叙事

所谓生育叙事，在本书中指有关女性生产的"生育"书写，即对生育场面及生育现象（包括顺产、难产、流产及堕胎、不孕、非婚生育等）的描述，在广义上也包括对生育现象背后折射出的文化、现实问题及生育主体（男性与女性）的关注，以及文本反映出的作家的生育观。

老舍小说的生育叙事，在中国现代男作家中具有代表性：他回避了生育场面的正面描写，通过对生育现象的关注，反思了生育背后的传统文化习俗并客观地判断了中西医价值，从而完成了与五四主流不尽相同的文化启蒙。同时，老舍关注到生育主体面临的理想与现实、家庭与社会、国家的矛盾，从现实出发，强调要先生存后生产并明确了男性对"家"的责任，指出既要首先解决小家庭的经济问题，又要以社会、国家大业为己任，有着深刻的文化反思意味。同时，老舍站在合理的男性立场上，关怀身处现实困境、将为人母的美好女性；但出于对女性主体性的恐惧，对其笔下的"恶女"观照不足。抗战时期，他构建了"为国家而生产"的理想生育观，并以"国家至上"的观念单纯地界定人物（尤其是女性）的好坏，致使人物形象单一、苍白，在某种程度上走向了概念化写作的误区。但老舍的爱国之心是真挚赤诚的，其时作品并非为了"迎合"政治的虚伪之作，认识这一问题需从老舍的身世、身份出发梳理他与中国革命（政治）的复杂关系。

一　"生育"叙事概述

关于"生育"书写，这里指文学文本中涉及女性生产的相关记述。古今中外，人们对于"生育"相关话题的讨论，不但是社会文化层面一个热议的话题，在文学领域中也是不可规避的母题之一。早在中西方古代神话以及宗教典籍中就有相关的叙述。

在古希腊神话中，宙斯的妻子赫拉就是掌管生育的女神。从亚当、夏娃出现的《旧约·创世记》开始，有关人类生育繁衍的书写越来越多。"生育"本身是受"神"赐福的，"要生养众多，遍满地面，治理这地，也要管理海里的鱼、空中的鸟，和地上各样行动的活物。"① 这是上帝给人类的诫命。因为亚当、夏娃在蛇的引诱下偷食了禁果，有了原罪，于是上帝在女人生育方面有了类似咒诅的诫命："又对女人说：我必多多加增你怀胎的苦楚；你生产儿女必多受苦楚。你必恋慕你丈夫；你丈夫必然管辖你。"② 到了《新约》，玛利亚因圣灵感孕在马槽中诞下救世主耶稣。基督教神学的"生育"思想影响了西方文化。在西方文学中，《包法利夫人》《安娜·卡列尼娜》《飘》等世界经典作品中都对"生育"有所提及，在这些关于"生育"的描述中，既有对人类文明与文化的探讨，也有从性别文化角度对女性权利与义务的思考，总之，"生育"主题在西方文学中扮演着重要角色。

而在中国古代神话传说中，也有相当一部分文本记载了母系氏族社会女性的"生育"情况。研究发现，中国有关"生育"的记载始于远古先民开天辟地造人的神话传说，其中最早的当数始祖女神——女娲。宋兆麟指出，女娲的主要功绩有三：补天治地，抟土造人和充任媒神。远古的"媒神"就是生育之神，《太平御览》卷78引《风俗通》："俗说天地开辟，未有人民。女娲抟黄土作人，剧务，力不暇供，乃引绳于泥中，举以为人。"女娲生前是氏族成员的首领，死后被尊奉为祖先。祖先主宰生育，这样在追溯人类起源的神话中，把女娲当作缔造者，用其"抟土造人"作为女性生殖的隐喻就不难理解了。继女娲神话之后，衍生出许多关于祖先和伟大帝王的"生育"传说，并被史籍记载。如："大迹出雷泽，华胥履之，生宓羲"（《太平御览》卷78皇王部三）；"炎帝神农氏，姜姓。母曰女登……为少典妃，感神龙而生炎帝。"（《史记·补三皇本纪》）；"黄帝母曰附宝，见大电绕北斗枢星，光照郊野，感而孕。"（《竹书纪年》）；"尧母庆都与赤龙合婚，合伊耆（赏），尧

---

① 《圣经》，和合本，《旧约》，第1页。
② 《圣经》，和合本，《旧约》，第3页。

也。"（《竹书纪年》）；"禹父鲧者，帝颛顼之后，鲧娶于有莘氏之女，名曰女嬉。年壮未孳，嬉于砥山，得薏苡而吞之，意若为人所感，因而妊孕，剖肋而产高密。"（《吴越春秋·越王无余外传》）；"殷契，母曰简狄，有娀氏之女，为帝喾次妃。三人行浴，见玄鸟坠其卵，简狄取吞之，因孕生契。"（《史记·殷本纪》）不难发现，伏羲、黄帝、炎帝、尧、禹、殷契的降生存在共性：首先，是母亲生下他们，较之女娲造人的生育隐喻，还原了女性孕育生命的人类繁衍真相。其次，父亲（男性）的缺席。她们"物感"（宋兆麟语）受孕，没有与男子发生性交。实际上，上述典籍中的"生育"书写，正符合母系氏族社会的发展状况。那时人类并不知道人类受孕的真正原因，加上实行氏族外婚制的群婚，孩子"只知其母，不知其父"，从怀孕到生产再到哺乳育儿都由女性独自完成，女性是生育的主体，因此，"当时一方面信仰女始祖是生育神，另一方面也相信图腾的感生作用，只有两者结合才能生育后代，男子是被排斥在外的"。基于母系氏族社会这种的生育观念，上述古代文学典籍中关于"生育"的神话传说便合情合理了。然而到了父系氏族社会，神话传说中"母产子"的生育事实被"父产子"替代；随着父权愈演愈烈，建立起压迫和禁锢女性的完备思想体系，女性地位衰微，文本中的"生育"书写形成了历史性的空白。①

到了 20 世纪 30 年代，长期缄默的"生育"书写重新出现在中国现代作家笔下。自晚明起，便有了对中国传统文化的性别反思，李贽、李汝珍、曹雪芹等一批思想家、文学家，通过思想论著或文学作品揭露女性遭受的不平等待遇，批判了男尊女卑的传统思想，女性的才智才开始渐渐被称颂；晚清到五四时期，伴随着民族救亡与启蒙运动的双重变奏（李泽厚语），"人的解放""男女平等"等强烈呼声带来了妇女和性的解放。"女性"备受现代男作家以及女作家的关注。可以看到，他们都注意到与女性密切相关的"生育"问题，有趣的是，这些书写"生育"

---

① 宋兆麟：《民间性巫术》，团结出版社 2005 年版，第 6、23 页。

的文本均始于 20 世纪 30 年代前后；而男女作家的"生育"书写差异较大：男作家只关注生育现象及其背后的文化，少有或没有生育场面的描写；女作家则从生命体验出发，直面生育之苦。

为何在 20 世纪 30 年代前后，长期缄默的"生育"书写才复归文学作品当中？首先，受中国传统性别歧视的思想桎梏，女性解放经历了漫长的过程。五四时期，虽然妇女问题得到前所未有的关注，但文学主潮却是思想启蒙和国民性批判。因此，男作家很难关注女性的"生育"问题。而这一时期，初出茅庐的女作家面对的多是传统重负与现代思想的双重困扰，进入文学世界后难免因自身的困惑、胆怯显得蹑手蹑脚，所以选择了"关注社会人生、感受母女亲情、观照童心世界、体会同性情谊、追求现代爱情"① 等主题。1927 年大革命失败以后，民族矛盾和阶级矛盾日益尖锐，现代知识分子从"启蒙"的热潮中冷却下来，转向"革命"与"救亡"。女作家们在 20 世纪三四十年代的创作"既有与时代相呼应的对民族命运的深切关怀，也有面向女性自身的探索与凝视，精神内涵更为丰富"②，其中对"女性自身的探索与凝视"的表现之一就是对生育苦难的注视与描绘。在萧红的《王阿嫂的死》《生死场》《弃儿》，白朗的《四年间》《女人的刑罚》，左蒂的《女难》等作品中，东北女作家都写到了女性痛苦的生育场景，将生育带给女性的肉体苦难书写得淋漓尽致。女作家们结合女性个人体验对生育痛苦的表述，无疑是对男权文化的有力挑战。这种直观、正面的"生育"书写，"从自我的身体出发，女性获得了言说历史语境中的真实的女性自我的可能"③。到了男作家这里，"生育"书写情况比较复杂：一方面，关注并擅长描写女性身体和性、性欲的男作家如郁达夫、茅盾、新感觉派作家等，除了施蛰存的小说《狮子座流星》写到卓夫人的"生育情结"，很少提及"生育"问题；另一方面，巴金、老舍、叶圣陶、李劼人、柔石等作家

---

① 乔以钢、林丹娅主编：《女性文学教程》，河北教育出版社 2007 年版，第 66 页。
② 乔以钢、林丹娅主编：《女性文学教程》，河北教育出版社 2007 年版，第 68 页。
③ 李蓉：《中国现代文学的身体阐释》，中国社会科学出版社 2009 年版，第 285 页。

的作品中涉及"生育"问题，但在文本中多是通过生育现象完成其背后的启蒙任务。前者可以在李蓉的研究中找到部分答案："在男性作家笔下，女性身体无论是作为男性欲望的投射对象，还是作为男性焦虑的显现物，抑或是作为男性文化想象的负载物，都是一个被象征化的、符号化的存在。"① 也就是说，男作家往往用男性的眼光，伴着自身的性别想象，来面对和书写女性身体，因此，无法全面而真实地反映女性身体的存在，造成了对"生育"书写的忽视。后者较前者关注到了生育现象，又为何不像女作家那样描写生育场面呢？笔者以为，从表层看：首先，男作家相对于女作家更关心国事，忧患意识更为强烈，他们注重思想的深刻性，因此，往往从宏观把握社会现象、时事政治，以完成"启蒙""革命""救亡"的艰巨任务。其次，男性与女性不同，没有生育的切身体验，加上上文谈到的自父系社会后中国文学中"生育"书写的空白，男作家们无法从前人那里找到相关参照，于是回避了生育的场面描写。从深层看，生育场面的缺失与前文论述的男性对女性"生育"的恐惧相吻合。纵然妇女解放、男女平等现代思潮一步步解除了传统的男权、父权、夫权对女性的压迫，但摒除根深蒂固的传统思想的影响不是一朝一夕就能实现的。而这些书写"生育"问题的男作家大多受到儒家正统思想的影响，因此，传统思想以及男性本身对女性"生育"而产生的心理及本能的生理恐惧便造成了男作家对生育场面描写的"有意"回避，这一恐惧的生理、心理动因似乎对前面那些忽略"生育"书写的现代男作家同样适用。

从历史的角度梳理中西文学中关于"生育"的叙述与书写，有利于我们更好地认识老舍小说关于"生育"叙事的中西文化源头以及意义价值。

二 老舍小说"生育"叙事中的文化启蒙与反思

新时期以来，学者们摆脱政治视角，以文化视角还原老舍在现代文学中的文化面目。他一方面继承思想启蒙"文化批判""改造国民性"

---

① 李蓉：《中国现代文学的身体阐释》，中国社会科学出版社 2009 年版，第 285 页。

的题旨；另一方面，他的创作倾向与主流文化启蒙观存在明显差异，并不被鲁迅、茅盾等启蒙中坚人物认同。因此，老舍作为肩负文化启蒙任务的一分子，他的思想观念有复杂性与独特性，老舍小说的生育叙事正体现了这种复杂性与独特性。他辛辣地批判在妇女生产时采取迷信的催产手段，反对恪守"洗三"等旧文化习俗；但在严厉的文化批判之余，又对一些传统文化习俗持认同态度。老舍挖掘且反思了新旧、中西文化发生冲突之时，小市民的无知、迷茫状态，从而表现出深深的文化焦虑。此外，在肯定西医科学性的同时，其叙述并没有导向对中医的否定，呈现出与启蒙主流文化绝对肯定西方、否定东方有所不同的文化观。其文化启蒙的价值在于：老舍没有导向主流启蒙文化那种非中即西、非古即今的单向度价值取向，也没有决绝地与传统文化、历史割裂，而是表现出"结构双面关注"，文化批判中有反思，文化认同中不失焦虑，呈现出别具一格的启蒙特色。

这种特色首先表现在老舍对传统文化习俗的反思方面。

老舍在《骆驼祥子》《抱孙》中有关产妇难产而死的叙述，既批判了那些利用迷信催产、恪守旧文化习俗等人物的盲目、愚昧，揭露封建旧习对其执迷者的戕害；又对身处新旧、中西文化之间的小市民的无知、迷茫状态进行了深刻反思。而在《正红旗下》《四世同堂》等文本中则将"洗三""办酒"等生育习俗视为不可抹去的文化烙印，表现出深切的文化认同与深深的文化焦虑。综合上述两方面，可以看出老舍与文化启蒙主流有所不同的思想倾向。

《骆驼祥子》中的虎妞与《抱孙》中的儿媳皆死于难产，难产的直接原因都是孕妇孕期胡吃海塞，疏于运动致使胎过很大。《骆驼祥子》中对此有明确的叙述："虎妞的岁数，这又是头胎，平日缺乏运动，而胎又很大，因为孕期里贪吃油腻；这几项合起来，打算顺顺当当的生产是希望不到的。"[①]《抱孙》中则通过对孕妇各样食物的精细描写，来完

---

① 老舍：《骆驼祥子》，《老舍全集》第 3 卷，人民文学出版社 2013 年版，第 169 页。

成辛辣的讽刺："半夜三更还给儿媳妇送肘子汤，鸡丝挂面……儿媳妇也真作脸，越躺着越饿，点心点心就能吃二斤翻毛月饼：吃得顺着枕头往下流油，被窝的深处能扫出一大碗什锦来。孕妇不多吃怎么生胖小子呢？婆婆儿媳对于此点完全同意。婆婆这样，娘家妈也不能落后啊。她是七趟八趟来'催生'，每次至少带来八个食盒。"① 生产时，两人都把收生婆接生作为首选。当意识到胎儿仍不能顺产，虎妞自己决定请来了"虾蟆大仙"并以荒谬的迷信手段催生，致使难产而死。《抱孙》中则经过一番争论，最终选择了去医院。但由于王老太对西医的强烈质疑与无知，以及对"洗三"习俗的顽固恪守，终酿成媳孙两失的悲剧。在这两篇小说中，作者皆以嘲讽、戏谑的喜剧口吻揭示了固执于传统旧习的恶果，揭露并批判了传统小市民中落后的文化思想，显露出明显的"国民性"批判意向。值得注意的是，同样是迷信导致难产至死引发的批判，《家》中瑞珏之死（"血光之灾"）与虎妞不同，巴金更多地指向对维系封建家庭家长制的"孝"文化的谴责（觉新没有推门见瑞珏），是对礼教而非封建习俗的批判，与五四时期的主流思想相吻合；而在《抱孙》中，作家的批判单纯指向执迷于旧传统观念的愚昧者，而非礼教痼疾。此外，对于抱孙悲喜剧的上演，作者并非无动于衷。"男大夫？男医生当接生婆？""我们知道你把儿媳妇抬到哪儿去啊？是杀了，还是剐了啊？""这些孩子都是掏出来的吧？""怎么不叫她平平正正的躺下呢？这是受什么洋刑罚呢？""头大的孙子，洗三不请客办事，还有什么脸得活着？"② 王老太这一系列疑问，真实地表现了小市民在新旧、中西文化冲突中的迷茫、惶恐，可见，作家在批评之余有着文化反思意识。因此，虽然老舍与巴金都站在启蒙主义文化批判立场上，其创作倾向并不相同，老舍与启蒙主流保持一定距离，有他的独特之处。

实际上，老舍对《抱孙》中王老太的批判，并非针对文化习俗本身，而是她的愚昧与固执。他对传统文化习俗有着深厚的眷恋之情，这

---

① 老舍：《抱孙》，《老舍全集》第 7 卷，人民文学出版社 2013 年版，第 91—92 页。
② 老舍：《抱孙》，《老舍全集》第 7 卷，人民文学出版社 2013 年版，第 93—99 页。

一点可以在《正红旗下》中得到佐证。对于"洗三"这一生育习俗，作家不但没有批评，反而以温情的方式呈现出来。来看下面一段关于"洗三"典礼的叙述：

> 白姥姥在炕上盘腿坐好，宽沿的大铜盆（二哥带来的）里倒上了槐枝艾叶熬成的苦水，冒着热气。参加典礼的老太太们、媳妇们，都先"添盆"，把一些铜钱放入盆中，并说着吉祥话儿。几个花生，几个红、白鸡蛋，也随着"连生贵子"等祝词放入水中。……边洗边说，白姥姥把说过不知多少遍的祝词又一句不减地说出来："先洗头，作王侯；后洗腰，一辈倒比一辈高；洗洗蛋，作知县，洗洗沟，作知州！"……洗完，白姥姥又用姜片艾团灸我的脑门和身上的各重要关节。因此，我一直到年过花甲都没闹过关节炎……最后，白姥姥拾起一根大葱打了我三下，口中念念有词："一打聪明，二打伶俐！"这到后来也应验了，我有时候的确和大葱一样聪明。①

作者以温情脉脉且不失幽默的回忆方式详细描述了整个"洗三"庆典，生动细腻、真实可爱，除了"洗三"典礼，对"我"的"出生日""满月宴"的习俗也描绘得具体生动，显然作家十分怀念并尊重这些文化习俗。《四世同堂》中没有将生育习俗的具体流程铺展开，却提到了金三爷在战争年代仍为外孙办满月酒，小羊圈的人们带来薄礼庆祝程长顺和小崔太太儿子的降生。虽有小市民讲面子、求体面的一面，但作者并没有否认这种文化传统，而把它看作传统文化的一部分。可见，老舍不但认同这些传统习俗，而且将其看成一种融于历史血液且不可抹去的文化烙印，因此，面对西方文明浪潮，老舍表现出深深的文化忧虑。这种对传统文化何去何从的忧虑在之后的《断魂枪》《老字号》等文本中被展现得淋漓尽致。这又与文化启蒙主流思想强调的与传统全然割裂的

---

① 老舍：《骆驼祥子》，《老舍全集》第 3 卷，人民文学出版社 2013 年版，第 490 页。

倾向截然不同。

老舍的独特之处其次表现在他对中西医价值的判断与反思方面。在老舍关于生育的小说中涉及就医问题时，他明确肯定了西医的科学性、准确性，却并未导向对中医的否定，而是保持中立态度。在生育叙事之外的文本中，老舍也未否定过中医的价值。这与以鲁迅为代表的启蒙中坚人物那种绝对肯定西医、否定中医的文化态度迥然不同。这样，老舍再次与主流启蒙思想相疏离。

前面谈到的小说《抱孙》中的儿媳妇最终到医院生产，隐含着作者通过王老太的质疑与无知来反衬出西医科学性的意识。《鼓书艺人》中方宝庆在秀莲生产之前建议她到医院检查："宝庆要她到医院里去作产前检查。起先她不肯，怕医生发现她没结过婚。宝庆懂得医学常识，跟她说，检查一下，对孩子有好处。大夫不管闲事，只关心孩子的健康。爸爸这么热心，终于打动秀莲，她上了医院。尽管她受了那么多折磨，医生还是说她健康状况很好，只是得多活动。"① 尽管整部小说只有此处提及科学就医的问题，但也可以看出，作者借宝庆之口传达了对西医的肯定态度。而中篇小说《生灭》中，夫妇二人为了确定梅是否再次怀孕，首先去中医孟老头儿那里检查，得到令他们欢喜的"未孕"的结果；可是到了西医那里却检查出梅确实有了孕，梅的反应是："可是医生又不扯谎。已经两个多月了，谁信呢？"② 对于西医的检查结果，虽然女主人公此处用了问句，但看后文的发展，从梅由喜转忧可知作者默认了西医的准确性。值得注意的是，作为一位文化启蒙者，老舍笔下的人物对于西医的接受，往往先从知识分子或文化艺人开始，如《生灭》中的大学生梅与文，《鼓书艺人》中饱经沧桑的方宝庆。相反，固守旧文化的小市民则表现为怀疑、无知的蒙昧状态。如王老太、虎妞，所以后者便成为被启蒙、被批判的对象。还可看到，老舍笔下的男性往往比女性更易、更先接受科学观念。《抱孙》最终还是娘家爹定夺让女儿去医

---

① 老舍：《鼓书艺人》，《老舍全集》第6卷，人民文学出版社2013年版，第215页。
② 老舍：《生灭》，《老舍全集》第8卷，人民文学出版社2013年版，第150页。

院；《鼓书艺人》中也是方宝庆首先表明对西医的认可。不过，在老舍看来，启蒙涉及整个中国，人人都应接受进步的文化启蒙。因此，老舍小说虽体现了男性相对于女性的进步性，却并未构成"男性等同于先进，女性等同于落后"这种性别歧视，没有陷入盲目的性别偏见之中。

可贵的是，老舍肯定西医科学性的同时，并未导向对中医的否定，而是保持中立态度。如《生灭》中并没有指责中医的误诊。在生育叙事之外的文本中，老舍也未否定过中医的价值。《四世同堂》中给受伤的钱先生看病，瑞宣主张看西医，李四爷请来中医，最终虽是西医看好了病，但也没有批评中医文化。这就与作为启蒙中坚人物的鲁迅迥然不同。在《父亲的病》中，鲁迅写道："中西的思想确乎有一点不同。听说中国的孝子们，一到将要'罪孽深重祸延父母'的时候，就买几斤人参，煎汤灌下去，希望父母多喘几天气，即使半天也好。我的一位教医学的先生却教给我医生的职务道：可医的应该给他医治，不可医的应该给他死得没有痛苦。——但这先生自然是西医。"① 作者尖锐地讽刺了曾给父亲看病的两位医术不高明且漫天要价、故弄玄虚、戕害病人的中医。可见，鲁迅对中医持有绝对的否定态度以及强烈的厌憎感。相对于鲁迅，老舍对中医的态度则相当温和，没有轻易地进行价值判断，十分微妙。而中医作为中国传统文化的精髓之一，又可以折射出老舍对传统文化的尊重态度。这样，老舍再次背离文化启蒙的主流轨道。

老舍与五四的关系是相当复杂的，在此不展开论述。不过，在相关生育叙事的文本中可见端倪：一方面，作为五四运动的旁观者，他以强有力的文化批判继承和坚持了五四精神；另一方面，他的文化启蒙又与五四并不完全一致。前文笔者一再提及，老舍受到中西方文化的多元影响，有着跨文化眼光，因此，他的文化批判更多指向落后的文化习俗而非礼教；此外，批评之余对传统文化有着深切的认同与焦虑，从而以客观的角度审视东西方文化，没有导向与传统的全然分裂，呈现出别具一

---

① 鲁迅：《朝花夕拾》，人民文学出版社 2018 年版，第 74 页。

格的文化启蒙特色。

三 老舍小说"生育"叙事的性别文化价值与缺陷

与鲁迅的《伤逝》、叶圣陶的《倪焕之》、巴金的《寒夜》等现代文学作品一样，老舍的短篇小说《生灭》《一筒炮台烟》关注到了青年知识分子结婚后的经济问题。在老舍笔下，严峻的经济问题因妻子有孕一事而暴露出来。与前三部作品提出问题但以无解的悲剧收尾不同，老舍为处在矛盾与徘徊中的人物提出了解决方案：面对现实，解决经济问题，以生存为先。在此作家对生育主体给予了高度关注：一方面明确了男性不但要勇于承担个人小家庭的重担，还要有以社会为己任的责任意识；另一方面，面对被残酷现实所累的美好女性（不只是知识女性），作家能够抛开世俗的道德评判，站在男性立场关怀、理解将为人母的她们，维护其主体存在，值得肯定。可惜，由于自身复杂的性别意识，尤其是对女性的深层心理恐惧，导致老舍对"恶女"形象关怀不足。不过从整体来看，生育叙事的小说中对生育主体的关注，展现出老舍富有理性关怀的现实主义品格，这是十分可贵的。

1. 明确男性责任

老舍与鲁迅、巴金、叶圣陶等现代作家一样，意识到知识青年婚后的经济问题。老舍通过生育之事与现实经济的矛盾展开叙事，不但理性地提出了首要解决生存，而后考虑生产的对策，而且明确了男性要肩负起个人小家庭与社会大家庭的责任，体现了他冷静、理智的现实主义风度。

在散文《婆婆话》中，老舍指出了婚姻中经济问题的重要性。他说："人生本来是非马即牛，不管是贵是贱，谁也逃不出衣食住行，与那油盐酱醋……及至有了小孩，简直的就不能再有什么预算决算，小孩比皇上还会花钱。"[①] 同样是关注到知识青年们婚后面临的现实经济问题，老舍与鲁迅、叶圣陶、巴金的侧重又有所不同：在鲁叶巴的笔下：

---

① 老舍：《婆婆话》，《老舍全集》第15卷，人民文学出版社2013年版，第310—312页。

子君死了，涓生也很可能走向灭亡；倪焕之在幻灭中牺牲，留下金佩璋妻儿艰难地生活；纵然曾树生走了，去追求新的生活，然而汪文宣却在寒夜中孤独地死去，汪、曾二人年轻时编织的美好理想与爱情也被彻底摧毁……在残酷的生存现实面前，他们只提出经济问题的严峻性，而没有给出解决问题的对策。相比较而言，老舍的思想价值在于：他不但敏锐地提出了复杂的现实问题，并且在现实困境中给出了些许明智的策略，即生存为先，生产在后。在他看来，爱情与婚姻不同，爱情可以有海誓山盟的浪漫，而婚姻（家庭）则要求人的行为更加理智，只有奠定殷实的经济基础，方可谈及家庭与孩子。因此，小说《一筒炮台烟》中秀华的怀孕让曾满怀理想的阚进一认识到了经济问题的严峻；《生灭》里已经有一个孩子的文与梅为了更好地生存，选择了堕胎。

此外，在老舍的观念中，生存问题主要由男性解决。在《有了孩子以后》一文中，作家在享受孩子给家庭带来欢乐的同时，感受到男性所肩负的重大责任。而这种责任不仅是针对个人的婚姻、家庭的，也有针对国家、社会的。《婆婆话》中作者诙谐地谈到从前"不婚"想法时写道："卖国贼很可以是慈父良夫，错处是只尽了家庭中的责任，而忘了社会国家。我的不婚，越想越有理。"① 所以，《生灭》中的文要对自己爱的行为负责，就必须残忍地除掉"甜蜜的负担"；《一筒炮台烟》中的阚进一在结尾呼出："华，天无绝人之路，咱们必有办法。无论什么吧，咱们的儿女必要生得干净！生得干净！"② 他不再把婚姻当儿戏，开始为秀华生产考虑，还要肩负起社会责任，让孩子生得干净，拒绝获取不义之财。且不论文章艺术价值的高低，作者确乎借阚进一之口表明了知识分子的承担意识和强烈的社会责任感，折射出老舍的家国理想和现实主义品格。

2. 女性观照的得与失

面对残酷的生存现实，老舍抛开世俗的眼光，理性地站在男性立场

① 老舍：《婆婆话》，《老舍全集》第 15 卷，人民文学出版社 2013 年版，第 310 页。
② 老舍：《一筒炮台烟》，《老舍全集》第 8 卷，人民文学出版社 2013 年版，第 88 页。

庇护美好女性的生命存在，体认那些将为人母的女性价值，反对把女性视为传宗接代的工具，从而维护了女性的地位，值得肯定。遗憾的是，源于对女性的深层心理恐惧，即使谈及"生育"，他对笔下的"恶女""泼妇"形象仍然关怀不足，一味地丑化这类形象，掩盖了她们的合理声音，造成其作品艺术价值和女性主体意识的缺失。

在老舍笔下，丈夫对怀孕的妻子往往表现出充分的理解、尊重与呵护。《一筒炮台烟》中曾一度对婚姻满不在乎、抱有理想主义的阚进一对秀华孕后的体态、容貌的改变持深切的理解与关怀态度："幸而，秀华有了受孕的征兆，她懒，脸上发黄，常常呕吐。进一得到了不用说话而能使感情浓厚的机会，他服侍她，安慰她，给她找来一些吃不吃都可以的小药。这时候，不管她有多少缺点，进一总觉得自己有应当惭愧的地方。即使闹气吵嘴都是由她发动吧，可是她现在正受着一种苦刑，他一点也不能分担。她的确是另一种人，能够从自己的身中再变出一个小人来。"① 这明显与《倪焕之》中倪焕之对金佩璋嫌弃、憎恶的态度不同；《我这一辈子》中纵然"我的妻"狠心背叛了"我"，抛下孩子与别人私奔，"我"对将为人母的"我的妻"表现出相当的欣赏与呵护："她有了孕，作了母亲，她更好看了，也更大方了——我简直的不忍再用那个'野'字！世界上还有比怀孕的少妇更可怜，年轻的母亲更可爱的吗？……对于生儿养女，作丈夫的有什么功劳呢！赶上高兴，男子把娃娃抱起来，耍巴一回；其余的苦处全是女人的。……真的，生小孩，养小孩，男人有时候想去帮忙也归无用；不过，一个懂得点人事的人，自然该使作妻的痛快一些，自由一些；欺侮孕妇或一个年轻的母亲，据我看，才真是混蛋呢！"② 作者借将为人父的丈夫之口，表达了对女性生育之苦的关怀与理解，同时肯定了女性生儿育女的价值。尤为可贵的是，老舍摒除世俗的道德评价，给予经受现实困苦的美好女性以关爱与宽容。《鼓书艺人》中被丈夫抛弃的方秀莲未婚先孕，作者并没有用道德的眼

① 老舍：《一筒炮台烟》，《老舍全集》第 8 卷，人民文学出版社 2013 年版，第 82 页。
② 老舍：《我这一辈子》，《老舍全集》第 7 卷，人民文学出版社 2013 年版，第 505 页。

光审视指责秀莲，而是通过父亲方宝庆宽广、深厚的父爱表达了对她的同情与关爱："在昏暗的黑夜里，他觉得她是个年青纯洁的妈妈，肚子里怀着无罪的孩子。不管孩子的爹是谁，孩子是无辜的。他会像他妈一样，善良，清白。"①《生灭》中亦如此，对于妻子梅的再次怀孕，丈夫常常自省自责不理性的施爱行为，觉得对不起梅，而最终梅毅然选择堕胎，作者没有用人伦道德标准评价这一行为，而是站在了尊重、理解女性的立场上，并主张成熟男性理应主动为"爱"负责。

老舍尊重女性生育价值的同时，反对把女性作为传宗接代工具的传统生育观。这一点在《柳屯的》中有所体现。文本中因不能完成传宗接代任务而被夏家欺凌的夏大嫂是全家最老实的一位，得到了牛儿叔的竭力帮助。小说的结尾，夏二妞平安嫁走，夏大嫂含笑死去，也是她悲惨命运的一丝安慰。由此可见，作者怜悯夏大嫂的处境，控诉了男权社会中因女性不能传宗接代而遭虐待的丑陋现象。这与以传统观念评判女性的现代作家林语堂、巴金等人的生育观念不同。在小说《京华烟云》中，牛素云无法进入曾家族谱的重要原因之一是她不能生育，相反为曾襟亚生儿育女的丫鬟银屏便能被写入族谱；在《家》中，作者虽很欣赏、同情难产致死的贤妻良母形象瑞珏，却默认了传统女性理应承受传宗接代任务的事实。因此，瑞珏是沉默的，没有丝毫的主体意识可言。综上，老舍以男性立场体认女性作为生育主体的价值，给予饱经苦难的美好女性以温情宽厚的生命关怀。

然而，很可惜，老舍对美好女性的宽容与观照却丝毫没有分给文本中的"恶女""泼妇"。首先，对于《骆驼祥子》中虎妞难产之死，作者并未体现出逝者已去的悲伤，而是借此完成祥子的"又一落"；而在整个文本中，作家对笔下人物并非没有关怀，只是将所有的同情都给了祥子和小福子。除了在情爱方面对虎妞不公，文本也没有挖掘虎妞之死的深层原因：虎妞无母，缺乏母爱以及母亲对女儿在生育方面的教导。但

---

① 老舍：《鼓书艺人》，《老舍全集》第6卷，人民文学出版社2013年版，第216页。

作家并没有点明其母爱及母性教育的缺失，只是看到父亲对虎妞扭曲、变态性格的影响。不但对虎妞关怀不够，也有为祥子开脱之嫌。再看《柳屯的》中的"柳屯的"，作家不再给予她和夏大嫂一样的怜悯，她不但钳制夏家的所有人，村民们也因惧怕而不得不对她百依百顺，是个极其泼辣、令人生厌的形象。随着革命势力的推进，"柳屯的"走向没落，威信全无，结尾处也显得那样滑稽可笑。读罢全文，读者难以燃起对这一可憎、可恨、让人不寒而栗的"泼妇"形象的一丝理解与同情。笔者以为，"柳屯的"这一形象的塑造存在严重缺陷：该形象的产生是基于作者内心深处对女性的恐惧心理，因此，从"柳屯的"一出场就展现出她惊人的神通广大。殊不知，作为传宗接代工具的"柳屯的"也是受害者，到了夏家她同样失去了自由，作者丝毫没有体会她的合理诉求，反而因对女性的恐惧而刻意丑化她。因此，老舍对其笔下作为生育主体的"恶女""泼妇"的观照有失偏颇。

综上，老舍是一位具有现实主义品格的现代作家。在生育叙事文本中，他坚持以生存为先，并且反对传统思想中女性作为传宗接代工具的生育观，充分体现了对生育主体的理性关怀：不但明确了男性在家庭和社会中的责任，而且体认了美好女性生儿育女的价值。只是出于对女性的心理恐惧，他对同样作为生育主体的"恶女""泼妇"形象观照不足，值得商榷。

然而，在抗日战争时期，老舍"抛妻弃子"义不容辞地奔赴前线，为祖国效力。"国家至上"成为他此期间创作的文艺作品中最突出、最普遍的思想主题。涉及生育问题时，与前文论述中体现的以生存为先、反对传统传宗接代的理性生育观有所不同，他明确了女性要"为国家而生产"的理想生育观念。因此，在这些小说中的生育叙事中，承担生育任务的女性成为作家宣传爱国思想的工具，既造成了其中女性形象的单一化、符号化、极端化，又使小说陷入了概念化写作的泥潭，艺术成就不高。而这一现象的出现又与一直怀有强烈国家意识的老舍，在此期间持一颗诚心狂热地追赶时代的政治思想密切相关。

特别是在全民抗战爆发后，老舍毅然擎起"国家至上"的大旗，为国家大业奔走效劳，以唤起国民的爱国意识。"国家至上"的核心思想同样渗透到老舍在此期间有关生育叙事的文本中，以至其提出"为国家而生产"的理想生育观。

1938年3月15日，老舍曾在给陶亢德的一封书信中谈道："严肃的生活，来自男女彼此间的彻底谅解，互助互成。国难期间，男女间的关系，是含泪相誓，各自珍重，为国效劳。男儿是兵，女子也是兵，都须把最崇高的情绪生活献给这血雨刀山的大时代。夫不属于妻，妻不属于夫，他和她都属于国家。"① 老舍强调国难期间男女都是兵，不属于彼此，而属于国家。小说《四世同堂》《蜕》以及话剧《大地龙蛇》都表现了强烈的爱国意识，1943年7月完成的话剧《国家至上》这一标题，凝结了老舍一以贯之的社会理想，成为他抗日战争期间"戮力追求的精神要义"。这一时期的作品，老舍更关注民族抗日救亡大业，并以饱满的战争热情和慷慨铿锵的笔调奋力宣传爱国主义，来激励民众的抗战意志。所以，在此期间老舍作品的中心只有国家，没有个人。为了国家，个人的生命都已无足轻重，爱情（性）更成了奢侈品。此时，老舍涉及生育的文本不多，同时他把生育问题与国家联系起来，把生育之事与"国家至上"的爱国理想相结合，提出了"为国家而生产"的理想生育观。中篇小说《一筒炮台烟》中阚进一明确指出要为国家生子："结婚生孩子是最自然的事，一个人必须为国家生小孩，养小孩，教育小孩。这样，结婚才有了意义，有了结果。"② 阚进一是老舍笔下理想人物之一，他的婚姻观、生育观与作者追求的理想生活状态基本吻合。汤晨光先生就剖析道："在老舍看来，任何事情只有和国家联系起来才有意义，不然都可有可无，都可以忽略。这种思想真是古典式的，和现代观念相距甚远。"③ 长篇小说《四世同堂》中这种思想倾向也有体现：钱家被日

① 老舍：《致陶亢德》，《老舍全集》第15卷，人民文学出版社2013年版，第495页。
② 老舍：《一筒炮台烟》，《老舍全集》第8卷，人民文学出版社2013年版，第83页。
③ 汤晨光：《老舍与现代中国》，湖南师范大学出版社2002年版，第85页。

本人搞得家破人亡以后，钱少奶奶的生育便不再单单为延续钱家的香火，而是要报亡国亡家之仇，其中就包含了"为国家而生产"的生育理想。

另外，当生育之事与国家大业发生矛盾时，"为国家而生产"的理想生育观则演化为"为国家而放弃生产"。在短篇小说《兄妹从军》中，纵然家中老人殷殷期盼媳妇秀兰"早生娃娃"，但听到丈夫金树与妹妹银娥商议奔赴前线之事，秀兰微笑地说："妹妹哪里知道，爱国之心男女同样，你兄若去从军，我情愿在家服侍二老，决无怨言！"① 多么深明大义的贤妻啊！不但能够理解丈夫为国赴义的壮举，还甘愿侍奉老人，并且放弃传宗接代的使命。显然，秀兰这一形象满载作家"国家至上"的爱国生育理想。可惜，秀兰只存在在老舍的想象中，是他构建的宣传爱国主义理想的符号。

上述无论是"为国家而生产"还是"为国家而放弃生产"的生育观，都体现出老舍"国家至上"的爱国理想，而与现实相去甚远。它是政治理想中的一种空想，导致这部分创作丧失了个性与现代理性，走向概念化写作的误区。

上面谈到，抗战时期老舍小说中有关生育叙事的文本，大多是其"国家至上"的爱国理想的宣传品，有概念化写作的倾向。实际上，为了实现这一政治理想，老舍有时甚至牺牲了创作个性，导致这一时期作品中的人物形象比较单一、苍白，尤其是女性形象更缺乏丰富性，走向极端化、概念化，艺术价值并不高。在对这一时期的作品价值作出客观评定的同时，还应看到，一向疏离政治的老舍在抗战之时投身政治，他的确怀着一颗真诚的心，其作品并非刻意逢迎时代的伪善之作。倘若有"迎合"之嫌，又要看到老舍内心的矛盾与无奈。认清这一问题，需要从他的身份、个性出发来分析他与政治的复杂关系。

首先，为了宣传爱国理想，老舍简单地将其笔下的女性划分为好坏两种，仅就《四世同堂》而言，这种区分已很明显：文本中的"好"女

---

① 老舍：《兄妹从军》，《老舍全集》第8卷，人民文学出版社2013年版，第205页。

人，往往是积极投身国家救亡大业的那些女性，如：坚强的钱少奶奶，刚毅的韵梅，走出冠家、英勇抗敌的高第等。"坏"女性则与"国家"背道而驰，不是汉奸就是堕落的浪荡女子，而且一旦贴上"坏"的标签便一坏到底，无一人得善终。如：一心巴结日本人的"泼妇"大赤包，被汉奸蓝东阳击败，最终惨死狱中；慵懒势利的胖菊子在天津最下等的窑子窝卖身；堕落卑贱的招弟被抗战志士瑞全引入洞中掐死。她们贪婪、丑陋、自私，是社会的蠹虫、日本人的走狗，简直可恶得无可救药。再看所谓的"好"女人，一旦涉及抗战，便无主体性可言，从没有明确的国家意识向坚定抗敌思想的转变，这种叙事手段并不高明，因此，该类小说就彻底走向了概念化写作。

　　有几个问题值得追问：老舍这些概念化的创作是否是以功利为目的的逢迎之作？答案是否定的。自 1937 年 11 月初到汉口以后，老舍在抗战各个阶段的各类创作都坚守"文艺为抗战效力"的观念。在《写家们联合起来》中他表示："在抗战期间已无个人可言，个人写作的荣誉应当改作服从——服从时代与社会的紧急命令——与服务——供给目前所需 —的荣誉，证明我们是千万战士中的一员，而不是单单的给自己找什么利益。"① 再看《制作通俗文艺的苦痛》中有这样一段话："说句老实话，抗战以来的文艺，无论在哪一方面，都有点抗战八股味道。可是细心一想呢，抗战八股总比功名八股有些用处，有些心肝。由抗战八股一变而为通俗八股，看起来是黄鼠狼下刺猬，一辈不如一辈了，可是，他的热诚与居心，恐怕绝非'文艺不得抗战'与'文艺不得宣传'的理论者所能梦想得到的吧。"② 可见，老舍积极为抗战效力绝非出于个人功利主义，并且他也清楚地认识到为民族战争服务，势必会大大削弱文艺本身的价值。那么，为何一向疏离政治的老舍在抗战期间突然开始主动参与？解释该问题，需要认识到老舍的特殊身份。他出生在经历了改朝

---

① 老舍：《写家们联合起来》，《老舍全集》第 14 卷，人民文学出版社 2013 年版，第 102 页。
② 老舍：《制作通俗文艺的苦痛》，《老舍全集》第 17 卷，人民文学出版社 2013 年版，第 161—162 页。

换代和社会剧烈动荡的旗人家庭，有着强烈的被时代遗弃的自卑意识。五四给了老舍"一个新的心灵，一双新的眼睛"，但是压抑、自卑的心理只是略有缓解，内心的"子民心态"（吴小美、古世仓语）始终没有彻底转变。到了抗战时期，老舍受到了当局前所未有的重视与认可，担任抗战文协负责人，成为全民族抗战的勇士，自卑的心态也逐渐被自信取代。正如古世仓、吴小美所云："从 1925 年写作《老张的哲学》登上文坛，到 1949 年年底踏上新中国文坛，老舍二十五年的前、中期创作，所经历的心路历程，大致而言就是这种'旧时代的弃儿'、'新中国的伴郎'、全民族抗战的战士和新时代的歌手的发展历程。"① 正是随着时代的变迁，老舍心态发生了转变。时代越是消解了他压抑的心理，他与时代、政治的关系便愈加紧密，到抗战时，成为整个时代的追随者与歌颂者。

结　语

"智者的焦虑，勇者的承担"是学者吴小美、古世仓对老舍的精到评定。这种崇高的人生姿态，在老舍小说的"离婚"叙事、"生育"叙事中同样有所体现，并且有着丰富的内涵。

老舍的一生有着跨越东西文化的经历、背景与视野，他的跨文化视域通过其作品彰显着他的思想深度与价值：首先，作为一名具有深厚中西文化背景的文化启蒙者，在《离婚》中我们不但看到了他幽默风格的演变，并用凝结着地地道道"京味儿"的语言将对国家的关怀、对社会的针砭传达出来；而在关于生育小说的叙事中，他一方面继承了五四文化启蒙思想，对中国传统文化中执迷于封建习俗的愚昧者进行了辛辣的批判；另一方面，他又把一些传统习俗认作历史文化必不可少的一部分，饱含着对中国传统文化的忧思。而在文化启蒙过程中，他能够客观地审

---

① 　古世仓、吴小美：《老舍与中国革命》，民族出版社 2005 年版，第 157 页。

视东西方文化价值，肯定西医科学性的同时没有导向对中医的否定，对作为中国传统精髓部分的中医文化保持温和的中立态度。基于东西方跨文化的复杂文化心理，老舍有着与启蒙主流文化不尽相同的独特性。其次，老舍是一位极具现实主义品格的作家，在小说中，作家通过离婚叙事中小人物们灰色生活的群像，在现实与诗意之间映射了形而上的生命哲学，又从生育角度敏锐地意识到青年知识分子可能面对的现实经济问题，并理性地给出了生存为先、生产在后的对策，同时对生育主体有所关注，既明确了男子的双重家庭责任意识（社会大家与个人小家），又体认了女性生儿育女的价值，并且站在男性立场上给予饱经现实磨难的美好女性以温情的生命关怀；不过，因源自内心对女性的恐惧，他对"恶女""泼妇"形象观照不足，存在缺陷。此外，作为一位满怀激情的爱国者，他高呼"国家至上"的爱国理想，反对将女性作为传宗接代工具的生育观，构建起女性"为国家而生产"的理想生育观，从而走向了概念化写作的误区。

除了从跨文化角度剖析老舍小说的"离婚"以及"生育"叙事，这两者本身无论在文学世界还是在现实社会都是不容忽视的主题。随着婚姻伦理观念的不断变化，有关婚育的文学叙事更应作为某种思想上的引领得到作家以及读者更多的关注与挖掘，因此，从这个意义上讲，老舍先生的作品又有着划时代的超越性，这些经典文学作品理应得到持久的关注与探讨。

第五章 "灵的文学"唤醒

——对中国文化的全面透视

"在现代主义面前，老舍是传统的；相对传统主义，老舍又过于西方，有鲜明的反传统倾向。可以说，老舍是不中不西，既现代又传统的作家，他站在从传统到现代，既西方化更趋中国化的中间地带。"①老舍的跨文化视角，就是站在人类文化共通性的立场上进行比较后的理性思考，避免了从狭隘的民族主义出发，带着偏见看问题。只有对本民族文化与其他文化利弊皆有审视与反思的人，才具有这样的视野与胸怀。

如王本朝先生所说："老舍是一位伟大的作家，他的意义不仅在于其丰厚的文学贡献及其资源，而且在于他作为一位富于传统人格和现代思想的知识分子，还具有某种文化学和思想史的当代价值。"②可以说，老舍及其同时代作家具有一个共同特点，即传统人格和现代思想集于一身，具有跨东西方文化的世界性眼光。

吴小美先生说："老舍承继了五四重估一切价值的否定性思维，但又认识到仅有否定性思维是不能建设新道德的。"③所以对于东西方文化要进行双向的改造，在此基础上完成创造性转化的工作。在批判传统文化的僵硬、苟安、懒惰等积弊的同时，将民族的希望寄托于传统的再生，这种否定同时又继承的理念已经反映在老舍20世纪三四十年代的作品

---

① 王本朝：《老舍的意义》，《光明日报》2016年9月26日第13版。
② 王本朝：《老舍的意义》，《光明日报》2016年9月26日第13版。
③ 吴小美：《历史前进与道德式微的二律背反——从老舍的一些名篇说开去》，《中国现代文学研究丛刊》2009年第1期。

中，并日渐清晰。

第一节 善与恶

"老舍创作《四世同堂》是抱着两个明确目的的，一，为启示东方各民族——连日本的明白人也在内——必须不再以隐忍苟安为和平，而应挺起腰板，以血肉之躯换取真正的和平；二，一个民族文化的生存，必须要有自我的批判，时时矫正自己，充实自己，以老牌子自夸自傲，固执的拒绝更进一步，是自取灭亡。抗战是给文化照了埃克斯光。"① 如其所说，老舍创作《四世同堂》要给中国文化照"埃克斯光"。照"埃克斯光"的仪器和标尺是什么？怎么衡量和筛选中国文化的精华与糟粕？

我认为，具体地说，这个"埃克斯光"就是"灵的文学"观。老舍的灵魂观，或者说是"灵"的观念，核心为一种融合了基督教和佛教教义的宗教精神，体现为故事情节中将人物分为善和恶的两大系统：善，指的是以善、正义等为核心属性的灵魂系统；恶，指的是以自私、贪婪、物欲、享乐为核心属性的肉体系统。

老舍曾把《神曲》称为"灵的文学"，认为它有"扬善惩恶"的作用。如老舍曾经在发表于1942年的书评《神曲》中写道：

> 在我读过的文艺名著里，给我最多的好处的是但丁的《神曲》。……《神曲》里对天地人都有详尽的描写，但丁会把你带到光明的天堂，再引入火花如雪的地狱，告诉你神道与人道的微妙关系，指给你善与恶，智与愚，邪与正的分别与果报。……《神曲》里什么都有，而且什么都有理由，有因果。②

---

① 胡絜青：《四世同堂电视剧讨论会文集》序，转自宋永毅《老舍与中国文化观念》，学林出版社1988年版，第351页。

② 老舍：《神曲》，《老舍全集》第17卷，人民文学出版社2013年版，第340页。

在为《四世同堂》写的出版广告中，老舍指出："一，'四世同堂'，实为四世同亡；二，是咎由自取。"① 而"咎由自取"，实为善恶有报。

老舍对于中国人心的善恶似乎有着天然的兴趣，如老舍在辞世前四个月，仍然计划写"善恶"，他曾经在探望女作家王莹时说过："我在美国曾告诉过您，我已考虑成熟，计划回国后写以北京为背景的三部历史小说……可惜，这三部已有腹稿的书，恐怕永远不能动笔了！我可对您和谢先生（王莹丈夫）说，这三部反映旧北京社会变迁，善恶，悲欢的小说，以后也永远无人能动笔了！"②

老舍评判善恶的标准，核心在于"义"。学界也有相同的论断，有的学者认为老舍受到儒家思想的浸润："儒家提倡重义轻利，见义勇为，舍生取义这种生命价值观，不仅浸润于老舍的文化思想之中，而且表现在他的作品中的人物形象上。"③ 老舍"渴求能有强劲的道德力量阻击险恶，拯救社会。老舍曾把这种力量认定为人的'义举'或者'侠义精神'"④。这种"强劲的道德力量"，使老舍笔下创作出无数的"义士"英雄：

　　他们或饮水思源，知恩图报（如《牛天赐传》中的四虎子，王宝斋）；或路见不平，拔刀相助（如《老张的哲学》中的李应，王德，赵四）；或扶危济困，救人水火（如《骆驼祥子》中的曹先生，《正红旗下》中的福海二哥）；或舍己为人，义薄云天（如《黑白李》中的白李，黑李）；或手刃凶顽，除暴安良（如《离婚》中的丁二爷，《赵子曰》中的李景纯）；或血气方刚，宁折不弯（《杀狗》中的杜老拳师，《二马》中的小马）。⑤

————————

　　① 史承钧：《老舍的一篇重要佚文——〈四世同堂〉预告》，《上海师范大学学报》（哲学社会科学版）1988 年第 3 期。

　　② 关纪新：《老舍，一位文化巨子的伦理站位》，载中国老舍研究会编《老舍与民族文化——纪念老舍先生诞辰 110 周年国际学术研讨会论集》，天津人民出版社 2010 年版，第 63 页。

　　③ 谢昭新：《老舍与儒家文化》，《江淮论坛》2014 年第 1 期。

　　④ 关纪新：《老舍，一位文化巨子的伦理站位》，载中国老舍研究会编《老舍与民族文化——纪念老舍先生诞辰 110 周年国际学术研讨会论集》，天津人民出版社 2010 年版，第 65 页。

　　⑤ 王学振：《侠文化视野下的老舍及其文学世界》，载中国老舍研究会编《老舍与民族文化——纪念老舍先生诞辰 110 周年国际学术研讨会论集》，天津人民出版社 2010 年版，第 52 页。

《四世同堂》中的义士则是为国为民、舍生忘死的钱默吟、钱仲石、尤桐芳。

然而，老舍也意识到这种单打独斗的"义士"行为在道德式微的中国社会，其实是很难行得通的。这也就是盘旋在老舍早期和晚期作品中的一大疑问性主题：是善，战胜了恶，还是恶，战胜了善？

例如《大悲寺外》的结局，黄学监作为善的化身坚守正义，然而肉身被恶者消灭了；杀人凶手虽然在人间苟活，然而心灵却无时无刻不在经受类似报应的精神折磨。这里隐含的叙事者运用了佛家的"因果报应"的逻辑，可见佛教思想对于老舍的影响。同时隐含的叙事者却又不乏追问："伟大与渺小的相触，结果总是伟大的失败，好似不如此不足以成其伟大。"[1] 这样的悖论式追问遍布老舍创作的各个时期。

这个"义"的符码，既体现了忠实于以"义气、节操、尊严、风骨"为内涵的传统道德话语系统和人格理想；也体现了基督教中牺牲小我、舍弃小我，获得永生的"义"；还有佛教中的"无我""利他"与慈悲；甚至兼有侠义的尚"武"内涵，还夹杂了"满族古典伦理色彩的道德观"，包括"正义、道义、信义、执义"，以及"公义、侠义"[2]。

这个以"义"为道德尺度的生命观，使得老舍能够将人物形象写得惟妙惟肖。换言之，全知全能的叙事者从伦理角度解读每个人的心理，使得小说成为一本为观照现代国人灵魂的启示录。

在《四世同堂》中，老舍对于以市民文化为代表的中国传统文化的反思，基本上都是用"灵"和"义"来进行的。

> 人不只是这个"肉体"的东西，除了"肉体"还有"灵魂"的存在，既有光明的可求，也有黑暗的可怕，这种说"灵魂"的

---

[1] 关纪新：《老舍，一位文化巨子的伦理站位》，载中国老舍研究会编《老舍与民族文化——纪念老舍先生诞辰110周年国际学术研讨会论集》，天津人民出版社2010年版，第66页。
[2] 关纪新：《老舍，一位文化巨子的伦理站位》，载中国老舍研究会编《老舍与民族文化——纪念老舍先生诞辰110周年国际学术研讨会论集》，天津人民出版社2010年版，第70页。

存在，最易激发人们的良知，尤其在中国这个抗战的时期，使人不贪污，不发国难财，不作破坏抗战的工作，从而可以救救这没有了"灵魂"的中国人心。①

在情节上，老舍设置了"因果报应"，凡是属于"恶"的系统的人物，大多不得善终：

大赤包，被日本人抓去下了监狱，在发疯中死掉；

冠晓荷染了霍乱，被活埋；并且一起被拉去活埋的孙七先将他埋了，又自己跳下去；

招弟，被瑞全掐死在北海公园的山洞里；

蓝东阳，逃到日本后，被原子弹炸死；

胖菊子，在天津进了最下等的窑子，浑身长了烂疮而死；

瑞丰，假扮特务，死于蓝东阳之手。

老舍认为，灵的生活才是人的生活。而注重肉体感官需求的人终将堕落——冠晓荷与大赤包的"官迷病"根源在于对物质享受的过度追求。叙事者多有描述，比如冠家的吃喝用度，特别是服饰描写、外貌描写，生动而具体。

比如冠晓荷的服饰和外貌：

> 冠先生每天必定刮脸，十天准理一次发，白头发有一根拔一根。他的衣服，无论是中服还是西装，都尽可能的用最好的料子；即使料子不顶好，也要做得最时样最合适。②

叙事者在此突出冠晓荷对于服饰和外貌的讲究，意在表明这是一个注重物质享受和外在形象的人，外在的"漂亮"却更加衬托出内在的肤浅与庸俗。

----

① 老舍：《灵的文学与佛教》，《老舍全集》第 17 卷，人民文学出版社 2013 年版，第 289—290 页。

② 老舍：《四世同堂》，《老舍全集》第 4 卷，人民文学出版社 2013 年版，第 17 页。

继之,叙事者抓住了冠晓荷的特征:"小":"小个子,小长脸,小手小脚,浑身上下无一处不小,而都长得匀称。匀称的五官四肢,加上美妙的身段,和最款式的服装,他颇像一个华丽光滑的玻璃珠儿。""玻璃珠儿"无疑是容易碎的,并且徒有其表。叙事者暗含了对于其缺乏大丈夫之"大"、君子之"大"的嘲讽——冠晓荷不过是个"小男人"。

可是这个庸俗的灵魂,却偏偏喜欢攀附名士与贵人,这种不平衡的心理使得他对于李四爷、刘师傅、剃头的孙七和小崔什么的,"绝不把他们当作人看"。在冠晓荷眼里,一个人是不是有价值,不仅要看他的职业,尤其是官位、身份,还要看他有没有钱。

冠晓荷再次出场,是去瑞宣家,想要结交钱先生却受到冷淡的拒绝:

> 他穿着在三十年前最时行,后来曾经一度极不时行,到如今又二番时行起来的团龙蓝纱大衫,极合身,极大气。下面,白地细蓝道的府绸裤子,散着裤脚;脚上是青丝袜,白千层底青缎子鞋;更显得连他的影子都极漂亮可爱。①

叙事者在此强调冠晓荷讲究服饰,就愈加衬托出他的肤浅和虚荣。而肤浅与徒有其表的冠晓荷总想要攀附更大的力量,来满足自己的私利——期待着在结交的失意的名士、官僚、军阀中,能够有人重整旗鼓或者再掌大权,而图谋自己也有"官运"。

为了结交这些达官贵人,冠晓荷想尽一切办法:在模样和服装上下功夫,唱几句二黄,打几圈麻将赌博,甚至"学着念佛,研究些符咒与法术"——只是为了能够加入这些遗老们的宗教团体和慈善机构中去。叙事者一针见血地指出冠晓荷的所有行为都受到求官运的心理驱使,所以"只拿佛法与神道当作一种交际的需要"。

叙事者清晰地辨析了形式上的宗教信仰者与宗教精神的背离。早在

---

① 老舍:《四世同堂》,《老舍全集》第4卷,人民文学出版社2013年版,第26页。

20 年代的《老张的哲学》中，老舍对于这种功利性的信教现象就有所揭示。例如，老张就体现了钱本位、官本位、名本位三位一体的信教动机；赵四为求得一点别人的尊重而入教。对此，老舍早已关注。所以老舍对于宗教的外在形式及其被工具化的弊端，是看得很透彻的。正如《二马》中指出的那样，伊牧师传教时，一只眼是想要传教；另一只眼却是祈祷中国赶快变成大英帝国的殖民地。《四世同堂》又借瑞全之眼指出：日本侵略者甚至利用宗教达到侵略目的，对此，老舍是早有警醒的。

此外，通过冠晓荷和祁瑞丰等一类人物，老舍批判了中国人"官本位"的集体无意识。

《二马》中的老马一辈子以没有当上官而感到遗憾；《四世同堂》中的冠晓荷以能够当上官——哪怕是给日本人当官为人生目标。而瑞宣，之所以还能够让冠晓荷有所忌惮，不敢随意和放肆，也是由于一方面瑞宣认识洋人，另一方面，瑞宣是中学教师，懂知识、有文化，在"士农工商"的传统社会阶层中，距离统治阶层还是比较近的。

在小羊圈的社会系统中，如果说冠晓荷代表着当官阶层，那么瑞宣和钱诗人便是代表着知识阶层，而小崔等底层民众代表了劳动者阶层。

冠晓荷固然可恶、世俗，然而，不能否认的是，胡同里的底层百姓对于他虽嫌恶，却惧怕！就如白巡长的心态："这年月，谁也不准知道谁站在那儿呢！"[1] 见风使舵、不敢表达正义，就成为市民阶层的代表性心理。李四爷被迫当里长，向他们收取铜铁金属的时候，这些胡同里的市民们不敢反抗日本人，就把气撒到李四爷的身上，这都体现了一种"势利"心。

在老舍对底层市民表达同情的同时，也流露出对于市民阶层这种唯利性的集体无意识的失望。在叙事者看来，一方面，这些底层市民有着古道热肠；另一方面，也有历史因袭导致的惰性和势利，对此，叙事者是多加批判的。小说中，这两种叙事的对话反复出现。例如，叙事者一方面赞美邻居们热心地帮助钱家发丧；另一方面，描述他们纷纷指责李

---

[1] 老舍：《四世同堂》，《老舍全集》第 4 卷，人民文学出版社 2013 年版，第 55 页。

四爷,而不管冠晓荷的"陷害"——冠晓荷让邻居们都认为是李四爷抬高价钱收集铜铁,从而落得个"好人缘"。就此来看,这些底层百姓是不能够明辨是非的。对于底层百姓,叙事者其实是抱着双重态度的。

老舍在批判冠晓荷和瑞丰这两个人物的同时,直指其背后的中国文化:官本位,"重实际,轻精神"。如果说小羊圈胡同代表了中国社会的基本结构,小羊圈胡同的"上层"人物仿佛只有冠家和牛教授。牛教授家则没有体现出世俗眼中的"衣食丰美",似乎只闷头于学问。那么唯一代表了中国人心目中"幸福观"的仿佛只有冠家了。虽然祁家也是四世同堂,然而从富足程度和社会地位上来看,冠家是比祁家"高"一个档次的,这也是让祁老人不舒服然而又无可奈何的地方。

冠家何以衣食丰美?小说交代了冠家的经济来源一方面是大赤包的娘家,另一方面是冠晓荷担任几任小官时搜刮的民财。所以"官本位"的思想是根深蒂固的集体无意识,小羊圈胡同的底层市民虽然厌恶冠家,然而厌恶的背后毕竟还是有一种"怕"!

这种潜意识的"怕"在祁老人身上表现得最有代表性。祁老人奉行一辈子不得罪人的哲学,谨慎处事,甚至在钱诗人被冠晓荷出卖而被日本人抓走后,还幻想去"求"冠家,这里是叙事人对这种怕"官"而"不如一条硬气的王瓜"的文化心理的深层批判。几千年的封建思想使得小民对于"官"的"怕"和"求"成为深刻而具体的潜意识,它支配着以小羊圈胡同为代表的中国人的心理,而对于统治者深层的惧怕,又表现为对于国事乃至社会责任的淡漠和逃避。连钱诗人都说,对于国事,他"并不深懂";祁老人,更是不问国事。

然而,叙事者并不满足于指出这种文化心理的弊端在于"官本位"思想的无聊和肤浅,而是指出其更深层次的弊端在于导致民众国家意识的缺失和淡漠。而国家意识正是现代公民意识的核心。

老舍对于中国文化的深层思考,在《四世同堂》中还表现为一种双重对话性叙事结构。基于国家立场,对于个体之于国家关系的一系列追问,又揭示出老舍政治理想的现代性。国家面临危难之时,有无救赎之道?这是老舍试图发现的。担任启蒙者和知识者角色的瑞宣去鼓动大

家担负起抗日责任并要求大家不要以民族主义情绪报复那个日本老太太
的时候，所运用的方式，不是点燃大家的爱国热情，而是唤起大家的同
情心："她是个老太婆！"他以"老吾老以及人之老"的伦理心，唤醒了
众人。

　　这也就是说，儒家的伦理文化是深入民众骨髓的。而伦理的力量，
才是最为深厚的力量。这在小说的多处有所显示。比如：小崔被大赤包
打了耳光，本想回击，但是"好男不跟女斗"的伦理，使他缩回了手。
钱先生出狱后，和金三爷去冠晓荷家，金三爷本想揍冠晓荷，然而冠晓
荷"叫了爸爸"，金三爷就收住了手。

　　老舍想说的是，尽管现代公民意识没有形成，然而中国文化中还是
有深厚的"民气"可以作为现代民族国家的精神资源，就如小崔们，敢
于表达对日本人的愤怒；瑞全可以和黄土高原的农民一起，在最原始的
生存状态中，不畏死亡地用身躯去反抗侵略者。可以看出，随着现代知
识者瑞宣的自我反思、自我愧悔，老舍认为"民气"中蕴含着积极正向
的市民文化。在此也包含了对市民文化的批判——太精致、烂熟的文化，
是有毒的。就像瑞宣指出的，当了亡国奴了，祁老人还想着做寿，北平
人依旧逛公园，这都是不可理喻的"有毒文化"的产物。

　　总体而言，一方面，老舍批判了这种"有毒文化"的落后性：如第
76章中所说："中国人聪明，什么都一学就会，可是只没学会怎么强硬
与反抗！"① 如第94章中所说，"老百姓是不甘心受日本人奴役的，他们
要反抗。可是几千年来形成的和平，守法思想，束缚了他们的手脚，使
他们力不从心"②。

　　　　这次的抗战应当是中华民族的大扫除，一方面须赶走敌人，一
　　　方面也该扫清了自己的垃圾。我们的传统的升官发财的观念，封建
　　　的思想——就是一方面想作高官，一方面又甘心作奴隶——家庭制

---

① 老舍：《四世同堂》，《老舍全集》第5卷，人民文学出版社2013年版，第942页。
② 老舍：《四世同堂》，《老舍全集》第5卷，人民文学出版社2013年版，第1077页。

度，教育方法，和苟且偷安的习惯，都是民族的遗传病。①

而另一方面，老舍又看到中国文化中有着深厚的"民气"，它来自传统伦理精神，来自孔孟之道的"义"。

国难当头，经得起考验的还有钱诗人代表的中国人，通过讴歌钱诗人的正面形象，老舍表明了对中国文化优秀因素的信心与赞美："钱先生是地道的中国人，而地道的中国人，带着他的诗歌，礼义，图画，道德，是会为一个信念而杀身成仁的。""老人所表现的不只是一点点报私仇的决心，而是替一部文化史作正面的证据。"②

第二节　个人、家与国

1937 年经历"七七"事变后，全民族的抗战开始了。救亡话语空前压倒了启蒙，国家和民族的观念再次强化。"国家的利益，人民的饥饿痛苦，压倒了一切，压倒了对个体尊严，个人权利的注视和尊重。"③ 在《四世同堂》中，个人与国家有着密切的关系。国家兴亡，关系到每个小老百姓的具体生活，乃至生死。

比如桐芳，由高第的婚事而悟出来：原来每个人的私事都和国家有关！其逻辑是假如南京不能取胜，北平长期被日本人占领，那么高第就非被那个拿妇女当玩意儿的李空山抓去不可；国家战乱，瑞丰瑞全的离家，使得祁老人也明白自己的四世同堂的梦，和国家有着密切的关联；天佑看到国家与他的生意的关系：国家一乱，他的生意就萧条；连胆小怕事的长顺的外婆也意识到，日本人使得她的外孙没有了生路。

那么在老舍看来，国家与个人到底是怎样的关系？表层叙事似乎是："家族伦理与国家伦理的责任冲突。"对老舍而言，瑞宣不但是小说的主要人物，还代表了作者对于个人与国家关系的看法。对于这个正面人物，

---

① 老舍：《四世同堂》，《老舍全集》第 5 卷，人民文学出版社 2013 年版，第 634 页。
② 老舍：《四世同堂》，《老舍全集》第 4 卷，人民文学出版社 2013 年版，第 475 页。
③ 李泽厚：《中国现代思想史论》，天津社会科学院出版社 2003 年版，第 27 页。

小说主要着眼于心理描写，甚至叙事者的偏爱使得叙事者常常直接用一个"品格"性的评价来代替人物形象的描写："不论他穿着什么衣服，他的样子老是那么自然，大雅。""老是那么温雅自然。""作事非常的认真。"并且在认真中，"他还很自然，不露出剑拔弩张的样子。""他很俭省，不虚花一个铜板，但是他也很大方——在适当的地方，他不打算盘。"不高兴的时候，像"一片春阴"，不会"狂风暴雨"；快活的时候，"只有微笑"。他很"用功，对中国与欧西的文艺都有相当的认识"。在与人交往上，他保持着人格的独立，"对任何人都保持着个相当的距离。"因为"他是凭本事吃饭，无须故意买好儿"①。

对待婚姻大事的态度，体现出他的性格特点——总求全盘的体谅：一方面，笑自己的软弱，娶了自己不爱的女人；另一方面，看到祖父与父母的快活，而感到"自我牺牲的骄傲"。为了"全盘"的利益，他可以牺牲自己最根本的生命权利。用五四以来的启蒙话语来考量，他是受到封建专制毒害的牺牲品和殉道士。这里也看出老舍与启蒙话语的距离。对于叙事人来说，两性关系的牺牲似乎并不是特别重要的。

这里不能不提到老舍在两性关系上的文化保守态度。在对待女性的态度上，老舍自然是偏重于韵梅这样的传统女性的，而对于"爱"，在老舍的小说中鲜有提及。《二马》中的老马父子之于英国太太和女儿的"爱"，并没有内心的思虑、焦灼、考验等情感体验，而更像是单方的内心感受；《四世同堂》中对于爱情，比如高第之于钱家二少爷、瑞全之于招弟，都是单方面的思慕，没有或惊心动魄或荡气回肠或思慕缠绵的情感描写；《离婚》是老舍正面思考两性关系的一篇小说，然而其描写似乎更多地在于老李对眼前苟且的生活现状的不满足。对于女邻居的恋爱，其描写停留于对生活之外一点"诗意"的追求。

五四以来，青年人最先争取的就是婚姻恋爱的自由，人的觉醒最先开始于婚姻的自主。然而，瑞宣却仍然选择了19世纪的"活法"——接受父母之命，成全大家族的利益。这里，不能不看到老舍对于封建血缘

---

① 老舍：《四世同堂》，《老舍全集》第4卷，人民文学出版社2013年版，第31—32页。

家族意识之残酷性的批判。瑞宣不是没有跳出去的可能——比如老二和老三，就都可以反抗松动的家族政治。但是瑞宣的"长子"位置决定了他谦谦君子的品格，也决定了他的情感向度必须服从于一个更高的理性：血缘政治。

这里体现出家族伦理的权力性使得长子之序位内化并形塑了一个人的性格，乃至价值取向。

对于瑞宣来说，无论是情感上的节制，还是行为上的修养，都是完全符合儒家规范的。西学知识只是武装了他的头脑，而中国传统文化却是决定了他的人格底蕴，成为他的血脉的根本，这导致了他的理性倾向和情感倾向的分裂。这也是一代知识分子之痛苦所在。

受过良好的中西教育的瑞宣同时又有着国家公民的责任意识。儒家伦理的世间责任与公民责任的需求，构成他内心巨大的冲突。这是一代知识分子的根本冲突：现实的无奈与家族伦理规约的责任，变成一种束缚和捆绑，由此就变成"无可如何"的自我嘲笑、自我贬低。孤独感由此产生，紧接着是巨大的焦虑和负罪感。为了补偿自己的负罪感——不能够行动（奔赴国难），就只好谴责自己。只因"家族伦理是中国伦理精神的核心，它以孝与忠为基本内涵，以由亲及疏，亲亲尊尊为思维方式，以血缘和家族之亲为价值标准"。并且，"家族伦理是家庭结构的纽带，但对民族国家而言，却是灾难性的，'它忽略了人的社会职责，家庭成了有围墙的城堡，城墙之外的任何东西都可以是合法的掠夺物'"①。

封建血缘意识作为一种虐他与自虐的至高理性，显示出它的残酷性。它既表现为以祁老爷子为代表的家族势力构成的对于瑞宣的强大压制性力量，也表现为瑞宣对此的自觉遵守，"他虐"变成一种自动化的"自虐"，自我实施且无可奈何。

《四世同堂》的深层叙事体现了个体生存伦理与家国伦理的碰撞。有学者认为："《四世同堂》表现了家族伦理，生存伦理与民族国家三者之间的矛盾，既对传统家庭伦理和生存伦理进行了反省和批判，又

---

① 林语堂：《中国人》，郝志东、沈益洪译，浙江人民出版社 1988 年版，第 155 页。

揭示了民族国家伦理意识的觉醒与生长。"① 笔者想要补充一点：隐含的叙事者在描述瑞宣的个体生存伦理与家族伦理之间发生尖锐冲突的同时，又由于民族国家伦理的强大召唤，而"故意"忽略了个体生存伦理。

众所周知，个体自由和权利在五四的启蒙话语中，是基于对传统思想文化的反思和批判而提出的命题，如同鲁迅在《狂人日记》中说，从这个角度看，看到的中国文化是一部"吃人的文化"。

"在新文化的启蒙话语里，传统伦理及其他的泛道德主义被彻底否定"②，"修身"等话语被作为一种与个人生命意志相违背的话语体系而推翻，被扣上"封建""专制"的帽子，代之而起的是一套以"民主""平等"和"个人"为核心的现代伦理话语。

在《四世同堂》中，隐含的叙事者在表层的忠孝难以两全的家国冲突叙事中，也表明了两种话语——家族伦理与民族国家伦理对于瑞宣个人幸福的漠视。何以解释瑞宣对于个人婚姻和家庭生活的牺牲？国难当头，好男儿只有一种选择，就是奔赴国难；否则，为了保护小家族而留守，就只有愧悔和自责。虽然，瑞宣在钱先生的引领下，也走上了地下宣传抗日的道路，然而毕竟没有完全释放他内心的"责任"压力。

最终舒解瑞宣内心纠结的，是国家公民意识吗？笔者认为不全是。

笔者认为叙事者构建了一种宗教伦理，来完成瑞宣从"自责"到"自我救赎"的心灵安放。这种宗教伦理就是只有将个人价值置于更大群体（比如民族国家）的利益之中，才能够获得生命价值的最大实现。在当时的社会语境下，宗教伦理无疑整合了家国伦理与个体伦理的矛盾，从而使得忧患意识浓厚的瑞宣也好，抛家舍子直奔抗战的老舍也好，都将自我牺牲当成了一种救赎。

---

① 王本朝：《社会正义与个人德行：老舍文学创作的伦理诉求》，载中国老舍研究会编《老舍与民族文化——纪念老舍先生诞生 110 周年国际学术研讨会论集》，天津人民出版社 2010 年版，第 91 页。

② 王本朝：《社会正义与个人德行：老舍文学创作的伦理诉求》，载中国老舍研究会编《老舍与民族文化——纪念老舍先生诞生 110 周年国际学术研讨会论集》，天津人民出版社 2010 年版，第 91 页。

在救亡话语占据主流的抗战时期，个人生存的合法化需求似乎必须受到漠视。对于个人而言，家族伦理与民族国家伦理有着相同的指向性：以儒家思想为核心的家族伦理让个人感受到压抑和绝望；而民族国家伦理却使人走向崇高，获得一种自我"牺牲"的道德优越感：牺牲小我，成全"大我"！

对此，叙事者是批判，还是同情？笔者认为二者兼有，家族与民族国家两种伦理充满矛盾关系的叙事遍布整部小说。

那么，家族伦理与个体伦理的冲突来自何处？首先，瑞宣的性格表现出长子特有的性格特征和行为方式。比如，出于礼貌和不得罪人的"敷衍"。讨厌冠晓荷，但还是要在面子上进行敷衍性的交往。这种长子的性格弱点，表现为："强烈的责任心，双重性格，自我牺牲精神，卑柔软弱的行为方式和自我压抑感。"① 吴小美先生也指出，瑞宣与觉新有共同性②。以封建血缘意识为核心的家族伦理认为，人只有归属于家族伦理血缘关系，才是"人"，否则便是禽兽。

民族国家伦理认为，人只有归属于国家，才是一个可以定义的"人"。儒家思想把人的生活理想置于"群体"之中，强调个体对"天下"有一种责任。深受儒家思想影响的瑞宣认为，个人的婚姻幸福牺牲也就牺牲了，不足挂齿。因为为了长辈和族群的宗族利益，理所当然地应该牺牲"小我"。所以，瑞宣反而有一种"牺牲的骄傲"。然而，这在五四那批为了争得个人爱情和婚姻自由的"新青年"眼里，他简直就是一个封建礼教的牺牲品。

相比之下，23岁的青年老舍虽然痛苦，但是仍敢于反抗挚爱和尊敬的寡母，敢于拒绝包办婚姻，即使由于心与身的剧烈冲突得了大病而犹未悔。

有意味的是老舍的两种矛盾叙述：一方面，老舍对于"二十三，罗成关"的解释是：由于沾染了吃喝、打牌等不良生活习惯，而生了场大

---

① 牛俊鹏：《论现当代文学中的长子形象》，硕士学位论文，华中科技大学，2007年。
② 吴小美：《一部优秀的现实主义作品——评老舍的〈四世同堂〉》，《文学评论》1981年第6期。

病；另一方面，他在《小型的复活（自传之一章）》① 中指出，是由于与母亲的冲突，导致生病。老舍原话为："既要非作一个新人物不可，又恐太伤了母亲的心，左右为难，心就绕成了一个小疙瘩。婚约到底是废除了，可是我得到了很重的病。"可见青年老舍是由于婚姻问题与母亲发生冲突而患上"心病"。

有学者曾经对中国现代文坛上的"寡母抚孤"现象做过研究，发现包括老舍在内的四位作家有惊人的相似性：一是幼年丧父；二是母亲年轻守寡，未曾改嫁；三是婚姻都受到母亲的干涉；四是都对母亲很顺从，是典型的孝子。② 母亲在老舍的生命中是最重要的一个人物，用老舍自己的话说："母亲给了我生命的教育。"老舍的母亲有着中国传统妇女的优秀品格：善良，勤俭，吃苦，富有忍耐精神。母亲传递给老舍的是人间除了悲苦，还有温情，无所图谋的、无条件的爱与接纳。母亲成为老舍小说中旧式女性的原型，表现了老舍的情感倾向是偏向于传统价值系统的。

为何老舍拒绝吐露 23 岁生病的真实原因？这个病是身体的，更来自心灵，是源于遵守礼教与争取个体幸福权利的"新思想"之间的冲突。对封建礼教、血缘宗亲意识从情感上的归属到理性上的拒斥和远离，成为老舍生命中一个巨大的"情结"。

在心理学上，"情结"是荣格心理学分析的一个重要概念。现在这个术语一般是指个体对某个地方、某个人或者某件事情所具有的特殊感觉。并且它常常不受意识支配，总是伴随着强烈的情绪或者情感。荣格认为，情结一般是由创伤造成的。而且，每种情结又都根深蒂固地源于一种原型。一旦情结被触发，无论人是否意识到，"情结"总能对人的心理和行为产生极具强烈的影响，甚至是主导性作用。强烈的爱或恨、快乐或悲伤、感激或愤怒等情绪，总是会伴随着"情结"的触及而传达

① 老舍：《小型的复活（自传之一章）》，《老舍全集》第 15 卷，人民文学出版社 2013 年版，第 354 页。

② 谢泳：《"寡母抚孤"现象对中国现代作家的影响——对胡适、鲁迅、茅盾、老舍童年经历的一种理解》，《中国现代文学研究丛刊》1992 年第 3 期。

出来，这时我们已不能再理智地表现本来的自己，而是被"情结"占据和控制。于是，受某种"情结"困囿的人往往会表现出被"情结"支配的心理与行为。

在老舍的生命中，第一个创伤性"情结"就是父亲的离世，第二个就是违抗母亲的婚约。笔者认为，和母亲由于婚约而产生的冲突对于青年老舍来说，是一件大事。对母亲的反抗，也是一个受到五四影响的青年人，反封建、反对孔教的开始。但是情感上，老舍毕竟归属于礼教系统；虽然理性上，却是认同于个体的生命自由。这个冲突，在瑞宣这里，变成了瑞宣在家国责任上的分裂。也就是说，即便瑞宣做了封建礼教的孝子贤孙，还是逃不脱封建宗法制度对于个体自由的控制——在这里与其说是瑞宣，毋宁说是老舍在绝望地，又不动声色地批判传统伦理观和价值观的残酷。其残酷性在于这种文化要求子孙永远面带微笑，永远不允许自己犯错；永远要遵守礼貌规则，哪怕对待极度讨厌的人；永远不能使行动逾越家族利益的规约。一种被家庭责任包裹着宗族利益大于个人利益的文化，使人对于国家的责任反而无法担当。叙事者揭示了中国文化系统的深层悖论：如果说，瑞宣臣服于家族利益而牺牲掉自己选择婚姻对象的权利，是符合儒家思想理想的；那么瑞宣再次服从于家族利益而选择留守北平，逃避国家的责任，则是不符合儒家思想的。可见，老舍对于中国传统文化的思考，不是简单的、冲动的，而是深刻的、理性的。

那么为何"国家"的利益与责任大于家庭，乃至个人？这与儒家文化本身的矛盾有关。梁漱溟先生在《中国文化要义》中，将中国社会归类为"伦理本位的社会"，具体来说，就是："一个人似不为其自己而存在，乃仿佛互为他人而存在着。"也正如梁漱溟先生在此所引证的张东荪先生《理性与民主》中所述：

> 在中国思想上，所有传统的态度总是不承认个体的独立性，总是把个人认作依存者，不是指其生存必须依靠于他人而言，乃是说其生活在世必须尽一种责任，无异为了这个责任而生。

> 中国的社会组织是一个大家庭而套着多层的无数小家庭。可以说是一个家庭的层系（A Hierarchical System of Families）。所谓君就是一国之父，臣就是国君之子。在这样层系组织之社会中，没有个人观念。所有的人，不是父，即是子。不是君，就是臣。不是夫，就是妇。不是兄，就是弟。中国的五伦就是中国社会组织，离了五伦则无组织，把个人编入这样层系组织中，使其居于一定之地位，而课以那个地位所应尽的责任。如为父则有父职，为子则有子职。为臣则应尽臣职，为君亦然。①

在中国社会里，强调的是个人的义务，而西方的近代思想潮流中涌动的是个人的权利："在中国几乎看不见有自己，而在西洋恰是自己本位，或自我中心。"②

梁漱溟先生发现，中国家庭中父母与子女的关系是强调"个人尽自己义务为先；权利则待对方赋予，莫自己主张"，这导致在国家与人民的关系上，也是如此逻辑，就是强调人民应尽之义务，但是却对人民应享有之权利，只能等待被赋予。梁漱溟先生由此指出传统家国观念的弊端在于削弱了个体选择的权利。

老舍的表层叙事似乎是说，瑞宣的痛苦在于忠孝难以两全，而深层叙事结构却指出以儒家思想为核心的传统文化的悖论：家国一体，使得国的利益应该重于家、重于个人，然而家族伦理意识的强大，使得国民实际上都是以家为本位。晚清以降，对于国家权力的不断强化，客观上削弱了国民的个体意识，国权大于民权的认识深入人心。

虽然老舍在英国生活过 5 年，却并未浸润英国的个体主义的公民观。英国的自由传统源远流长，13 世纪就已经形成了个人主义之社会秩序，而自由正是西方现代文明的核心价值理念。

---

① 张东苏：《理性与民主》，转引自梁漱溟《中国文化要义》，上海人民出版社 2011 年版，第 88 页。

② 张东苏：《理性与民主》，转引自梁漱溟《中国文化要义》，上海人民出版社 2011 年版，第 88 页。

比如晚清最开始看世界的启蒙者之一严复便认为："夫自由一言，真中国历古圣贤之所深畏，而从未尝立以为教者也。"① 在他看来，自秦以降，皇帝大抵以奴隶对待人民，人民也以奴隶自处。而自由是以权利为基础的。严复认为："夫西方之君民，真君民也，君与民皆有权者也。东方之君民，世隆则为父子，世污则为主奴，君有权而民无权者也。"而老舍借瑞宣想要表达的"自由"并不是个人为所欲为的"自由"，比如瑞丰夫妻，为了个人享受就无拘无束，也不在乎家族长辈和父母意见，对此老舍是反对的！瑞丰的自由类似于卢梭所讲述的"天赋自由"。这一点上，老舍与严复有相似之处。

对于五四之于"人"的发现，对于个人主义思潮，老舍是敬而远之的。因为自清以降，国力衰微，西方的个人主义并不适用于当时的社会。而且清朝末年，面对虎视眈眈的列强，中国并不具有实现自由的安全的国际环境。没有国，就没有家。老舍父亲死于八国联军攻入北京之时，这种与生俱来的不安全感，使得老舍较之他人在国的安危与个人利弊之间更为关切前者。在中国的近现代史上，国家的群体利益显然重于个体自由，另一种表述就是"救亡压倒了启蒙"。

严复说："西土计其民幸福，莫不以自由为惟一无二之宗旨。试读欧洲历史，观数百年百余年暴君之压制，贵族之侵凌，诚非力争自由不可。特观吾国今处之形，则小己自由，尚非所急，而所以祛异族之侵横，求有立于天地之间，斯真刻不容缓之事。故所急者，非自由也，而在人人减损自由，而以利国善群为职志。"② 1917 年，严复受民国初年的革命乱象和欧洲大战的刺激而不再推崇西方自由主义，回归中国传统文化。老舍一开始就明白，在那个时代倡导个人的自由和权利是不合时宜的。

所以瑞宣并不想得到个人的"幸福权利"，而是一心以国家安危为怀。对国家的责任，使得瑞宣能够在危急之时，联想到史可法和文天祥等民族英雄，这是知识分子忧患意识的显现，其价值归属还是儒家的

① 严复：《论事变之亟》，《严复文选》，百花文艺出版社 2006 年版，第 3 页。
② 严复：《民约平议》，《严复文选》，百花文艺出版社 2006 年版，第 311 页。

"责任"与担当。只是老舍又在于国于民的责任中，增加了"牺牲"精神，从而化解了深陷家国伦理与个体伦理之间的冲突。

第三节　生与死

《四世同堂》中老舍对钱先生的描写，近乎对于一个颇具宗教色彩的英雄的描写，比如冠晓荷带着日本人去拿钱先生的时候，钱先生向冠晓荷身后的兽兵轻轻点了点头，"像犹大出卖耶稣的时候那样"①。

钱先生是坦然而无畏的："他看清他的前面是监牢，毒刑，与死亡，而毫无恐惧与不安。""对冠晓荷，他不愿去怨恨。"因为"他觉得每个人在世界上都像庙中的五百罗汉似的，各有各的一定的地位；他自己的应当死，正如冠晓荷的应当卖人求荣。这样的——想罢，他的心中很平静坦然"②。然后，在瑞宣的目光下，只见他"在晴美的阳光下，钱先生的头上闪动着一些白光"③。

钱先生仿佛是耶稣的化身，为众人受苦，以"光"照亮了世人。并且对待冠晓荷，以宽厚博大的胸怀表示宽恕和接纳——并无怨恨。这种集佛耶的慈悲与牺牲精神于一体的情怀，老舍早有表现。在《大悲寺外》中塑造了一个以德报怨的黄学监，对学生付出无限的爱，却遭到学生的责打，伤势甚重之时却说："无论是谁打我来着，我决不，决不计较！"④ 老舍借瑞宣之口说："钱先生简直的像钉在十字架上的耶稣。真的，耶稣并没有怎么特别的关心国事与民族的解放，而只关切着人们的灵魂。可是，在敢负起十字架的勇敢上说，钱先生却的确值得崇拜。"⑤

老舍借瑞宣之口表达的是宗教式的慈悲与救世的观点。比如瑞宣看到昏迷中的钱诗人，不由地"时时不出声的祷告"，"他不知向谁祷告

---

① 老舍：《四世同堂》，《老舍全集》第 4 卷，人民文学出版社 2013 年版，第 116 页。
② 老舍：《四世同堂》，《老舍全集》第 4 卷，人民文学出版社 2013 年版，第 117 页。
③ 老舍：《四世同堂》，《老舍全集》第 4 卷，人民文学出版社 2013 年版，第 119 页。
④ 老舍：《大悲寺外》，《老舍全集》第 4 卷，人民文学出版社 2013 年版，第 38 页。
⑤ 老舍：《四世同堂》，《老舍全集》第 4 卷，人民文学出版社 2013 年版，第 474 页。

好，而只极虔诚的向一个什么具有的人形的'正义'与'慈悲'祈求保佑"①。对于宗教，隐含的叙事者一方面感到它可以激发"热诚中激发出来的壮烈的行动"②，另一方面，又看到宗教形式的被利用——如那些来到中国杀人放火的日本兵们带着佛经、神符和什么千人针！宗教变成了庇护他们杀人恶行的工具与武器。老舍借瑞宣的理性判断试图表达：他不再迷信形式上的宗教！

值得注意的是，小说中多次提到类似于宗教人格的"诗人"人格。例如钱先生在得知二儿子可能开车摔死了一车日本兵的消息后，认为自己只是用手写"诗"，而儿子敢于用鲜血作"诗"；又如钱诗人在和瑞宣说到"王排长"时，说王排长"像诗人"。

老舍又借瑞宣之口说："旧的历史，带着它的诗，画，与君子人，必须死！新的历史必须由血里产生出来！"③ 这里的诗，是带有旧文化痕迹的符码，新的"诗"必须由勇敢反抗、不怕流血牺牲的新的文化精神召唤而出。早在1941年，老舍写过一篇散文《诗人》，热情讴歌了真性情、敢于牺牲小我的"诗人"，具体地说，就是像钱诗人这样的"英雄"！而这种人的人格核心就是——"敢死"。

狱中的钱诗人，受尽酷刑，然而对于国家的责任使他发现生命的价值和意义：以前的生活，"并没有真的活着过"；狱中，他想到"现在他才有了生命，这生命是真的，会流血，会疼痛，会把重如泰山的责任肩负起来！"④ 老舍在此批判了"不食周粟"的隐士风度，并认为狱后的重生是"赎罪"，去赎以前袖手旁观国事的罪过，是"因为自己偷闲取懒误了国事；罪有应得！"而赎罪观使得钱诗人具有了保全生命并活下去的意志，因为"要把性命完全交给国家！"⑤

生命在此完全因国家而具有意义，报仇成为生命的唯一目的与使命。

---

① 老舍：《四世同堂》，《老舍全集》第4卷，人民文学出版社2013年版，第226页。
② 老舍：《四世同堂》，《老舍全集》第4卷，人民文学出版社2013年版，第226页。
③ 老舍：《四世同堂》，《老舍全集》第4卷，人民文学出版社2013年版，第225页。
④ 老舍：《四世同堂》，《老舍全集》第4卷，人民文学出版社2013年版，第387页。
⑤ 老舍：《四世同堂》，《老舍全集》第4卷，人民文学出版社2013年版，第393页。

"敢死"，作为不贪恋生的褒义词，多次在小说中出现，隐含的叙事者甚至直接讴歌这种精神，因为"死"与捍卫人的尊严以及"气节"相关，那么，死就是生命价值的崇高的证明。

老舍小说中的"敢死"者多为敢于自杀者，有的人也会选择与敌人同归于尽。比如《猫城记》中为国事而感到绝望自杀的大鹰与小蝎；《微神》中由于家道中落而自寻绝路的"她"；《火葬》里的石队长等；《柳家大院》里的小王媳妇；《四世同堂》里的祁天佑，碰死在钱大少爷棺材上的钱太太；还有从戏台上跳下来砸死日本军官的小文，以及开着汽车将一车的日本军官翻到山沟里的钱家二少爷，等等。

和平年代的幸福理想在战火的考验下，成为一种值得反思的文化和生活方式。比如祁老人把房子当成一生追求的理想，《四世同堂》在第二章中用不少篇幅介绍了祁家的房子：位置"在胡同口是那么狭窄、不惹人注意"，使主人"觉到安全"；处于小羊圈胡同的"葫芦胸"里，"葫芦胸里有六七家人家"，又使他"觉到温暖"，不惹人注意，可以谦退自保。避祸保身是中国人在漫长的封建社会中总结的个体生存经验和处世哲学。"枪打出头鸟"的历史教训使得人人自危，反映出作为人性之恶的妒忌心的可怕，使"不为人注意"成为安全感的标志。这是一个经历了战乱与无常世事的典型中国老人一辈子的经验总结。但是同时要"和其光，同其尘"，周围一定要有邻居和朋友，这会使祁老人"觉到温暖"。

叙事者两次揭示了"房子"之于祁老人的意义：祁老人想把它变成一座"足以传世的堡垒"。"北平城是不朽之城，他的房子也是永世不朽的房子。"传世与永世是不可能的，这里暗含着叙事者对于祁老人幸福观与生命理想的双重态度：一方面是对中国人的生活态度的留恋；另一方面则反思这种人生理想是否经得住炮火的洗礼。老舍在《我的理想家庭》中说："我的理想家庭要有七间小平房：一间是客厅，古玩字画全非必要，只要几把很舒服宽松的椅子，一二小桌。一间书房，书籍不少，不管什么头版与古本，而都是我所爱读的……靠墙有几株小果木树。除了一块长方的土地，平坦无草，足够打开太极拳的，其他的地方就都种着花草——没有一种珍贵费事的，只求昌茂多花"①。

太平时代，这种理想还是没有错的；但是战争年代，这种理想就变得好像有"原罪"。所以，老舍先生在抗战爆发后，毅然决然地远离了这一幸福理想，"夫不属于妻，妻不属于夫，他与她都属于国家"②。

学界已有学者认为老舍的生死观是"死的自觉和以死相拼，是老舍生死观的精粹"③，"老舍本身就具有士可杀不可辱的传统人格精神"④。而为了"创造"和"破坏"而背负起两个十字架，是老舍"生"的意志的体现。⑤老舍对于生命的思考贯穿他的全部创作，在不同时期又有不同的偏重。在抗战时期，这种生命意识体现为向死而生，只有"敢死"，才能活得好；而那些苟活的，反而会活得悲惨。比如冠家千方百计想要在战时保持酒肉享乐的"生"，结局却是灰飞烟灭、家破人亡，并且这是由他们所投靠和钟爱的"主子"——日本人造成的；再比如祁家，祁老人在经历了家族的一系列变故后，敢于挺起瘦硬的胸膛去面对上门的汉奸，这已然是觉醒的表现；而瑞宣一度活在内心的分裂和焦灼里，后悔自己没有勇气走出家门，走上战场杀敌，后来在钱诗人的引领下才找到自己的"使命"。钱诗人是唯一主动向死而生的，他超越了恐惧，获得了死亡阴影下的"生"。

抗战时期，老舍有大量对于"敢死"的赞美，又有许多"赴死"以及"向死"的表述："宁愿在中途被炸死，也不甘心坐待敌人捉去我。"⑥"我们既不怕死，还有什么可怕的呢？拿血洗净了江山，我们抗战到底！用血保住祖宗创造下的伟业，用血为子孙换取和平自由，死是值得的！"⑦"个人的生死有什么关系呢，大丈夫的血是要溅在沙场上，一方

① 老舍：《我的理想家庭》，《老舍全集》第 15 卷，人民文学出版社 2013 年版，第 319—320 页。

② 老舍：《致陶亢德》，《老舍全集》第 15 卷，人民文学出版社 2013 年版，第 495 页。

③ 吴小美、李向辉：《老舍的生死观》，《文学评论》2006 年第 5 期。

④ 谢昭新：《老舍与儒家文化》，《江淮论坛》2014 年第 1 期。

⑤ 吴小美、李向辉：《老舍的生死观》，《文学评论》2006 年第 5 期。

⑥ 老舍：《八方风雨》，《老舍全集》第 14 卷，人民文学出版社 2013 年版，第 380 页。

⑦ 老舍：《是的，抗到底！》，《老舍全集》第 14 卷，人民文学出版社 2013 年版，第 111 页。

面去退敌救国，一方面使贪夫廉懦夫立。此外男儿还有什么更好的事业呢！"①

老舍对于"死"的态度其实源自他对于生命状态的观察。老舍的创作有着强烈的"生命意识"，就是探究中国人的生命状态，希望用小说将他们唤醒，作家要"看生命，领略生命，解释生命，你的作品才有生命……活的文学，以生命为根，真实作干，开着爱美之花"②。赵园先生说：他是一位"入世甚深的作者"③。他对中国社会的世道人心有着深刻的洞察，对旧中国社会的世情世态有着这样的看法："第一，人们习以为常的，普遍认同和接受的极其荒诞的生活的不公正和不公平。""第二，人们在做人，做事中表现出来的普遍的敷衍苟且，怯懦因循，卑怯屈膝，这些病态精神甚至成了一种集体无意识。"④

学界已有论著注意到老舍对待传统文化在情感上有一种留恋和怅惘，怀念那种诚信和纯朴的道德风气，特别是在商业伦理上。但是在理智上，老舍又清醒地明白："一个文化的生存，必赖它有自我的批判，时时矫正自己，充实自己。以老牌号自夸自傲，固执的拒绝更进一步，是自取灭亡。"⑤

老舍注意到，一般中国人的生命状态是"苟活"和"偷生"。在《四世同堂》里，外敌当前，北平人却在准备三个月的咸菜和粮食，因为在历经战乱的祁老人的经验世界中，"北平是天底下最可靠的大城，不管有什么灾难，到三个月必定灾消难满"⑥；德高望重的李四爷"看过的事情，好的歹的，善的恶的，太多了，他不便为一件特殊的事显出大惊小怪"⑦；寡妇马老太太更是觉得当了亡国奴也不能不给外孙娶妻生子，这样在她死后就总有烧纸钱的人。长顺和小崔也曾热血沸腾，摩拳

①　老舍：《文武双全》，《老舍全集》第 14 卷，人民文学出版社 2013 年版，第 179 页。
②　老舍：《论创作》，《老舍全集》第 17 卷，人民文学出版社 2013 年版，第 8—9 页。
③　赵园：《北京：城与人》，上海人民出版社 1991 年版，第 210 页。
④　吴效刚：《怅恨世情与文化批判——论老舍小说的叙述形态》，《文学评论》2009 年第 2 期。
⑤　老舍：《〈大地龙蛇〉序》，《老舍全集》第 9 卷，人民文学出版社 2013 年版，第 358 页。
⑥　老舍：《四世同堂》，《老舍全集》第 4 卷，人民文学出版社 2013 年版，第 3 页。
⑦　老舍：《四世同堂》，《老舍全集》第 4 卷，人民文学出版社 2013 年版，第 539 页。

擦掌，然而在这样的文化心态和生存环境里，人们失去了血性，学会了苟且。至于冠晓荷、大赤包、蓝东阳们，则是有奶便是娘，谁给官做，就认谁当"爹"，什么民族大义和礼义廉耻，全然抛弃。

甚至钱先生的小传单，也只是让深受亡国奴之苦的北平人"微微难过了一会儿而已"，因为"北平人是不会造反的"。在日本人强令上交铁器的时候，大家一开始也因为想到上交的铁"教敌人多造些枪炮，来屠杀自家的人"而表示愤怒，但是过了一会儿，"他们便忘了愤怒，而顾虑不交铁的危险"①。

甚至丢了老婆的瑞丰，软弱到"动武，不敢；忍气，不肯"，虽然"怒气冲上来，可是不敢发作"，因为他"的确不敢惹东阳，更不敢惹日本人"。叙事者写出他的思维逻辑："日本人给了他作科长的机会，现在日本人使他丢了老婆。"但他不敢恨日本人，因为"恨恶日本人是自取灭亡的事"。结果，隐含的叙事者意味深长地说："一个不敢抗敌的人，只好白白的丢了老婆。"②

这些人明哲保身，事不关己，高高挂起，耽于怯懦而面对非正义却不敢反抗，国家观念缺失，背后的深层原因是什么？

有两个情节可供参照：第一个情节是瑞全在读《大学衍义》时，看到"字都印得很清楚，可是仿佛都像些舞台上的老配角，穿戴着残旧的衣冠，在那儿装模作样的扭着方步，一点儿也不精神"。而当他读到外文书或者中文的科学书籍的时候，"那些细小的字，清楚的图表，在他了解以后，不但只使他心里宽畅，而且教他的想象活动——由那些小字与图解，他想象到宇宙的秩序，伟大，精微与美丽。……赶到读书的时候，他便忘了身体，而只感到宇宙一切的地方都是精微的知识。现在，这本大字的旧书，教他摸不清头脑，不晓得说的到底是什么"③。第二个情节是当得知日本人要烧掉书籍，瑞宣突然明白了何以日本人不怕中国的旧书，而要烧掉新书。

---

① 老舍：《四世同堂》，《老舍全集》第5卷，人民文学出版社2013年版，第734页。
② 老舍：《四世同堂》，《老舍全集》第5卷，人民文学出版社2013年版，第695页。
③ 老舍：《四世同堂》，《老舍全集》第5卷，人民文学出版社2013年版，第71页。

富于行动、果敢地离家走上抗日之路并成为实际的地下抗日领导者的瑞全，因受到西方科学理性的启蒙而又没有瑞宣身上因袭的过重的负担，从而成为作者讴歌的理想形象。线装书指涉的传统文化，只能造就钱诗人诗酒花茶的隐逸生活态度，如果没有家庭的变故（二儿子摔死一车日本兵；钱诗人遭到冠晓荷的叛卖而被日本人捕去遭受酷刑），恐怕钱诗人仍然把才华淹没在隐逸的人生里，将自己隔绝在社会之外，也隔绝在民族责任之外。瑞宣性格中的因循守旧，多半也是受到家族血缘意识的影响。

然而，老舍是否因为因循保守、苟且偷生的生命状态而全盘否定传统文化了呢？非也。那老舍对于传统文化的信心是否在于"知识"？非也。

钱诗人的形象塑造揭示了老舍对于传统文化的信心；牛教授的形象则表明了老舍对于"知识"是不迷信的。小羊圈胡同中有一个"高人"，就是受到西方科学理性影响的牛教授。据学界研究，牛教授这一人物形象，有着老舍影射周作人附逆事件的痕迹。此类人物在老舍的其他作品中也有，如《蜕》中的孟道邺；《恋》中的庄亦雅；《火葬》中的王举人。牛教授是个科学家，可是向来不关心政治，不关心别人的冷暖饥饱，也不愿和社会接触。隐含的叙事者批评道："他有学问，而没有常识。他有脑子与身体，而没有人格。"① 这是一个自私又麻木的灵魂，只想着把头埋在书籍与仪器中，对于国事，就像在听"古代历史"，从没有表示过自己的意见。他的知识和学问只是成就他的自私；科学的脑子使他"宁可失去灵魂，而不肯换个地方去剃头"②。最终牛教授附逆，答应日本人去做教育局长。

借用牛教授这个形象，隐含的叙事者想说明，救助民族的灵魂纯粹靠"知识"是靠不住的。那么，民族的灵魂在什么样的土壤里才可以生长出来？

作者还是回到了传统文化，让钱诗人变身为一个抗日的战士，并且

---

① 老舍：《四世同堂》，《老舍全集》第 5 卷，人民文学出版社 2013 年版，第 658 页。
② 老舍：《四世同堂》，《老舍全集》第 5 卷，人民文学出版社 2013 年版，第 659 页。

让岳飞和文天祥成为他的榜样，这与儒家文化中为了捍卫气节和人格操守而"敢于死"的传统接上了茬。他"所表现的不只是一点点报私仇的决心，而是替一部文化史作正面的证据。钱先生是地道的中国人，而地道的中国人带着他的诗歌，礼义，图画，道德，是会为一个信念而杀身成仁的"①。

钱先生变成了编辑地下报纸的人。他再次被捕入狱后，瑞宣愿意做编辑，白巡长愿意做通讯员，他们知道可能会掉脑袋，但是他们认为，"假若必须死，这样的死，才比较幸福与简单"。使命感使他们敢于"向死"而生。

钱先生再次被捕入狱后，面对被日本人抓来要挟他的小孙子，钱先生的心肠硬起来，"八年的困难和苦痛，已经教他彻底坚强起来"，他只是"温和的笑着对待来到他们面前的一切"。如果到了确实保护不了孩子的时刻，他只能无可奈何。"他不投降。"甚至他已经下定决心，"在战争中死一个人有什么关系，就算是这个人是他的孙子，那也没什么关系"。

这时，民族大义已经战胜了亲情，隐含的叙事者平静的叙事态度，使得死亡不再可怕，而只因为"人类理应永远能够防备尊严受到伤害，能够永远保持自尊"②。如果不能保持尊严，活着又有什么意义？李四爷为了捍卫自己的尊严被日本兵活活打死；天佑被日本人挂上"奸商"的牌子而游街，最终不能忍受失去尊严的侮辱而投水自尽。实现生命意义的极致，竟然是自杀；为了一个信念，可以杀身成仁！

为了捍卫尊严，敢死和赴死就都具有拒绝"偷生"的积极意义，是勇敢的象征，是为了灵魂的崇高之美而舍弃对肉身的贪恋。从这种意义上说，钱先生自动走上十字架的旷达，和天佑赴水而死一样，如同苏格拉底说："我去死，你们去活"，慷慨将毒酒一饮而下，是一种生命的自觉。

苏格拉底在审判庭上最后说道："死别的时刻已经到了，我们各走各

---

① 老舍：《四世同堂》，《老舍全集》第 4 卷，人民文学出版社 2013 年版，第 475 页。
② 赵武平译：《四世同堂·饥荒》，《收获》2017 年第 1 期。

的路吧——我去死，而你们去活。哪一个更好，唯有神才知道。""死亡在这里已经变成了一种解放，它挣脱了肉体的镣铐，化作了自由的庆典，换句话说，是死亡使苏拉底摆脱了肉身的沉重，化为自由精神的飘逸，这也就是我们所认识的苏格拉底之死的最迷人之处。苏格拉底以他的死表现了对现实的否定和对理想世界的追求的过程。"①

老舍曾经提到过苏格拉底："自伤没落而放浪形骸之外，是浪漫；理想崇高而自尊自强，也是浪漫。颓衰诗人是浪漫的，救世大哲人也是浪漫的。苏格拉底有最强壮的身体，最简朴的生活，最宽大的胸怀，与最崇高的理想。上阵，他是勇士；家居，他是哲人。我说，我们须成为这样浪漫的人。"②

---

① 王志军：《从苏格拉底之死到哲学乌托邦之梦》，《黑龙江社会科学》2001 年第 1 期。
② 老舍：《新气象　新气度　新生活》，《老舍全集》第 14 卷，人民文学出版社 2013 年版，第 140—141 页。

第六章 浅议跨文化视野下老舍的儿童观

"儿童观，是对儿童总的看法与观点。"① 儿童观是在哲学层面上对儿童这一生命存在的认识与观照。儿童观是人观的缩影，对儿童的认识就是对人类自身的认识，对儿童的看法反映着一个时代、一种文化对个体人的地位和价值的基本认识。②

为什么要关注儿童？因为人需要认识自己，每个成人都是经由儿童成长为成人的，认识儿童，也就是对自身过去的认识。"童年是我们生命的根基，认识儿童就是认识人类自身。对儿童的认识与理解水平代表着人类对自身认识的水平。随着人类自我意识的不断成熟，主体性的不断增强，对儿童的认识不断有新的视角与深度。"③ 此外，"所有的人都曾经是儿童，孩童世界是成年人心灵的故乡"④。儿童时期单纯的快乐幸福感，是成人无比眷恋并想要回到的状态。

老舍先生一直关注儿童。"儿童作为延续人类生命的载体，是人们慈爱的对象，也是人类生命力和未来希望的象征。"⑤ 老舍先生看待儿童的角度既受到人道主义和卢梭儿童观的影响，也受到自身独特经历的影响，具有前瞻性、实验性。

---

① 姚伟：《儿童观及其时代性转换》，东北师范大学出版社 2007 年版，第 11 页。
② 姚伟：《儿童观及其时代性转换》，东北师范大学出版社 2007 年版，第 12 页。
③ 姚伟：《儿童观及其时代性转换》，东北师范大学出版社 2007 年版，第 2 页。
④ 姚伟：《儿童观及其时代性转换》，东北师范大学出版社 2007 年版，第 2 页。
⑤ 姚伟：《儿童观及其时代性转换》，东北师范大学出版社 2007 年版，第 2 页。

总体来说，老舍先生看待儿童的基础是平等与爱。儿童与儿童之间、成人与儿童之间以及不同族群的儿童之间都应该是平等的关系。老舍先生希望儿童在生理上能健康强壮、充满生机与活力；在教育上，能收获爱的教育、情感教育。老舍先生特别珍惜儿童的天真心性，希望儿童被尊重、被爱护，认为儿童教育应该顺应儿童的生理、心理特点，要摒弃旧式的落后教育思想、教育方式，要以爱和情感培养、发展儿童，让儿童成长为人格健全的人。老舍先生还看到了社会文化环境在儿童成长教育中起到十分重要的塑造作用，并呼吁新的文化早日到来，为儿童的成长提供更良好的外部环境；同时还希望儿童能在道德品质层面上拥有勤劳、善良、真诚、爱国、有社会责任感等美好品质，追求真善美。

第一节　平等的儿童地位观

老舍先生的儿童地位观的核心是"平等"。儿童在家庭中的地位应当与成人享有平等的权利；在学校里，儿童与教师之间的地位也应当是平等的；在社会上，也与成人处于平等的地位。成人应该以平等、尊重的态度对待儿童。同一族群中的儿童是平等的，不同族群的儿童间的关系也应当是平等的。

五四时期是个发现人的时代，成人应该获得尊严，儿童也应该得到应有的尊重。有尊严地活着，是最简单、最基本的要求，也是人在社会中得以进一步发展的基础和前提，若是丧失了这样的前提，人不仅难以得到应有的发展，还很有可能会被压迫或变得扭曲，社会也将会变成一个不健康的社会。"'五四'运动送给了我一双新眼睛"，"反封建使我体会到人的尊严，人不该作礼教的奴隶；反帝国主义使我感到中国人的尊严，中国人不该再作洋奴。这两种认识就是我后来写作的基本思想与情感。"① 老舍先生在五四运动的影响下意识到做人的尊严，也希望把做人

---

① 老舍：《"五四"给了我什么》，《老舍全集》第14卷，人民文学出版社2013年版，第636—637页。

的尊严传达给社会上更多的人。真正的人，是应该拥有尊严地活在世上的，而不是被压制、束缚，丧失尊严。

在老舍来看，儿童应该从家庭、父母的附庸中解放出来，儿童的独立、平等的地位应该得到正视。五四时期，鲁迅发出"救救孩子"的号召，在《现在我们怎样做父亲》中，批判讽刺了中国传统的父权，指出中国传统家庭中孩子与父母关系的扭曲，提出了"父母对于子女，应该健全的产生，尽力的教育，完全的解放。"瓦解旧式家庭关系，强调父母和孩子各自是独立的个体、人格，不应被捆绑在一起。这是当时一批现代作家的共识，比如周作人认为"以前的人对于儿童多不能正当理解，不是将他当作缩小的成人，拿'圣经贤传'尽量的灌下去，便将他看作不完全的小人，说小孩懂得甚么，一笔抹杀，不去理他。近来才知道儿童在生理、心理上，虽然和大人有点不同，但他仍是完全的个人，有他自己的内外两面的生活。儿童期的二十几年的生活，一面固然是成人生活的预备，但一面也自有独立的意义与价值；因为全生活只是一个生长，我们不能指定那一截时期，是真正的生活。所以我们对于误认儿童的教育要适如其分，不能过分的压迫他的想象力为缩小的成人的教法，固然完全反对，就是那不承认儿童的独立生活的意见，我们也不以为然。"① 周作人强调了儿童与成人的不同，承认儿童的独立特性。

鲁迅强调儿童是独立的个体，而不是父母的附属，与老舍强调的平等、尊重异曲同工，都强调摆正儿童的位置。冰心在《儿童文学工作者的任务与儿童文学的特点》中提到，要了解儿童心理，你一定要接触儿童，熟悉儿童，要尊重他们，了解他们的自尊心，把他们当作一个人来对待，而不是玩具，也不要随便和孩子们开无意义的玩笑。

老舍认为在旧式家庭中，父权至上，这样的家庭关系让儿童的地位和权益都受到了损害，是应当摒弃的。《小坡的生日》中，父亲的权力极大，在家庭中处于高高在上的地位，对待孩子们的态度是严厉的，父亲与孩子间的地位是不平等的。"问父亲去？别！父亲是天底下地上头

---

① 鲁迅：《现在我们怎样做父亲》，《新青年》1919 年第 6 卷第 6 号。

最不好惹的人：他问你点儿什么，你要是摇头说不上来，登时有挨耳瓜子的危险。可是你问他的时候，也猜不透他是知道，故意不说呢；还是他真不知道，他总是板着脸说：'少问！''缝上他的嘴！'"① 在小坡的眼里，家庭是分层级的，他自己是在最底层，而父亲则是权力的最顶端。"家里的人们很像一座小塔儿，一层管着一层。"② 对于这样的家庭地位，老舍先生通过文中小坡对父亲的内心态度表达出了否定。父亲与孩子之间是等级化的，并且父亲对待儿童大多时候是摆着高高在上的姿态，儿童迫于父亲的威严，一直处于胆怯、害怕之中，不能与之平等地交谈，如此一来，儿童内心真正的需求就无法直接有效地向父亲表达，既不利于父子感情的培养和维系，也不利于儿童的成长。

根据老舍先生子女的文章来看，老舍先生是一个以平等的态度对待自己的子女、十分尊重孩子的父亲："……早早地就以一个平等的身份对待我们，和我们行握手礼，直呼我们的学名，不再叫小名，好像暗示我们：你是一个独立的存在，我尊重你。"③ 由此可见，老舍先生并不只是在写文章时喊口号，而是身体力行，将对儿童的尊重践行到自己的生活当中，在老舍先生眼中，儿童的地位和成人应该是平等的，在家庭的关系中，父母应该以平等的眼光和态度对待儿童。他还提出要重视儿童的权利，尤其是他们的表达权："不许小孩子说话，造成不少的家庭小革命者。"④ 成人应以平等、尊重的态度对待儿童，重视他们的地位与权利，儿童有自主表达的权利，如果成人不正视这一权利，很可能让儿童在压抑中趋向反抗，十分不利于儿童身心健康以及家庭关系的良好发展。

老舍平等的儿童观还体现在对儿童长大后的职业期待上。老舍认为无论儿童今后成为何种职业者，都是平等的。1942 年 8 月《文艺与木匠》里面写道："我有三个小孩，除非他们自己愿意，而且极肯努力，

---

① 老舍：《小坡的生日》，《老舍全集》第 2 卷，人民文学出版社 2013 年版，第 3 页。
② 老舍：《小坡的生日》，《老舍全集》第 2 卷，人民文学出版社 2013 年版，第 5 页。
③ 舒乙主编：《说不尽的老舍：中国当代老舍研究》，北京师范大学出版社 2003 年版，第 630 页。
④ 老舍：《未成熟的谷粒》，《老舍全集》第 14 卷，人民文学出版社 2013 年版，第 245 页。

作文艺作家，我决不鼓励他们，因为我看他们作木匠、瓦匠，或作写家，是同样有意义的，没有高低贵贱之别。"① 由此可见，老舍先生的儿童观具有反传统性、超前性和现代性，他强调的这种"平等"，不仅是人格上的平等、强调儿童在家庭地位上的平等，还强调儿童今后的职业、社会地位上的平等。儿童观也反映出老舍先生如何看待"人"，从老舍先生对子女的职业期待中，就可以看出老舍先生是以平等的态度看待每种职业、每个人的。

那么这种平等观来自何处？让我们从老舍的童年经历中寻找答案。母亲的温柔和善、宗月大师的无私相助都在老舍先生心里留下了爱和善的种子，引导他向善。"二十位教师吧，其中有给我很大影响的，也有毫无影响的，但是我的真正的教师，把性格传给我的，是我的母亲。母亲并不识字，她给我的是生命的教育。……我之能成为一个不十分坏的人，是母亲感化的。我的性格，习惯，是母亲传给的。"② 老舍先生的母亲待人温柔和顺，她的言传身教，让老舍先生也成为一个和善、平和之人。

对老舍影响巨大的另一个人就是刘善人。"没有他，我也许一辈子也不会入学读书。没有他，我也许永远想不起帮助别人有什么乐趣与意义。他是不是真的成了佛？我不知道。但是，我的确相信他的居心与苦行是与佛极相近似的。我在精神上物质上都受过他的好处，现在我的确愿意他真的成了佛，并且盼望他以佛心引领我向善，正像在三十五年前，他拉着我去入私塾那样！"③ 宗月大师帮助当年的老舍——一个贫困家庭的孩子解决了教育难题，这份感激一直留在老舍先生心中，宗月大师也成了老舍先生学习和效仿的榜样，以善良和爱平等地对待弱者、需要帮助的人。

除此以外，老舍先生平等的儿童观，还在很大程度上源自他阅读欧洲文学时受到的人道主义的影响。老舍在《谈读书》一文中提及自己对

---

① 老舍：《文艺与木匠》，《老舍全集》第 15 卷，人民文学出版社 2013 年版，第 379 页。

② 老舍：《我的母亲》，《老舍全集》第 14 卷，人民文学出版社 2013 年版，第 328—330 页。

③ 老舍：《宗月大师》，《老舍全集》第 14 卷，人民文学出版社 2013 年版，第 241 页。

狄更斯作品的接受："在我年轻的时候，我极喜读英国大小说家狄更斯的作品，爱不释手。我初习写作，也有些效仿他。他的伟大究竟在哪里？我不知道。我只学来些耍字眼儿，故意逗笑等等'窍门'，扬扬得意。"①狄更斯的思想核心是人道主义，这也是他创作的立足点。这种人道主义"是典型的资产阶级的人道主义，这就是关心人、尊重人，对资本主义社会的不合理现象进行批判和揭露，同时又宣传资产阶级的改良主义思想。"② 老舍先生和狄更斯一样，站在平等和尊重的角度上看待他人，并且都善于描写社会底层人民的艰苦生活，表现出他们生活的不幸与痛苦，揭露社会的黑暗与腐朽。

可见，基于以上原因，作为贫民阶层出身的老舍先生，对于"平等"有着天然的认可和需求。正如王富仁先生曾指出"施与式的爱"和对弱者的关心是老舍先生的思想核心："爱，才是他思想的基础。这种爱，不是当时青年知识分子心目中的那种吸纳式的'爱'，不是渴望国家、社会、他人对自己的青睐与关心，也不是男女两性之间的爱情，而更是人道主义者的那种施与式的爱，是对社会弱者人生命运的关心。正是在这一点上，老舍的思想不仅与狄更斯，也与列夫·托尔斯泰、屠格涅夫、鲁迅的人道主义有着相近的特点，在其本质的意义上属于贵族的思想倾向：不是希求着别人的爱和怜悯，而是希求着对别人的爱和同情；不是羡慕、崇拜强者，而是同情、理解弱者，反对强者对弱者的歧视、压制和迫害。他的全部作品都告诉我们：他努力追求的是成为社会弱者的代言人。"③ 老舍先生希望并追求的是人与人之间的平等，以爱的眼光看待弱者，儿童较之成人而言，处于比较弱势的地位，这让他看待儿童时自然而然地也是用爱和平等、同情、理解的眼光。

老舍还认为不同国家、种族、民族的儿童之间的关系也应该是平等的。老舍先生指出，在南洋期间，他始终没有见过一个白人孩子和有色

---

① 老舍：《谈读书》，《老舍全集》第16卷，人民文学出版社2013年版，第646页。
② 童真：《狄更斯与中国》，湘潭大学出版社2008年版，第52页。
③ 王富仁：《一个城市贫民作家的精神历程》，载石兴泽《老舍与二十世纪中国文学和文化》，人民文学出版社2005年版，"序"第16页。

第六章 浅议跨文化视野下老舍的儿童观 ●◎ 193

人种的孩子一起玩耍，很有可能是因为白人的种族优越心理，不许孩子和有色人种的孩子一起玩耍，由此可见，在南洋，那一时期人种、族群间的隔阂存在着，并且十分严重。白人的心理是一种殖民者的征服心理，看待其他人种的态度自然而然是不平等的、带着优越感的。

《小坡的生日》中以小坡的父亲为代表的在南洋的很多中国人，也是一样抱持着殖民者的态度，认为自己的族群更文明，自己的文化更优秀。小坡的父母亲都是广东人，但是小坡没有简单地认为自己是广东人或者是新加坡人，他对自己的身份有自成一套系统的复杂认识："小坡弄不清楚：他到底是福建人，是广东人，是印度人，是马来人，是白种人，还是日本人。"① 小坡还展现出一种包容的、多元的身份认同态度，这样理想化的态度体现在游戏中。比如小坡有条红绸子，可以把自己装扮成印度人、马来人、阿拉伯人，小坡和妹妹仙坡经常玩这样的游戏。对待不同族群的人，他的态度是孩子天真烂漫的表现。"小坡对于这些人们，虽然有这样似乎清楚，而又不十分清楚的分别，可是这并不是说他准知道他是那一种人。他以为这些人都是一家子的，不过是有的爱黄颜色便长成一张黄脸，有的喜欢黑色便来一张黑脸玩一玩。人们的面貌身体本来是可以随便变化的。"②

老舍借用小坡的态度，体现出多元、兼容的身份认同观念，展现出当时不同族裔认识自我的新可能性，也体现出不同族裔间相互影响的不可逆转的大趋势，体现了老舍先生也是以平等的眼光看待不同国家、种族、民族的儿童。"既舍不得小孩的天真，又舍不得我心中那点不属于儿童世界的思想。我愿与小孩们一同玩耍，又忘不了我是大人。……不属于儿童世界的思想是什么呢？是联合世界上弱小民族共同奋斗。"③

但是真实的世界中，不同族群的文化是不可能平等的。在文本中，小坡在梦里联合几个小朋友一起击退异族。这样的活动，也是老舍先生

---

① 老舍：《小坡的生日》，《老舍全集》第 2 卷，人民文学出版社 2013 年版，第 9 页。
② 老舍：《小坡的生日》，《老舍全集》第 2 卷，人民文学出版社 2013 年版，第 12—13 页。
③ 老舍：《我怎样写〈小坡的生日〉》，《老舍全集》第 16 卷，人民文学出版社 2013 年版，第 177 页。

对不平等世界的反抗。老舍先生曾提到，就是因为在南洋看到没有白人的孩子和有色人种的孩子一起玩，才决心要写一部弱小民族联合的小说。白人在当时的南洋处于优势地位，高高在上，以不平等的态度对待其他有色人种，白人儿童不与有色人种的儿童一起玩耍就是这种不平等、隔阂的最直观的体现。而老舍先生的联合弱小民族共同奋斗的希望，在一定程度上是在建构多种文化的平等地位。

平等、和谐是可能的吗？老舍的理想是如下一幅图景："到了新年，大家全笑着唱着过年，好像天下真是一家了。谁也不怒视谁一眼，谁也不错说一句话；大家都穿上新衣，吃些酒肉，忘记了旧的困苦，迎接新的希望。基督教堂的钟声当当地敲出个曲调来，中国的和尚庙奏起法器，也沉远悠扬的好听。"① 新年期间，南洋变得一片祥和，不同族群的人们和谐相处，东西方文化此时也呈现出一派交相辉映的祥和美景。这样短暂美好的景象，也正是老舍心中理想的未来。不同族群长时间生活在同一地区，如果没有合理的交流，仅是隔阂与排挤，那么这一地区的未来就十分堪忧，有可能发展会受到禁锢，甚至可能会发生各种各样的暴力冲突。当然，融合时期的矛盾、摩擦是必然不可避免的，但最终要达到的最终目标，是文本中新年时期的景象——和谐与共。不同族群间的文化能在同一地区和谐共荣，那不同族群间的成人和孩子也能在一起平等、和谐地相处。

综上所述，老舍儿童观中的"平等"既是成人与儿童之间的平等，也是不分高低贵贱的社会地位的平等，也是不同族群儿童和谐与共、一起快乐成长的平等。

第二节　身心平衡、独立的儿童成长观

在老舍先生看来，儿童的健康成长应为生理、心理两方面都健康发展。老舍先生认为，儿童应该是身体健康、健壮的，活泼好动的。在儿

---

① 老舍：《小坡的生日》，《老舍全集》第 2 卷，人民文学出版社 2013 年版，第 18 页。

童成长过程中，成人不应该对儿童有太多的限制和约束，要首先保证儿童的身体健康。老舍先生看到了社会文化环境在儿童身心健康的成长教育中起到十分重要的塑造作用，并呼吁新的文化早日到来，为儿童的身心灵成长提供更良好的外部环境。尤为值得一提的是，老舍先生在女孩的成长教育观念中，希望女孩子也能培养独立的生存能力、自我意识。

一　儿童的身体健康、健壮、有活力是最重要的

健康是一切的基础，在健康面前，知识都要让步。在《我的理想家庭》一文中，老舍先生描述出了自己对儿女的期盼，"儿子顶好是三岁，既会讲话，又胖胖的会淘气……儿女永不上学，由父母教给画图，唱歌，跳舞——乱蹦也算一种舞法——和文字、手工之类。"① 在《文艺副产品——孩子们的事情》一文中，老舍先生提出了自己对教育孩子的一些见解，"我对于教养孩子，有个偏见——也许是'正'见：六岁以前，不教给他们任何东西；只劳累他们的身体，不劳累脑子。养得脸蛋儿红扑扑的，胳膊腿儿挺有劲，能蹦能闹，便是好孩子。过六岁，该受教育了，但仍不严督。他们有聪明，爱读书呢，好；没聪明而不爱读书呢，也好。反正有好身体才能活着，女的去作舞女，男的去拉洋车，大腿生活也就不错，不用着急。"② 由这两篇小文可见，在老舍先生看来，孩子的知识不是最重要的，健康才是最重要的，首先要身体健康、强壮，家长不要给孩子太多的压力，让孩子自由地发展。

在另一篇小文《勿忘今日》中，老舍先生提出身体是儿童发展的基础。健康的身体应是成人养育孩子的前提和基础。"睁眼看看吧，我们给了儿童什么？无衣无食，无教育的小孩，到处皆是。这是将来的希望么？哼！再看，那有衣有食，有教育的小孩，又是怎样呢？一样的可怜，有吃的，可是面黄肌瘦；有穿的，可是一阵凉风就咳嗽；有教育，可是

---

① 老舍：《我的理想家庭》，《老舍全集》第15卷，人民文学出版社2013年版，第320—321页。

② 老舍：《文艺副产品——孩子们的事情》，《老舍全集》第15卷，人民文学出版社2013年版，第338页。

只学了懒惰，会花钱。这是将来的希望么？穷孩子，连饭没有的吃，还有什么健康可言？阔孩子，三岁就穿皮大衣，药不离口，怎会成为足壮的人？没有身体，便没有一切，还用说别的么？"① 无论是穷人家的孩子还是有钱人家的孩子，身体健康都没有得到保障，这是老舍先生所担忧的。保障穷苦儿童的生命和健康，另外条件较好的家庭也不能溺爱孩子，让孩子成为弱不禁风的温室花朵，成人应该注意把握好对儿童身体的照顾程度。

　　此外，心理健康也非常重要，尤其要重视儿童的心理特点，教育活动应该围绕儿童的身心特点进行设置。老舍在《儿童主日学和儿童礼拜设施的商榷》主要阐述了宗教对儿童教育的影响，比如道德教育如何运用在儿童教育中，强调道德教育是为了儿童的兴趣发展而开展的，一切活动设置都以儿童为根本出发点。此外，文中也阐释了家庭关系、家长教育及学校教育、社会教育的诸种要求和条件。老舍以小见大，以"主日学"为切入点，严密地论述了儿童公共教育需要注意的问题，特别强调不能流于形式，而要更重视实际的内容。老舍先生写这篇文章时年仅24岁，但教育者的身份让他能看清教育的形式与内容并不是十分相符的现状，在宗教活动中，一定要紧抓住符合儿童身心特点的内容实质。舒乙先生评述说："父亲全力抨击宗教中惯用的一套办法，他力主改革，旗帜鲜明地提出自己的主张：对儿童不搞赎罪祷告，不背诵圣经，不唱圣歌圣诗，不宣讲神仙故事和寓言故事，不搞信仰早熟。他主张给儿童一些实实在在的知识，由种麦子烙饼说起，做点小手工，画点带颜色的小画，活活泼泼，让儿童自己动脑筋想问题，自己动手去探索，使他们德智体都发达，成长为有道德的、对社会有用的人。"② 老舍先生虽然用宗教的形式进行道德教育，但内核是符合儿童身心灵特点的。

　　另外，老舍先生还特别强调让孩子亲近自然，与自然保持亲密的联系。舒乙先生曾经回忆："父亲领着孩子向盛开的鲜花鞠躬，好像花儿

① 老舍：《勿忘今日》，《老舍全集》第14卷，人民文学出版社2013年版，第73页。
② 舒乙：《我的父亲老舍》，辽宁人民出版社2011年版，第36页。

比耶稣更值得尊敬。他教孩子们从小就热爱大自然，崇敬大自然……这就是舒舍予式的'儿童主日学'。在这歌声里，在这鞠躬里，有一颗地地道道的赤子之心。"①

卢梭提倡自然教育，强调在儿童成长过程中，不应该给儿童过多的束缚，儿童的身体要健壮，成人应当关注儿童的快乐与痛苦，要尊重儿童，顺应儿童的天性，给予适当有效的指导。老舍的儿童观在一定程度上受到卢梭的儿童观影响，比如《新爱弥耳》以"反对"来赞同卢梭在《爱弥儿》中的观点和做法。但二者的儿童观也存在不同之处。卢梭以"自然"为核心，《爱弥儿》中多次提到要让爱弥儿向自然学习，成为一个健康的"自然人"。这是受当时法国乃至整个欧洲的大环境影响而提出的，当时人们为了追求权钱利而破坏自然，离自然越来越远。"真正的美只存在于大自然中，人造的东西所表现出的美是一种刻意雕琢描摹的美。"②"他（爱弥儿）偏爱古人的著作，因为古人更接近于自然，经过时间的沉淀，留给我们的大多是天才之作。"③

1930年7月至1934年老舍执教于齐鲁大学，为授课编写了《文学概论讲义》。在《文学概论讲义》中，老舍盛赞卢梭对浪漫主义文学和法国大革命的贡献，同时也对卢梭的"极端自由"和"完全返于自然"作出批评。老舍的崇尚自然，不是完全地回归自然。卢梭认为，人所受的教育来源不外三种，或"受之于自然"，或"受之于人"，或"受之于事物"。他认为，顺应自然的教育必然也是自由的教育，因为人最重要的自然权利就是自由。"真正自由的人只想他能够得到的东西，只做他喜欢做的事情，这就是我的第一基本原理。只要把这个原理应用于儿童，就可以源源得出各种教育原理。"④ 卢梭突出自然、自由在教育中的作用。而老舍先生对儿童的期望，更多的是希望他们可以从旧式家庭、压迫式教育中解放出来，老舍先生的立足点仍是当时中国儿童的天性受到

---

① 舒乙：《我的父亲老舍》，辽宁人民出版社2011年版，第37页。
② ［法］卢梭：《爱弥儿》，方卿编译，北京出版社2008年版，第117页。
③ ［法］卢梭：《爱弥儿》，方卿编译，北京出版社2008年版，第118页。
④ ［法］卢梭：《卢梭的民主哲学》，陈惟和等译，九州出版社2004年版，第210页。

束缚和压抑的困境。老舍先生作为中国知识分子的一员，带着中国知识分子特有的积极入世精神，也希望孩子能健康成长，成为对国家、对社会有价值、有贡献的人，而不是完全地回归自然。

卢梭的儿童观和老舍的儿童观，都强调孩子应该拥有健康强壮的身体。卢梭认为，身体必须有精力，才能听从灵魂的支配。卢梭希望归于自然，爱弥儿是在自然中健康茁壮成长的，没有受到过多的束缚；而《新爱弥耳》中的爱弥耳，出生后第四天起就吃面包。《牛天赐传》里的牛天赐，身体在襁褓时期就被无情束缚，不能正常、均衡发育，长大后双腿无力，都不能正常跑步。如此不顺应儿童身体自然发展规律的行为，让儿童的生理健康遭受极大的损害。在《牛天赐传》中，老黑的孩子来自乡下，带着乡土的纯朴、自然，对比起牛天赐和牛天赐的同学们，他们身上的衣着不够体面，言行不太符合礼仪，但他们善良热情，天真活泼，他们才是真正的儿童，是牛天赐周围诸多灰暗中难得的亮色，让牛天赐愿意靠近。牛天赐的身体在婴幼儿时期就因被束缚得不到正常的发育，失去了身体健壮活泼的机会，这是他终身的缺憾。

老舍先生希望儿童能贴近自然，成人应当让儿童在自然环境中更自由地发展，活泼好动的天性得以释放，而不是被过早地束缚、压制。在儿童的成长过程中，成人要保护其生命安全不受伤害，另外更要对其进行合理、适度的照顾，让儿童得以自然、健康地发展。

二　儿童的心理健康需要成人用心的呵护

心理方面的健康，可以分为两点，一是精神健康、人格健全；二是个性得以发展。在儿童成长过程中，成人的关心和爱护是十分重要的，但前提和基础都应该是顺应儿童的心理特点。

老舍认为，应尊重儿童，顺应儿童的特点，为儿童提供适当的关心、爱护及引导。成人应把儿童当成儿童，看到儿童天真、活泼、好奇的心性，尊重、重视并顺应这些特点，而不是把儿童当成缩小的成人，甚至学习的机器。《爱弥儿》中，"我"对爱弥儿的教育无不体现着对他的尊重和关心，并且这种关心真正从爱弥儿健康成长的需要出发，爱弥儿接受的基本上是引导式教育。而在《牛天赐传》中，无论是牛老太太还是奶妈，都没有从孩子的角度关心牛天赐，照顾牛天赐的行为大多让他不能健康成长；牛天赐接受的，无论是旧式私塾性教育还是当时所谓的新式学堂教育，都保留着中国科举考试对学龄儿童的要求，学习的多是些让他难以理解、提不起兴趣的知识。爱弥耳学习的更是抽象的、革命的知识，远远超越了他所处年龄段的理解能力。"我"把爱弥耳当成一个实验品来对待，而不是一个宝贵的生命加以爱护抚养。爱弥耳是一个没有正常儿童生活的孩子，过早接触理性，失去儿童应有的天真活泼，而"我"所教给爱弥耳的理性，是为了实用，于是爱弥耳就变成"人偶"，连为人的最基本乐趣都无法拥有。老舍先生用反讽的手法，通过《新爱弥耳》的荒唐表现出其对《爱弥儿》中教育思想、理念的认同。儿童作为人类的未来，是宝贵的、可爱的群体，成人应该用尊重、关爱的态度对待儿童，要顺应儿童的特性，不能揠苗助长，剥夺他们作为儿童天真烂漫的天性，危及他们的身心健康。

此外，老舍还指出在知识信息输入过多的填鸭式教育中，对儿童进行情感和人格教育的重要性，温馨美好的情感能使儿童避免成为"有知识的空心人"。从老舍先生的几部作品中可以看出，老舍先生认为给儿童以美好的情感教育非常重要。知识、理性都是儿童成长中需要学习的重要部分，但美好温馨的情感更是成人应该给予儿童的。《新爱弥耳》与《牛天赐传》的主人公，都是儿童教育的失败案例。仅有知识和理想，儿童将会成为一个战士般的"空心人"，没有正常的情感，人格不能健全发展。老舍先生特别重视儿童的情感培养，认为充满爱、温暖的教育，才能让儿童的身心得以健康的成长。老舍先生在《新爱弥耳》中写到"我"对爱弥耳的教育，均是为了把爱弥耳当成一个战士，不停地给爱弥耳灌输知识，而不关注爱弥耳的情感世界，甚至剥夺了爱弥耳作为儿童应有的快乐。如此培养出来的孩子，只知道所谓的真实、只关注科学、只知道劳动，而不知道幻想，丧失了儿童天真烂漫的想象力，甚至丧失了快乐与哀伤的能力，成为一个"有知识的空心人"、一个"出窝老"、一个如铁石做出来的人。这样的孩子是可怕的，因为没有了生机和活力，就像一个"活死人"一般，如果每个孩子都是这样，那社会就会变得死气沉沉，人类的生命活力、灵气都会消失殆尽。

"爱弥耳不会笑，而且看别人笑非常的讨厌。他既不哭，也不笑，他才真是铁石作的人，未来的人，永远不会错用感情的人，别人爱他与否有什么要紧，爱弥耳是爱弥耳就完了。"① 这是作者讽刺中国填鸭式教育的一种体现。不尊重儿童，不以感情去培养儿童，不关注儿童在特定成长时期的生理、心理需求并给予相应的引导教育，仅把儿童当成战士来进行科学试验，如此一来，儿童的人格极有可能是不健全的。儿童是人，成人在抚养教育儿童之时，是人与人的交流沟通，不加以感情与爱的培养，是不正确的，这种教育不能让儿童与成人间产生情感的共鸣，只是机械般的试验，儿童不太可能得以健康成长。科学是必要的，但过分强调科学，而不重视情感与爱，那儿童就会变成科学生产线上"合格品"批次中的一员，有知识、有理性，却缺乏感性、情感与爱。从《新爱弥耳》看，老舍的儿童成长观突出人格健全这一要求，只有理性和知识的精神世界是不完整的，更要有情感和爱。

老舍还提出要从儿童心理出发，注重引导儿童，让儿童学会探索，主动求知和乐于求知。卢梭的《爱弥儿》中的"我"，不是直接告诉爱弥儿知识，而是一步步引导爱弥儿去探知，如此一来，爱弥儿养成了独立探索、思考、辨析判断的能力，成为一个有独立思考和自主判断能力的人。对比之下，牛天赐的两位家庭教师，没有起到很好的引导作用，学识和解答时的技巧无法满足牛天赐的好奇心和求知欲，一度削弱了牛天赐的求知欲望，他们甚至主动或迫于牛老太太的指示对牛天赐进行填鸭式教学，让他学习古板老旧的四书五经。

老舍笔下的爱弥耳则被过早地被束缚了精神，很早就丧失了求知的能力，只能被动地接受"我"的灌输教育。老舍先生曾说过只有两件快活事：用自己的知识获得知识。他强调的就是自主探索求知的精神，这也正是中国传统式教育所欠缺的。旧式私塾教育以旧式经书为教材，多

---

① 老舍：《新爱弥耳》，《老舍全集》第 8 卷，人民文学出版社 2013 年版，第 190 页。

半都是晦涩艰深，不太适合儿童过早学习的书籍，并且在学习过程中伴以体罚，在激发儿童的好奇心、好学心方面，难以发挥作用；严肃刻板甚至残酷的教育态度，让儿童望而生怯，因为恐惧而变得听话、怯弱，学习不是一种主动的探索，而是被动的。而《牛天赐传》中的新式学校，虽然体式大体也像西式学校，但内核仍是中国传统的填鸭式教学。在那个新与旧交替、碰撞、冲突的年代，旧式教育和引入中国的新式教育都暴露出自身的缺点。它们的共同缺点是，没有让知识、技能真正融入儿童的生活、心理，仅是让儿童被动接受。教育应当是适当引导，激发出儿童心中对知识、真理的向往，进而自行去发现探索，这样的学习才是真正的学习，才能让儿童从心底热爱学习，让儿童在学习中收获快乐并且能学以致用、养成学习的好习惯。

老舍还提出过早地将理性——大道理和知识直接灌输给儿童，忽视儿童的感官统合是不正确的。"用理性去教育孩子，是洛克的一个重要原理……然而在我看来，它虽然是那样时髦，但远远不能说明它是可靠的；就我来说，我发现，再没有谁比那些受过许多理性教育的孩子更傻的了。在人的一切官能中，理智这个官能可以说是由其他各种官能综合而成，因此它最难于发展，而且也发展得迟；但是有些人还偏偏要用它去发展其他的官能哩！一种良好教育的优异成绩就是造就一个有理性的人，正因为这个缘故，人们就企图用理性去教育孩子！这简直是本末倒置，把目的当作了手段。"①

爱弥耳被"我"教之以理性，完全丧失了想象力和感性情感，成为一个没有生气活力的"小大人"。这是老舍先生所反对、批判的，儿童不应该成为一个知识的容器，被理性和知识侵蚀，而没有生命原有的活力，成为"有知识的空心人"。理性不应当过早地教给儿童，儿童应在活泼天真的年纪保持特有的纯真可爱，而不是过早地成人化。

此外，老舍的儿童观针对的是当时的中国教育的一大弊端，那便是缺少"爱"。中国传统社会强调儒家的礼教，"礼"大于"情"，上至国

---

① ［法］卢梭：《爱弥儿　论教育》，李平沤译，商务印书馆2011年版，第100页。

家社会，下至家庭关系，都强调等级。旧式的教育强调"严师出高徒"，家长和儿童间的关系要恪守"父父子子"，儿童对待家长要以礼相待，如此一来，家长和儿童自然不能很亲近。从《牛天赐传》看，老舍先生对当时中国儿童教育持十分担忧的态度，传统的教育方式教育出来的孩子，只会是一个身心不健全，人格不健全的人，对家庭、社会都缺少积极作用，甚至会为社会带来消极的影响。从《新爱弥耳》中看，老舍先生也对绝对科学、革命的"西式"教育方式亦是持反对态度的，把孩子当成革命战士来培养，只给予其知识、思想，不给予他关爱和情感支持，这样培养出来的孩子只会是个无心之人，最终也不能在这个社会上生存。旧式教育培养儿童做官，"革命性"的教育培养儿童做战士，看起来虽然是进步了，但其实内涵仍没有实际的进步，还是把儿童当成完成任务之人，只是名称不同罢了。

老舍强调成人应对儿童给予足够、适度与恰当的"爱"。成人在实施儿童教育的过程中，一定要满含对儿童的热爱，以一颗爱护、珍惜儿童的诚心去对待儿童，一定要给予儿童足够的精神、感情关注，而不应该只将关注点落于知识、思想、技能上。"爱"的教育，不是溺爱，《阳光》中的小姐得到的爱不少，但这些爱并没能引导她走向独立、成熟，反而加强了她的依附性。

真正有利于儿童的爱，不是盲目的，而是要根据其需要所给予的，并且是恰如其分，不多不少、不偏不倚的。《爱弥儿》中的"我"给予爱弥儿的是适度的关心、引导，教给爱弥儿的是探索知识的方法和态度，让爱弥儿养成了独立思考、独立判断的好习惯，最终让爱弥儿能在离开自己后很好地生活。《新爱弥耳》中的"我"完全不管爱弥耳的个体需求，《牛天赐传》的牛老太太和牛老者亦是如此，缺乏针对性并且又缺乏爱的教育，只会造成儿童成长的悲剧，既不能让儿童的心理得到均衡健康发展，也不能让儿童的个性得到恰当的引导，儿童的生命质量没有得到提升，而是被折损。周作人先生在《小孩的委屈》中写道："我们虽然不打小孩的嘴巴，但是日常无理的诃斥，无理的命令，以至无理的爱抚，不知无形中怎样的损伤了他们柔嫩的感情，破坏了他们甜美的梦，在将来的性格上发生怎样的影响!"① 对待儿童，没有爱，只会让他们的感情受到伤害，对他们的性格塑造产生负面的影响。

爱儿童，就要真真切切去感受儿童的生活，走进他们的世界。"对于儿童，我们必须通过活生生的个体的灵性去感受，去理解，走入儿童的生命世界，把自己的生命与儿童的生命融为一体。在这个过程中，不仅有观察，也有体验；不仅有认识，也有反省，而不是通过理性的逻辑分析解剖儿童，阉割儿童世界。只有以'体验'和'生命'为根据，才能了解真实的儿童，才能真实地了解儿童。"② 老舍一直是爱孩子的，他的经历体现出他对孩子有着天然的热爱，从刚入职场担任小学校长的那几年，到后来成为父亲，再到过世前，一直和孩子一起玩、一起笑，乐此不疲。"其实呢，我对小孩子是非常感觉趣味，而且最有同情心的。我的脾气是这样：不轻易交朋友，但是只要我看谁够个朋友，便完全以朋友相待。至于对小孩子，我就一律的看待，小孩子都可爱。世界上有千千万万的受压迫的人，其中的每一个都值得我们替他呼冤，代他想方法。可是小孩子就更可怜，不但是无衣无食的，就是那打扮得马褂帽头像小老头的也可怜。"③ 唯有将自己的身心摆在与孩子相同的地位，方能体会到孩子的欢乐与痛苦，才能真正了解到孩子的需求，予以正确的回应，老舍先生设身处地为儿童着想，对儿童保有爱心和同情心，他看待儿童的方式及提出的儿童教育观，是利于儿童身心发展的。并且，老舍先生在教育自己的儿女时，将这一原则身体力行，让孩子们健康快乐地成长。

三　强调成长环境对儿童的塑造作用

人不仅是自然中的人，还是社会中的人，是文化中的人。儿童从出生起，就受其所在文化环境的影响和塑造。卢梭强调成长环境对儿童的作用，老舍亦然。爱弥儿、牛天赐和爱弥耳都是从出生就离开亲生父母

---

① 周作人：《小孩的委屈》，《晨报副镌》1921 年 8 月 10 日刊。
② 姚伟：《儿童观及其时代性转换》，东北师范大学出版社 2007 年版，第 42 页。
③ 老舍：《我怎样写〈牛天赐传〉》，《老舍全集》第 16 卷，人民文学出版社 2013 年版，第 200 页。

的儿童，遗传不是两位作者要讨论、关注的，他们以离开亲生父母的孩子为"实验蓝本"，观察影响儿童心理、儿童成长的因素。文化中的价值观念、思维方式、风俗人情对儿童的成长发展有着极大的影响。

在《牛天赐传》中，牛天赐生长的环境、周围的人，基本上都是不利于其身心健康发展的，在家庭、学校和社会中，牛天赐没有真正得到适当的关爱和引导，他的成长受到太多的束缚。"天赐虽然说不出来，可是他觉到：生命便是拘束的积累。会的事儿越多，拘束也越多。他自己要往起长，外边老有些力量钻天觅缝的往下按。手脚口鼻都得有规矩，都要一丝不乱，像用线儿提着的傀儡。"① 陪伴牛天赐成长的，都不是真正爱他的人，就算有真心疼爱他的，也是没有"实权"之人，比如牛老者和四虎子，都是不能真正替牛天赐安排的人，并且，他们也都不能为天赐的成长提供足够的、正确的引导。牛老太太希望养一个官样的孩子，她把牛天赐当成自己理想的寄托，也不管他真正喜欢什么、需要什么。而作为牛老太太走狗的刘妈，更是把牛老太太的旨意彻底执行，在生活中也没有真正喜爱、善待天赐。奶妈应该和孩子亲，但纪妈却把自己的苦楚、不满发泄在天赐身上，对他有虐待的举动，更没有真正以疼爱孩子的心态去对天赐。如此一来，牛天赐的婴幼儿时期都过得不舒坦，身体不算健壮、外表不讨人喜欢，心理也被塑造、影响得不健康。牛天赐进的新式学校，内核却是一个世俗的小型中国社会，权力、派系和纷争渗透到校园里，牛天赐的同学也不是善良、单纯的孩子，而是带着被父母言传身教、社会浸染过的"俗气"与其他同学相处。他们甚至比大人更虚伪，于是牛天赐成为校园权力斗争的牺牲品，被开除了。小说中的云城，有着小说创作年代特有的社会氛围。知识分子们穷讲究，凑在一起写一些并不好的诗，假装关心时事，却一点正事实事都不做；商人们为了利益钩心斗角，构建小团体；亲戚中也各自攀比，一切利益至上。牛老太太死后，牛家一些亲戚就出面要赶走牛天赐；牛老者过世，以前和牛老者有来往的云城人，没几个来吊丧。全城的人，都是看着"钱"。

① 老舍：《牛天赐传》，《老舍全集》第2卷，人民文学出版社2013年版，第542页。

"他都明白了：钱是一切，这整个的文化都站在它的上面。"① 以利益为核心的社会关系，简单又复杂，让人际关系变得更脆弱和畸形，一旦出现利益纠纷，脆弱的人际关系就会成为利益的牺牲品。牛天赐到纪妈家里，是暂时的避难，乡下人的纯朴和城里人的势利形成了鲜明对比。要使一个儿童在这样的大环境下健康成长，不被势利、虚伪污染，不是一件容易的事，而单纯的幸福快乐，也是很难得的。

"官本位"思想对牛天赐成长的束缚是极大的，它让牛天赐成为旧式思想的牺牲品。在牛天赐的成长环境中，牛老太太是最重要的影响因素，因为她是权力的代表。牛老太太在牛家有绝对的话语权，因为她的娘家是做官的，所以文本中牛老者这一从商的男子也只能听从太太的，牛天赐的教育也全由牛老太太发号指令。牛老者作为一个基本上没有话语权的父亲，在牛天赐的成长过程中也基本上处于失语状态，其唯唯诺诺的处事方式也潜移默化地影响了牛天赐，让他小小年纪就学会了敷衍、忍让、顺从、凡事马马虎虎、怯懦软弱、消极抵抗。儿童时期就养成了一副"一切尽中庸"的中年人心态，失去了孩子应有的健康活泼的状态，显得老气横秋。牛老太太一开始让牛天赐接受的是旧式私塾教育，学的是四书五经，为的是将来有一天能考官。牛老太太因官家女儿的身份得到了周围人的尊重，官本位的思想在操控着她，所以她为牛天赐提供的未来是"仕途"。作为孩子成长过程中最重要的角色——母亲，牛老太太并没有给予牛天赐以情感的关怀，没有为之提供一个舒适的成长氛围，仅把他当成一个光耀门楣的任务完成者进行培养，这就是牛天赐悲剧的根源之一。不仅牛老太太的"官本位"思想根深蒂固，云城的大多数人的"官本位"思想也在无形中操控他们的语言行为。学校换主任，仅因为新主任的父亲是一个木匠，就被教员们集体拒绝。因为他们觉得，木匠的儿子是没有能力来当这个主任的，况且原来的主任家里不仅有十个买卖，家里还有五六个做官的，怎么都比这个木匠的儿子地位高。主任一职的人选，教员们看的不是能力，而是出身，这样的情况着

---

① 老舍：《牛天赐传》，《老舍全集》第 2 卷，人民文学出版社 2013 年版，第 650 页。

实可笑。而原来的主任和新主任的差别，也体现出了学校中的"官本位"思想，有做官的亲戚地位就高，就更适合当主任。可见当时的人们，仍被中国"士农工商"的传统阶层思想束缚着，认为做官的就是最好的，就是更有权力、更值得人们信任的。而钱作为生活的物质保障也是十分重要的，以至长大的牛天赐认为，只有钱能给他以安全感。在如此的价值观和世界观指导下的教育，只会在儿童的思想观念中种下唯权力、金钱至上的种子。等到牛老太太和牛老者都过世了，牛天赐需要一个人担起牛家的责任。可牛天赐没有什么本事，虎爷提议两人一起做点小买卖，他却觉得站在街上吆喝很丢人。后来他勉强跟着虎爷生活，但还是做不来买卖，最后跟着王老师上北平去了。牛天赐的成长经历，让他成了不切事务、只会空想的知识分子，表面上忧国忧民，但没有做任何实际的事情。凡事都依赖着其他人，没有独立生活的能力，对自己的未来，既没有规划能力，也没有实施的能力。

老舍看待儿童，更多的是从一个教育者的角度出发，考量着有哪些是影响孩子成长教育的因素。家庭、社会环境都影响着儿童的成长，而最后的投射点都是人，人最直接地把思维方式、行为方式、价值观念向另一个人传达。抚养、教育牛天赐的人基本上不能为他带来正面影响、积极作用，而是把旧社会的价值观、行为规范灌输给他，于是牛天赐最后变成一个麻木的无用之人。牛天赐是被大环境塑造的，也是被他的小家庭雕刻的，没有良好的文化大环境、没有得到真正的关爱和呵护，牛天赐的身躯和心灵都无法得到健康的发展。儿童之所以从相同的完全如白纸一般的婴儿成长为不同的成人，主要是因为环境的塑造作用。适宜的环境能让儿童在成长过程中得以保持纯真的特质，学习到成人的美好品质，成长为人格健全之人；不适宜的环境会让儿童的纯真受到侵蚀，成人的恶习慢慢地影响儿童，使其成为一个不健全、有缺陷之人。老舍先生突出社会文化大环境对儿童成长的重要性，陈旧腐朽的大环境只会压制人性。

黑暗可怕的社会环境会带给儿童成长以不良的影响，甚至让儿童成为整个社会文化的复制品、牺牲品。在《猫城记》中，在猫国文化大环境下成长的孩子，都被猫国腐朽陈旧的社会文化压制，成为陈旧文化的受害者："出窝老"。"正因为家庭学校社会国家全是糊涂蛋，才会养成这样糊涂的孩子们，才会养成这种脏，瘦，臭，丑，缺鼻短眼的，可是还快活的孩子们。这群孩子是社会国家的索引，是成人们的惩罚者。他们长大成人的时候不会使国家不脏，不瘦，不臭，不丑；我又看见了那毁灭的巨指按在这群猫国的希望上，没希望！多妻，自由联合，只管那么着，没人肯替他的种族想一想。爱的生活，在毁灭的巨指下讲爱的生活，不知死的鬼！"① 老舍先生在《猫城记》中展现了人和文化是互相影响的关系，文化塑造了人，所以猫国人年轻一代，被猫国传统文化影响着，成为牺牲品，毫无理想斗志可言，自私冷漠；人是文明的缔造者也是毁灭者，猫国的先进文化，是被他们自己一点点毁掉的，而最终，他们也随着文化的毁灭而毁灭。老舍先生的儿童观具有前瞻性，不仅看到了社会大环境对儿童的塑造作用，还指出了人和文化的关系。儿童是下一代的社会建设者，如果儿童没有在成长过程中得到环境给予的有利因素的滋养，那么他们成人后也不能为国家和社会带来积极的影响。

四　女孩子的教育：独立绽放的鲜花

老舍先生希望女孩子也能具有独立的生存能力、自我意识，希望社会能为女孩的成长提供更多的可能性、更好的环境。《阳光》和《月牙》是老舍先生为数不多以女孩子成长经历为主要叙事线索的作品。《阳光》讲述了一个新式小姐的成长过程，从幼年到成婚，一直到最终的堕落，她活成了一朵美丽的"塑料花"。这位小姐家境富裕，成长过程中，物质条件优越，能接受新式教育，脑子里也装着"新"思想，但她追求的是浪漫、身份和虚荣，并不是追求个体生命的内在富足。她活得没有自我，最终也只是在所仰赖的"身份"中沉沦，不能自拔。"用功与否有什么关系呢？我是个风筝，高高的在春云里，大家都仰着头看我，我只

---

① 老舍：《猫城记》，《老舍全集》第2卷，人民文学出版社2013年版，第221页。

须晃动着，在春风里游戏便够了。"① 她的"阳光"，只是家庭以及后来的丈夫给她带来的自豪感和虚荣心。她所学到的新思想，不过能引发她玩爱情游戏而已，并不能激发她走向自由，走向真正的光明。她是一个没有独立人格的人，她依附于家庭、依附于丈夫，离开原生家庭及后来的丈夫都会让她活不下去，她接受的是所谓的新式教育，追求浪漫，但却打心底里没有独立自主的认知、决定。"我生来是朵花，花不会工作，也不应当工作。"② 这一句话，点出了主人公的自我认识和定位，她认识到自己是美的，可是在无意识中却把自己归为被欣赏的对象。花儿很美，却不会工作，没有独立生活的能力，只能成为被人们观赏的对象，无形中也就成了依附于他人的存在。她的存在需要靠他人的赞美、嫉妒来证明，同性的嫉妒让她开心，异性的追捧让她愉悦自得。"我不稀罕他请我看电影，请我吃饭，或送给我点礼物。我自己有钱。我要的是香火，我是女神。"③ 对待感情，她无法真正去爱别人，因为她的身份让她已经失去了真诚待人的能力。"在一方面呢，我自信比她们高明，在另一方面呢，我又希望我也应该表示出点真的感情。可是我表示不出，我只会装假，我的一切举动都被那个'小姐'管束着，我没了自己……我作小姐做惯了，凡事都有一定的程式，我找不到自己在哪儿。"④ 嫁了人，却和丈夫没有感情，丈夫只为她的身份增添光彩而已，并不能成为她的生活伴侣，更不能成为与她心意相通的精神伴侣，两人都只为身份而生活着。"他是个太阳，给我光明，而不使我摸到他。"⑤ 婚后没有携手相伴、共同扶持，她的丈夫只在物质层面满足她，让她在娘家、在社会上得到更多的"尊荣"，如此一来却把她禁锢在"太太"这一身份里了。"只有一条路给我留着呢，好好的作太太，不要想别的了。这是永远有阳光的一条路。"⑥ 一个活生生的个体，变成一举一动都有固定程式的人，找不

---

① 老舍:《阳光》,《老舍全集》第 7 卷, 人民文学出版社 2013 年版, 第 285 页。
② 老舍:《阳光》,《老舍全集》第 7 卷, 人民文学出版社 2013 年版, 第 288 页。
③ 老舍:《阳光》,《老舍全集》第 7 卷, 人民文学出版社 2013 年版, 第 292 页。
④ 老舍:《阳光》,《老舍全集》第 7 卷, 人民文学出版社 2013 年版, 第 293—294 页。
⑤ 老舍:《阳光》,《老舍全集》第 7 卷, 人民文学出版社 2013 年版, 第 299 页。
⑥ 老舍:《阳光》,《老舍全集》第 7 卷, 人民文学出版社 2013 年版, 第 300 页。

到自己的存在，那这样的人在自我意识上和机器人无差，不能独立生存，也不能成为一个独立自主的人。

父母的言行举止会对孩子产生极大的影响。她为何会成为这样的"小姐"呢？原因可以追溯到其原生家庭，其父母的行为模式给了她极大的影响。"我看父母，他们的悲喜也多半是假的，只在说话中用几个适当的字表示他们的情感，并不真动感情。"①在这样的家庭环境中长大，她也学会了去掩饰自己的真实情感，或者说，她在这样的家庭中无法找到回应她真实情感的人，所以幼年时的她，很可能早就已经孤寂无助，继而才需要外部如此多虚假的赞美和身份来确定自己的存在。

老舍先生认为经济独立对于女性来说是十分重要的，女孩子在成长过程中应建立起独立自强的意识。文章的最后，这位小姐还告诉大家，钱和身份才是最重要的。"有志的女郎们呀！看了我，你将知道怎样维持住你的身分，你宁可失了自由，也别弃掉你的身分。自由不会给你饭吃，控告了你的丈夫便是拆了你的粮库！我的将来只有回想过去的光荣，我失去了明天的阳光！"②《阳光》的初版于1935年面世，文中的小姐生活的年代大致可以定在20世纪30年代。在那样的社会中，女性没有经济基础，基本上就等同于没有话语权，没有独立生存的能力也就只能依附于他人；另外社会大环境对于女孩给予的可能性太少，女孩在成长过程中的选择太少，仍被封建传统束缚。

《阳光》中的小姐是富人阶级女孩成长的代表，《月牙儿》则可以窥见贫苦家庭的女孩所遭受的成长的不幸。追求经济独立的前提，是社会大环境为女孩提供了更多的可能性，不然就算女孩有独立自强的意识，也会被黑暗的社会压迫。她年少丧父，母亲为了二人生计成日辛苦浆洗衣裳，后来母亲成了暗娼。她曾也有过一段较为温暖的生活，能上学、能吃饱穿暖，能自食其力。可母亲的身份，让她逐渐被社会排挤，让她一步步走向妥协和堕落。"我们母女得吃得穿——这个决定了一切。什么

---

① 老舍：《阳光》，《老舍全集》第7卷，人民文学出版社2013年版，第294页。
② 老舍：《阳光》，《老舍全集》第7卷，人民文学出版社2013年版，第307页。

母女不母女，什么体面不体面，钱是无情的。"① 她是被这个无情的社会逼成娼妓的。她们需要活下去，可没有合适的工作，就算有，但人言可畏、流言似刀，早把她们的一切可能一一斩断。钱是无情的么？不是，人是无情的，钱是人用来彰显势利、阶级、贫贱的。"这些经验叫我认识了'钱'与'人'。钱比人更厉害一些，人若是兽，钱就是兽的胆子。"② 有了钱，就有了在社会生活的资本。最后，她被送进了感化院，感化院的人教她如何工作，让她今后自食其力。但她的心早已经死了，也不可能接受因为两元钱而被一个男人领走的感化结果，所以她不接受感化，宁愿到狱中。这个穷苦的女孩被社会的压力一点点逼到绝境，是整个社会，把她的生命慢慢扼杀。

在《阳光》和《月牙儿》中都能找到经济对于女性的重要性的佐证，也让读者看到了社会对女孩的未来定位的重要性。与一个不友好的社会大环境斗争的结果，两部作品也都给出了答案，是悲剧。两位女孩都被社会文化禁锢在身份当中，小姐太太也好，暗娼也罢，都是被束缚、被折磨，被活生生地剥夺了生命的自由与活力。老舍先生在这两部作品中，不仅呈现了两位女孩的成长，更是把社会大环境对人的成长的压制、束缚揭露在读者面前。老舍先生出身普通贫苦家庭，知道金钱对于生活和个体生命成长发展的重要性，所以在两部作品中，经济是影响主人公命运的重要因素，但老舍先生更强调文化的力量。在《我的几个房东——留英回忆之二》里，老舍先生提到一个他在伦敦时期的一个女房东，勤苦诚实，独立自强，绝不求哥哥的帮助，在与哥哥的关系中，保持着平等的、有尊严的状态。老舍先生十分佩服她那点独立的精神，"自然，这种独立的精神是由资本主义的社会制度逼出来的，可是，我到底不能不佩服她。"③ 独立、自强的女性在当时的英国社会能活下去，而在当时中国，可能性就小得可怜，这样的差异是由两国不同的文化氛

① 老舍：《月牙儿》，《老舍全集》第7卷，人民文学出版社2013年版，第276页。
② 老舍：《月牙儿》，《老舍全集》第7卷，人民文学出版社2013年版，第274页。
③ 老舍：《我的几个房东——留英回忆之二》，《老舍全集》第14卷，人民文学出版社2013年版，第62页。

围导致的。"文化本身是限制个人行为变异的一个主要因素。法国著名社会学家埃米尔·杜尔干强调说，文化是我身外的东西——它存在于个体之外，而又对个人施加着强大的强制力量。我们并不老是感到文化强制的力量，这是因为我们通常总是与文化所要求的行为和思想模式保持一致。然而，当我们真的试图反抗文化教育的强制时，它的力量就会明显地体现出来了。"①《月牙儿》里的她试图靠自己的双手养活自己，但还是没能如愿，整个文化在对她的"反抗"进行遏制。"在主题上，《月牙儿》继承了《离婚》的转变：把美的毁灭揭开给世人看，把善良人们的挣扎和社会制度的桎梏之间的不可调和的矛盾剥给世人看，从而证明现实世界就是大监狱，应该从根儿上来个大翻个儿！"② 那样的现实世界是如此的残酷，在压迫着人的身和心，唯有新的世界，才能让人活得更有尊严。老舍先生看到了旧社会的价值体系对个人尤其是对女性和儿童的戕害，并呼唤新社会、新道德与新的价值观，因为没有社会整体的改善，个体仍会淹没在社会大浪潮之下，成为时代的牺牲品。

综上所述，在儿童的成长观中，老舍先生受到卢梭自然教育观的影响，强调儿童的生理健康和心理健康应当得到平衡发展，成人应该顺应儿童身心特点，对儿童进行"爱"的教育，给了儿童恰当的指导和呵护，并教给儿童美好的感情。老舍先生看到社会文化大环境对儿童成长的塑造作用，并呼吁新的文化早日到来。在女孩的教育观念方面，老舍先生提出希望女孩要学会独立自强，希望社会能为女孩的成长提供更多的可能性。

第三节　真善美的儿童道德教育观

老舍先生有着中国传统知识分子的社会责任感，在其作品中不乏爱国精神及社会责任感的体现。老舍先生不仅讨论社会应为儿童提供怎样

---

① ［美］C. 恩伯、［美］M. 恩伯：《文化的变异：现代文化人类学通论》，杜彬彬译，辽宁人民出版社1988年版，第37页。

② 舒乙：《我的父亲老舍》，辽宁人民出版社2011年版，第64页。

的成长条件，也提出了对儿童道德品质的希冀和未来期盼。他希望儿童能学习、传承中国传统的优秀品质，追求真善美，成为勤劳肯干，关注时事，对国家社会民族有用的人。

老舍先生的儿童观，在抗战时期有转型的迹象，所谓转型，是在强调儿童权利的基础上，突出爱国及社会责任感教育；并且回归中华优秀传统文化，以中华优秀传统文化为另一立足点，提出对儿童的要求和希冀。在战火纷飞的时期，老舍先生的社会责任感体现为毅然奔赴国难，以一己之笔杆，书写鼓动民族士气的文章，鼓励民众积极投身反抗战争。"战前，他极力排除荒谬，阐述文学的艺术性，把美看做一切的一切，何等执着！现在，他却径直地走到战前的对面，毫不犹豫地把灵光圈从艺术女神身上扯下来牢牢地套在抗战头上。而文学，在他心目中，恰恰像他曾激烈反对的那样，只是随着时代机器运转的螺丝！他深信他曾怀疑过的命题：文学是工具，就像刺刀大炮一样，是一种工具。刺刀大炮的性能在于杀敌救国；文学的性能在于宣传抗战，使战士消除疲劳，使伤兵重返前线，惟有担当起宣传抗战的责任，才有实际意义。"① 抗战时期老舍先生的儿童观，就体现出明显的爱国性和抗战教育性。

一 儿童是国家和民族的未来，需要从小培养爱国意识

老舍先生认为热爱祖国，就是要为国家做有用的事情。作为儿童，也应该从小养成为国家做有益之事的意识。一个六岁的小姑娘小青，因为看到妈妈在忙着为伤兵医院折纱布、揉棉球，所以放弃了玩玩具，也学着帮忙，并且还在拒绝小伙伴玩耍邀约之后鼓励小伙伴一起为伤兵医院做自己力所能及的事情。在小青心里，那些士兵是因为保卫国家受的伤，他们是爱国的好士兵，所以她要为他们做一些事情。小青的妈妈告诉小青，这些士兵是非常有志气的，小青听了以后，就决定不再贪玩。"这样，小青和别家的小孩就都不再玩娃娃，而作出了很多很有用的事。说真的，玩娃娃也是玩，做事也是玩，为何不玩这种有益处的事儿呢？

---

① 石兴泽：《老舍与二十世纪中国文学和文化》，人民文学出版社 2005 年版，第 106 页。

小朋友们，你们都该学学小青，做点有用处的事。小时候这样，长大起来必是个爱国的国民呀。"① 老舍先生希望儿童能从小事做起，做对国家有用之事，长大了成为爱国的国民。

在老舍先生看来，儿童应该成为国家和民族的战士。爱国，应该在国家危亡之时，奔赴国难；但应该根据自身条件，选择合适的方式回报国家。童话《小木头人》里的小木头人是一个爱国战士，他真正走上战场，抗击日本敌人。小木头人真正将爱国热情化为实际有效的行动，作者在字里行间无不展现出对小木头人的赞扬，表现出了作者认为的爱国应该是落于实干，而不是流于口号和空想。但结尾有这样一段话，是小布人见小木头人在战场上立了功，也想要去当兵，但妈妈说："你爱读书，有学问。应该继续读书；将来得了博士学位，也能为国家出力。你弟弟读书的成绩比不上你，身体可是比你强得多，所以应该去当兵杀敌，你不要去，你是文的，弟弟是武的，咱家一门文武双全，够多么好哇！"② 报效祖国是每位儿童今后都应该做的事情，只要是行之有效的爱国的思想和行为，无论是何种职业、何种形式，都是值得肯定的，就像小布人妈妈所说，不一定要上战场，好好读书，做好学问，一样能为国家出力。

在《儿童节感言》中，老舍先生更加明确提出，儿童要作为国家和民族的战士，成人不能溺爱儿童，应该将儿童培养成体格健壮、有勇有谋的民族战士，无论在战争还是和平时期，都能承担起国家的责任和未来。"首先，我们要注意我们的儿童。'娇生惯养'一定须换成'身粗胆大'。'掌上明珠'必要改成'民族的战士'。我们的儿童不只专为继续一家一姓的香烟，而也是能捍卫国家的武士。他不必一定去打仗，中华民族根本不是想侵略别人的民族。可是当别人来侵犯我们的时候，他必须有杀上前去的肝胆与体格，就是太平无事之秋，他也须身强志勇的惨作研究，尽心尽力为全体同胞谋幸福。在抗战中我们需要武士，在建设

---

① 老舍：《小青不玩娃娃了》，《老舍全集》第 8 卷，人民文学出版社 2013 年版，第 219 页。
② 老舍：《小木头人》，《老舍全集》第 8 卷，人民文学出版社 2013 年版，第 32 页。

中我们也需要武士，武士不必都执枪，要在有识有胆，有心有力，职守纵有不同，而精神则一致。作父母的，在今天，应当细想一想教养儿女的方法。要记得，溺爱一个小孩，就是害了一个国不！"①

1949 年后，老舍先生为儿童创作了三部儿童剧。戏剧这一艺术形式，比小说有着更强的公众性，所表达的主题需要更加鲜明突出。加之1953 年 9 月—10 月，全国文联召开中国文学艺术工作者第二次代表大会，老舍先生当选为全国文联主席团成员和中国作家协会副主席，老舍先生的儿童戏剧创作，更凸显出主题先行和政治性，直接传递了中央政府对儿童的殷切期望。小歌舞剧《消灭病菌》以蚊、蝇、跳蚤、虱子、老鼠为主角，以中国全面进行卫生建设为大背景，通过几位反派，呈现出当时的中国人民消灭病菌的决心。老鼠和美帝国主义的联合，显得滑稽又可笑，极具讽刺意味，作者借剧中老鼠的行为，讽刺当时的美国总统杜鲁门的反华反共的政策。该剧表面上看是卫生宣传，实质上是爱国教育，让儿童了解当时的政治情况，明白国际局势。

老舍先生提出，新时期的儿童，应当树立起成为社会主义未来建设者的意识，珍惜当下的良好条件，努力学习，将来报效党和国家。散文《今天的儿童有幸福》主要是谈北京儿童教育的变化。1949 年以前，北京学校少，人们的家庭条件也多不太好，能上学的儿童很少；该散文于1959 年写成，当时北京的教育条件已得到很大改善，人民的生活水平也在提高，上学儿童的普及程度越来越高。老舍先生觉得，这样的教育现状，是十分可喜，也是十分值得珍惜的，如此的幸福景象，更需要儿童们好好珍惜，努力学习。"这幸福是从哪里来的呢？小朋友们，感谢共产党与毛主席吧！为报答党与毛主席的恩惠，你们都要好好学习，好好锻炼身体，养成爱劳动的好习惯，立志将来要作社会主义建设的积极分子！"② 在新中国，老舍先生积极投身社会主义建设，文学创作中也带着浓厚的宣传色彩，对儿童除了鼓励之外，还对儿童提出期望和要求，希

---

① 老舍：《儿童节感言》，《老舍全集》第 14 卷，人民文学出版社 2013 年版，第 217 页。
② 老舍：《今天的儿童有幸福》，《老舍全集》第 15 卷，人民文学出版社 2013 年版，第 9 页。

望儿童能成为未来社会的建设者。人是独立的人，也是社会中的人，儿童成长需要成人和全社会为之提供良好的环境，儿童在未来，自然也要为了建设这样的良好环境贡献应有的力量。只有这样的良性循环，社会才能成为一个健全的社会，适合儿童也适合成人生活、发展的社会。

二　儿童应当学习勤劳、善良、助人为乐、有判断力、抵制诱惑等优良品德

儿童剧《宝船》，虽然借用了古代的故事形式，但内容上却是表达了老舍先生对新时期儿童品质培养的希望和要求。《宝船》也尽显童真童趣：几个动物形象，生动活泼；古代神话的融入，颇具神秘、奇幻色彩，对儿童很具吸引力；形式多样化又不突兀，能最大限度地吸引儿童在观赏时保持专注状态；语言清新自然，没有生硬的说理，基本做到寓教于乐，将对儿童的希冀巧妙得当地融入整部戏剧中。剧作家希望儿童具有如下几种品质。

其一，勤劳、戒懒。剧中的李八十，嘲讽当朝皇帝的懒惰，主人公王小二是一个踏实勤劳的人，也讨厌懒惰。张不三这个反面人物形象，推动故事的发展，也是故事矛盾的一面，正是作者要向观众展现的批判对象。张不三的懒惰和其他正面人物形象的勤奋构成了鲜明对比。公主的病也是因为皇帝的错误教育，光吃不做，定然生病。中国人民自古以来就是比较勤劳肯干的民族，老舍先生出身底层，母亲是一个勤劳温顺的女性，靠艰苦的劳作撑起一家人的生活，老舍先生从小就明白辛勤劳动是美好生活的基础。唯有辛勤劳动、踏实肯干，才能拥有健康的身体，才能创造美好的生活，这是老舍先生想要儿童们从小接受并明白的道理。

其二，善良，与人为善，乐于助人。王小二救了李八十，作为回报，李八十把宝船送给了王小二。这是善良的回报。王小二对几只动物施以援手、救公主，也都是善良本性促使的。善良、帮助别人能化解他人的难题，让自己愉悦，还会让自己收获友谊，等等，这样会让自己的生活更幸福更美好。从小培养善良和乐于助人的品质和习惯，是作者想要向小观众们传达的能量。

其三，真诚。张不三的虚伪、狡诈，和王小二的真诚、正直形成了鲜明对比，最终，虚伪之人的面具和诡计最终被揭穿，真诚之人得到好报。显而易见，老舍先生想通过两个人物的塑造，以及张不三的下场，让小观众们向真诚、正直的人学习，远离虚伪和狡诈。

其四，有判断力。李八十说坏人比毒蛇还厉害，王小二也是因为没有足够的判断力，只用善良的心平等地看待每个人，才会让张不三有机可乘。老舍先生希望儿童能明白善良的心是为人处世的根本，但是对待假丑恶也应该有足够的判断能力，才能保护自己。

其五，戒贪婪，不是自己的东西，不能贪心。张不三和皇上都对宝船抱有占为己有的欲望，因此结局都是不好的。老舍先生应该是希望儿童能从小养成好的习惯，逐渐明白，不合理的欲望不应该任其发展，要知道什么是该追求的，什么是不该强求的。贪婪是让自己走入歧途的重要原因之一，防止贪婪控制自己的心，是儿童成长中需要谨记的。

《宝船》这部剧已经成为北京人民艺术剧院的保留剧目，每年都为小朋友们上演，正是因为这部剧里包含了不会被时间冲淡的内核：对真善美的追求，对假丑恶的批判。它延续了老舍先生对道德的重视，已成为儿童教育的优秀范本。

美好的内心比起外表更重要，儿童要建立不能以貌取人的思想。《青蛙骑手》以民间故事为素材，剧中同样包含着老舍先生寄予孩子们的希望。主人公蛙儿，虽然外表丑陋，但是内心正直善良，擅长骑术，有反抗恶势力的精神，对待感情忠贞不贰。剧中的大姐、二姐，虽然貌美如花，但只会以貌取人，还善变，总想着轻易得到最好的。因为三姐不像两位姐姐一样，只会以貌取人，而用真心对待蛙儿，并且和蛙儿一起辛勤劳作，最后收获了幸福的生活。故事情节虽然简单，但饱含深意，在人物塑造方面，三姐这一角色的设定，也颇具层次性。虽然刚开始她嫁给蛙儿，但也不是一直都不在乎他的外表，这也符合年轻女子的心理特点。在后半部分，三姐心理出现了变化，也因此带来了剧情发展，推到高潮的到来，展现出悲壮的动人感情，歌颂了坚贞的爱情。

新时期的儿童应该从小培养民族团结、共同奋进的思想意识。《青蛙骑手》也表现了对汉藏民族团结的愿景以及对于社会的期望："三是一条大道通北京，有无相通，汉人与我们万世永和睦！"[1] "那该多么美，没有贫富，没有恶霸与奴隶！那该多么美，好百姓啊不再受官欺！那该多么美，有无相通，北京和这里互送好东西！"[2] 理想的社会模样，应该是平等、和谐充满光明与温暖的，而汉族和藏族，应该携手共进。作者希望这样的景象，是孩子们今后日常中能看到的美好景象。

戏剧的公众性体现在它最终的呈现形式是舞台表演，要以更直观、更直接的形式将所要表现的主题传达给观众。戏剧的公众性能使之比小说更快构建起一种文化氛围，在那个通讯不发达的年代，戏剧可谓最快让最多的孩子在欢乐中接受真善美教育的艺术形式。老舍先生的三部儿童剧，均是以儿童天真、好奇的心理为出发点，以曲折且趣味性强的情节为导向，向儿童传递真善美的主题。戏剧有助于形成有益于儿童教育的社会文化，不仅能让儿童接受了艺术的熏陶，还能让家长们也跟着儿童一起学习，共同进步。新的时期，老舍先生希望儿童学习的美好品质，其实都是具有普世性的美好品质。善良、真诚、勤劳、有判断力、能抵御诱惑，这些品质，无论古今还是中外，都是人类基本的美好品质，都值得代代传承、人人学习。

老舍先生具有跨文化视野，不仅吸取了西方的自由平等思想，也从中华优秀的传统文化中汲取养分，经过融合，形成了他独特的"儿童教育观"。

石兴泽先生在《老舍与二十世纪中国文学和文化》中概括总结出，老舍先生的为人、为文的内核是传统观念。"总之，老舍是现代意识颇为强健的知识分子。他曾站在时代发展制高点上对社会、历史、政治、经济、文化进行审视、思考，形成了符合历史发展要求的观念意识。这

---

① 老舍：《青蛙骑手》，《老舍全集》第 12 卷，人民文学出版社 2013 年版，第 309—310 页。
② 老舍：《青蛙骑手》，《老舍全集》第 12 卷，人民文学出版社 2013 年版，第 330 页。

些观念意识化作高度的理性自觉，改变着老舍原始的性格心理建构，作用着他生活和创作的道路，是老舍之为老舍的重要原因。但老舍并没做成现代人。他是个现代作家、现代文人，这主要是时代概念，较少文化属性。因为他性格心理最基本的、经常制约着他做人和作文的，是传统观念。"① 老舍先生身上体现了中国传统文人中的"修身、齐家、治国、平天下"的修养，而老舍先生也在对儿童提出的希望中传达了这些信息，希望儿童能够在提高自身道德品质的同时，关注现实生活、关注国家和社会，成为国家民族明日的建设者。

结　语

老舍先生受狄更斯的人道主义影响，并受五四的影响，看待儿童以平等为基础，坚持"儿童本位"，强调儿童平等的地位，提倡尊重儿童，儿童与儿童之间、成人与儿童之间，以及不同族群的儿童之间都应该是平等的关系。

在儿童成长教育观层面，老舍受到卢梭自然教育的影响。在老舍先生看来，儿童的健康成长应为生理、心理两方面都健康发展。老舍先生希望儿童在生理上能健康强壮、充满生机与活力。在儿童教育中，突出"情感教育"的重要性，成人应该给予儿童"爱的教育"，不应该仅是给儿童灌输知识、技能和思想甚至理性，防止儿童成为"有知识的空心人"；老舍先生特别珍惜儿童的天真心性，希望儿童被尊重、被爱护，认为儿童教育应该顺应儿童的生理、心理特点，要摒弃旧式的落后教育思想、教育方式，要以爱和情感培养、发展儿童，让儿童成长为人格健全的人。此外，老舍先生还展现出社会文化大环境对儿童成长的重要性，陈旧腐朽的大环境只会让人性被压制，新的文化环境才能让儿童得以健康地成长。老舍先生在女孩的成长教育观念中，希望女孩子也能培养独立的生存能力、自我意识。

---

① 石兴泽：《老舍与二十世纪中国文学和文化》，人民文学出版社 2005 年版，第 168 页。

　　老舍先生希望儿童能在良好适宜的环境中健康成长，接受良好的道德教育和文化熏陶，学习和继承中国传统优秀品质，追求真善美，热爱国家，有家国意识，有社会责任感，成为对国家社会有贡献的人，成为良好社会环境的维护者和建设者，让社会得以良性循环发展。

　　在现代作家中，老舍先生的儿童文学作品并不算多，但形式、内容和内涵却十分丰富，不仅适合小读者阅读，也适合成人阅读，成人和儿童在阅读过程中均能得到美好的文学阅读体验。除了文学阅读体验自我，成人还能以此为参照，反思并学习，从中学习如何为儿童的成长提供适当的教育，引导儿童成为一个人格健全之人；亦能从中照见自身的不足，加以改正。儿童观不仅是如何看待儿童，儿童观进一步也是"成人观"。从儿童观中，成人也能学习如何做一个人格健全之人、如何做合格的父母；儿童或能从中学到美好的品质，或在幽默讽刺中得到警示，朝向人格健全的方向成长。老舍的儿童观所强调的平等尊重、顺应儿童的身心特点等在今日仍具有现实关照性，在今天的中国，不少儿童仍没有拥有应有的权利、没有受到成人"爱"的教育。希望老舍先生的对儿童的美好希望都能在不远的未来一一实现，儿童得以健康幸福地成长。

参考文献

一　中文著作

斌椿：《乘槎笔记》，湖南人民出版社 1981 年版。

冰心：《儿童文学创作漫谈》，中国少年儿童出版社 1979 年版。

常风：《逝水集》，辽宁教育出版社 1995 年版。

陈独秀：《陈独秀文章选编》，三联书店 1984 年版。

费孝通：《生育制度》，商务印刷馆 1999 年版。

高友谦：《中国风水》，中国华侨出版公司 1992 年版。

古世仓、吴小美：《老舍与中国革命》，民族出版社 2005 年版。

关纪新：《老舍评传》，重庆出版社 1998 年版。

关纪新：《老舍与满族文化》，辽宁民族出版社 2008 年版。

韩经太主编：《老舍与京味文学》，北京大学出版社 2011 年版。

洪子诚：《中国当代文学史》，北京大学出版社 1999 年版。

胡金铨：《老舍和他的作品》，香港文化生活出版社 1977 年版。

胡适：《胡适文存》，亚东图书馆 1921 年版。

胡絜青：《老舍创作论》，上海文艺出版社 1980 年版。

胡絜青：《老舍生活与创作自述》，人民文学出版社 1982 年版。

老舍：《老舍全集》，人民文学出版社 2013 年版。

李长之：《李长之文集》，河北教育出版社 2006 年版。

李蓉：《中国现代文学的身体阐释》，中国社会科学出版社 2009 年版。

李银河：《生育与村落文化》，中国社会科学出版社 1994 年版。

李影心、陈子善、张可可：《书评家的趣味》，海豚出版社，2004 年版。

李越：《老舍作品英译研究》，知识产权出版社 2013 年版。

李泽厚：《中国现代思想史论》，天津社会科学出版社 2003 年版。

梁启超：《饮冰室全集》，中华书局 1916 年版。

梁漱溟《中国文化要义》，上海人民出版社 2011 年版。

林丹娅：《当代中国女性文学史论》，厦门大学出版社 2003 年版。

林语堂：《中国人》，浙江人民出版社 1988 年版。

鲁迅：《鲁迅全集》，人民文学出版社 1981 年版。

吕大吉《从哲学到宗教学》，宗教文化出版社 2002 年版。

孟广来等编：《老舍研究论文集》，山东人民出版社 1983 年版。

牛仰山编选：《严复文选》百花文艺出版社 2006 年版。

钱理群、温儒敏、吴福辉：《中国现代文学三十年》，北京大学出版社
　　1998 年版。

乔以钢、林丹娅主编：《女性文学教程》，河北教育出版社 2007 年版。

石兴泽：《老舍研究：六十五年沧桑路》，山东文艺出版社 1997 年版。

石兴泽：《老舍与二十世纪中国文学和文化》，人民文学出版社 2005 年版。

舒济：《老舍和朋友们》，三联书店 1991 年版。

舒济、舒乙编：《老舍小说全集》，长江文艺出版社 1993 年版。

舒乙：《说不尽的老舍：中国当代老舍研究》，北京师范大学出版社 2003
　　年版。

舒乙：《我的父亲老舍》，辽宁人民出版社 2011 年版。

宋永毅：《老舍与中国文化观念》，学林出版社 1988 年版。

宋兆麟：《民间性巫术》，团结出版社 2005 年版。

孙洁：《世纪彷徨：老舍论》，百花洲文艺出版社 2003 年版。

孙钧政：《老舍的艺术世界》，北京十月文艺出版社 1992 年版。

汤晨光：《老舍与现代中国》，湖南师范大学出版社 2002 年版。

童真：《狄更斯与中国》，湘潭大学出版社 2008 年版。

汪晖、陈燕谷选编：《中国现代文学百家》上卷，华夏出版社 1997 年版。

王本朝：《老舍研究》，重庆大学出版社 2013 年版。

王德威：《写实主义小说的虚构——茅盾　老舍　沈从文》，复旦大学出

版社 2011 年版。

王润华：《老舍小说新论》，学林出版社 1995 年版。

王韬：《漫游随录》，湖南人民出版社 1981 年版。

王晓琴：《老舍新论》，首都师范大学出版社 1999 年版。

曾广灿、吴怀斌：《老舍研究资料》，北京十月文艺出版社 2010 年版。

吴小美：《老舍的小说世界与东西方文化》，兰州大学出版社 1992 年版。

吴义勤：《中国新时期文学的文化反思》，江苏文艺出版社 2009 年版。

西南文学院编：《老舍与纪念世界反法西斯战争胜利 70 周年暨第七届老
    舍国际研讨会论文集》，西南文学院 2015 年版。

谢昭新：《老舍与中外文化综论》，安徽师范大学出版社 2014 年版。

雪珥：《国运 1909——清帝国的改革突围》，陕西师范大学出版社 2010
    年版。

姚伟：《儿童观及其时代性转换》，东北师范大学出版社 2007 年版。

臧健：《两个世界的媒介——德国女汉学家口述实录》，北京大学出版社
    2011 年版。

曾广灿、范亦豪、关纪新：《老舍与二十世纪—— 99 国际老舍学术研讨
    会论文集》，天津人民出版社 2000 年版。

张贵福、黄也平、李新宇：《二十世纪中国文学的文化审判》，时代文艺
    出版社 1999 年版。

张桂兴编：《老舍年谱》，上海文艺出版社 2005 年版。

张桂兴编：《老舍评说七十年》，中国华侨出版社 2005 年版。

张桂兴编：《老舍文艺论集》，山东大学出版社 1999 年版。

张桂兴：《老舍资料考释》，中国国际广播出版社 2000 年版。

张京媛：《当代女性主义文学批评》，北京大学出版社 1992 年版。

赵园：《北京：城与人》，北京大学出版社 2002 年版。

赵园：《艰难的选择》，上海文艺出版社 2001 年版。

郑克鲁：《外国文学史》，高等教育出版社 1999 年版。

中国老舍研究会编：《老舍与民族文化——纪念老舍先生诞辰 110 周年国
    际学术研讨会论文集》，天津人民出版社 2010 年版。

周策纵：《五四运动：现代中国的思想革命》，江苏人民出版社 1996
　年版。

周作人：《圣书与中国文学》，商务印书馆 1925 年版。

朱维之：《基督教与文学》，吉林出版集团有限公司 2010 年版。

二　译著

［爱尔兰］巴克莱：《马太福音注释》，香港基督教文艺出版社 1969
　年版。

［俄］列夫·托尔斯泰：《艺术论》，丰陈宝译，人民文学出版社 1958 年版。

［法］保尔·巴迪：《小说家老舍》，吴永平译，长江文艺出版社 1995 年版。

［法］狄德罗：《狄德罗美学论文选》，张冠尧译，人民文学出版社 1984
　年版。

［法］卢梭：《爱弥儿》，方卿编译，北京出版社 2008 年版。

［法］卢梭：《卢梭的民主哲学》，陈惟和等译，九州出版社 2004 年版。

［法］卢梭著：《爱弥儿　论教育》，李平沤译，商务印书馆 2011 年版。

［美］C. 恩伯、［美］M. 恩伯：《文化的变异：现代文化人类学通论》，
　杜彬彬译，辽宁人民出版社 1988 年版。

［美］鲍德威：《中国的城市变迁——1890—1949 年。山东济南的政治与
　发展》，北京大学出版社 2010 年版。

［苏］安基波夫斯基：《老舍早期创作与中国社会》，宋永毅译，湖南文
　艺出版社 1987 年版。

［英］阿诺德·汤因比：《汤因比历史哲学》，刘远航译，九州出版社
　2010 年版。

［英］弗兰克：《十字架的道路》，刘小枫译，《二十世纪西方宗教哲学文
　选》（上），上海三联书店 1991 年版。

［英］罗素：《性爱与婚姻》，文良、文化译，中央编译出版社 2009
　年版。

《圣经》和合本。

三　期刊论文

朝戈金：《老舍关于宗教的佚文》，《中国现代文学丛刊》1985 年第
　2 期。

陈独秀：《基督教与中国人》，《新青年》第 7 卷 3 号 1920 年 2 月。

陈独秀：《新文化运动是什么》，《新青年》第 7 卷第 5 号 1920 年 4 月。

陈立军：《谈鸣凤与虎妞之死——巴金、老舍创作风格比较》，《贵州师
　范大学学报》（人文社会科学版）1996 年第 2 期。

陈思广：《交融与超越——1977 至 2010 年〈骆驼祥子〉的接受研究》，
　《湖北民族学院学报》（人文社会科学版）2012 年第 3 期。

陈思广：《在生成与转向间——1936 至 1966 年〈骆驼祥子〉的接受研
　究》，《学术论坛》2011 年第 10 期。

陈伟华：《论老舍小说〈离婚〉的电影改编》，《山东社会科学》（人文
　社会科学版）2012 年第 11 期。

陈震文：《老舍的〈离婚〉不应被忽视》，《阜阳师范学报》（人文社会
　科学版）1983 年第 2 期。

成梅：《〈都柏林人〉——老舍〈离婚〉的主要灵感源泉》，《四川外语
　学院学报》（人文社会科学版）1998 年第 4 期。

崔明芬：《从〈离婚〉谈老舍的幽默艺术》，《烟台师范学报》（人文社
　会科学版）1984 年第 1 期。

崔明芬：《论老舍小说中的教育思想》，《郑州大学学报》1988 年第
　3 期。

崔明芬：《人格教育与儿童教育》，《聊城师范学院学报》1990 年第
　1 期。

董炳月：《卢梭与老舍的小说创作》，《中国现代文学研究丛刊》1996 年
　第 2 期。

段榕：《略论萧红小说中的身体在场感——以萧红小说中的生殖场景为
　例》，《四川教育学院学报》（人文社会科学版）2009 年第 9 期。

樊骏：《认识老舍（上、下）》，《文学评论》1996 年第 5 期。

范亦豪：《"悦耳"的老舍——论老舍作品的音乐美》，《盐城师范学院学报》（人文社会科学版）2003 年第 1 期。

方建中：《论姚斯的接受美学思想》，《求索》2004 年第 5 期。

凤莲：《银幕上的老舍作品》，《电影评介》1998 年第 5 期。

凤媛：《身份焦虑与老舍早期小说的宗教反思》，《中国现代文学研究丛刊》2016 年第 9 期。

傅光明：《舍予＋基督＝赴死?》，《中国现代文学研究丛刊》2009 年第 5 期。

高淑霞：《话剧〈茶馆〉的接受历程与当代启示》，《四川戏剧》2009 年第 3 期。

葛涛：《探寻"灵的文学"论老舍对但丁的接受历史》，《上海师范大学学报》（社会科学报）2000 年第 1 期。

关纪新：《"神韵"的追寻——〈离婚〉观后絮语》，《电影艺术》1993 年第 3 期。

关纪新：《"我的见解总是平凡"——前期老舍精神理路之再梳理》，《文学评论》2013 年第 1 期。

关纪新：《老舍，一位文化巨子的伦理站位》，《老舍与民族文化——纪念老舍先生诞辰 110 周年国际学术研讨会论集》，天津人民出版社 2010 年版。

关纪新：《清代满族文学与"京腔京韵"》，《黑龙江民族丛刊》2007 年第 6 期。

郝小明：《老舍〈离婚〉个性化语言剖析》，《太原大学学报》（人文社会科学版）2002 年第 4 期。

胡绍华：《闻一多的宗教观念与人格精神》，《三峡大学学报》（人文社会科学版）2008 年第 5 期。

胡絜青：《四世同堂电视剧讨论会文集》序，转自宋永毅《老舍与中国文化观念》，学林出版社 1988 年版。

金燕：《老舍文学作品影视转化的生产动力与接受条件》，《中南民族大学学报》（人文社会科学版）2006 年第 6 期。

老舍：《红楼梦并不是梦》，《人民文学》1954 年第 12 期。

李玲：《老舍〈离婚〉中的存在追问》，《中国现代文学丛刊》2012 年第 6 期。

李玲：《论老舍小说的性别意识》，《南开大学学报》2005 年第 6 期。

刘海姗：《从接受美学的角度浅析〈茶馆〉》，《大众文艺》（理论版）2009 年第 18 期。

刘丽：《近二十年来老舍小说研究述评》，《淮北职业技术学院学报》2006 年 12 月第 6 期。

刘沛：《康拉德作品中的印象主义文学特质研究》，《时代文学》2012 年第 4 期。

刘涛：《〈以善胜恶〉与〈猫城记〉的互文关系》，《海南师范大学学报》2016 年 01 期。

刘雄平：《论老舍幽默的悲剧意识》，《五邑大学学报》（人文社会科学版）2004 年 5 月第 6 卷第 2 期。

刘媛媛：《面对疼痛的自己：女性视域下的女性与生育》，《妇女研究论丛》2011 年第 1 期。

路文彬：《论老舍小说中的反希望母题》，《钦州师范高等专科学校学报》（人文社会科学版）2001 年第 12 期。

马尔华：《〈离婚〉中北京口语的应用》，《北京联合大学学报》（人文社会科学版）2002 年第 4 期。

马云：《男性叙事话语中的孕妇情境——铁凝小说〈孕妇和牛〉引起的话题》，《河北师范大学学报》1995 年第 3 期。

孟庆澍：《经典文本的异境旅行——〈骆驼祥子〉在美国（1945—1946)》，《河南大学学报》（社会科学版）2010 年第 5 期。

缪岑岑：《浅谈康拉德对老舍的影响》，《文学评论》2012 年第 2 期。

钱念孙：《〈从〈离婚〉的英译本看文化冲突对文学翻译的影响》，《阜阳师范学院学报》（人文社会科学版）1989 年第 12 期。

乔以钢、何字温：《中国当代女性小说中的流产叙事》，《中国文化研究》2008 年春之卷。

石兴泽：《从老舍作品改编看影视媒介挤压下作家创作的窘境》,《学习
　与探索》2012 年第 4 期。

石兴泽：《老舍文学的构建与五四文学传统》,《东岳论丛》2003 年第
　2 期。

史承钧：《老舍的一篇重要佚文——〈四世同堂〉出版广告》,《上海师
　范大学学报》（社会科学版）1988 年第 3 期。

舒济：《老舍与绿色》,《汕头大学学报》（人文社会科学版）2012 年第
　6 期。

舒乙：《传统文化与道德教育》,《中国德育》2008 年第 7 期。

舒乙：《老舍的儿童观和教育观》,《教育文汇》2004 年第 3 期。

舒乙：《老舍文学语言发展的六个阶段》,《语文建设》1994 年第 5 期。

舒悦：《评老舍小说〈离婚〉的伊文．金译本》,《中国翻译》1986 年第
　5 期。

孙晓青：《文学印象主义》,《外国文学》2015 年第 4 期。

汤晨光：《老舍的文化批判与文化理想》,《中国现代文学研究丛刊》
　1999 年第 2 期。

汤晨光：《老舍的早期活动与伦敦会》,《民族文学研究》2005 年第
　2 期。

童庆炳：《作家的童年经验及其对创作的影响》,《文学评论》1993 年第
　8 期。

王本朝：《社会正义与个人德行：老舍文学创作的伦理诉求》,《老舍与
　民族文化——纪念老舍先生诞生 110 周年国际学术研讨会论集》,天津
　人民出版社 2010 年版。

王昉：《对老舍创作倾向的重新体认——老舍诞辰 110 周年纪念》,《文
　学评论》2009 年第 1 期。

王姣：《老舍作品的影视剧改编及其影响》,《文学与艺术研究》2011 年
　第 11 期。

王睿哲：《电影改编对小说文本的叙事偏移——以老舍小说〈离婚〉的
　两次影视改编为例》,《北方文学》（人文社会科学版）2013 年第

2 期。

王晓东：《朱自清书评的文化与学术考察》，《小说评论》2014 年第 6 期。

王学振：《侠文化视野下的老舍及其文学世界》，《老舍与民族文化——
　　纪念老舍先生诞辰 110 周年国际学术研讨会论集》，天津人民出版社
　　2010 年版。

王延晞：《含泪的笑——略论老舍的幽默艺术》，《江淮论坛》1994 年第
　　4 期。

王宜青：《丰子恺儿童观探微》，《浙江师大学报》（社会科学版）1999
　　年第 4 期。

王志军：《从苏格拉底之死到哲学乌托邦之梦》，《黑龙江社会科学》
　　2001 年第 1 期。

魏韶华：《论老舍〈离婚〉的现代性》，《兰州大学学报》（社会科学版）
　　2000 年第 4 期。

魏韶华：《论老舍的人性探索小说——纪念老舍先生逝世四十周年》，
　　《兰州大学学报》（社会科学版）2016 年第 7 期。

吴小美，李向辉：《老舍的生死观》，《文学评论》2006 年第 5 期。

吴小美：《历史前进与道德式微的二律背反——从老舍的一些名篇说开
　　去》，《中国现代文学研究丛刊》2009 年第 1 期。

吴小美：《市民社会灰色人物的灰色悲剧——评老舍的长篇小说〈离
　　婚〉》，《兰州大学学报》（社会科学版）1984 年第 1 期。

吴小美：《一部优秀的现实主义作品——评〈四世同堂〉》，《文学评论》
　　1981 年第 6 期。

吴小美、古世仓：《〈离婚〉、〈懒得离婚〉、〈中国式离婚〉———一份现
　　代中国文化启示录》，《中国现代文学研究丛刊》2005 年第 4 期。

吴小美、古世仓：《老舍与中国革命论纲》，《文学评论》2004 年第
　　2 期。

吴小美、魏韶华：《半开的樊笼——从老舍的〈离婚〉到谌容的〈懒得
　　离婚〉》，《中国现代文学研究丛刊》1991 年第 3 期。

吴效刚：《怅恨世情与文化批判——论老舍小说的叙述形态》，《文学评

论》2008 年第 2 期。

伍瑞祥：《老舍幽默风格的发展轨迹——兼与刘诚言同志商榷》，《中山大学学报》（社会科学版）1987 年第 1 期。

谢泳：《寡母抚孤现象对中国作家的影响》，《中国现代文学研究丛刊》1992 年第 3 期。

谢昭新：《老舍与儒家文化》，《江淮论坛》2014 年第 1 期。

徐德明：《从〈离婚〉看老舍的小说叙事艺术》，《中国现代文学研究丛刊》2004 年第 4 期。

徐德明：《老舍的宗教态度与创作》，《民族文学研究》1999 年第 4 期。

徐仲佳：《"幽默"的变迁——论文学场对老舍的塑造》，《文学评论》2014 年第 3 期。

杨联芬：《暧昧的复调：析老舍小说〈离婚〉》，《名作欣赏》（上旬）2015 年第 3 期。

姚德薇：《论社会认同研究的多学科流变及其启示》，《学术界》2010 年第 8 期。

袁锦贵：《〈儿女英雄传〉与〈红楼梦〉的"同源性"探析》，《满族研究》2010 年 01 期。

袁良骏：《讽刺杰作〈猫城记〉》，《齐鲁学刊》1997 年第 5 期。

曾广灿：《老舍与绘画》，《盐城师范学院学报》（人文社会科学版）2006 年第 5 期。

张法：《中国话语与世界语境中的知识分子》，《贵州社会科学》2009 年第 4 期。

张丽丽：《从虎妞形象塑造看老舍创作的男权意识》，《齐鲁学刊》2000 年 7 月第 4 期。

张逸飏：《男性中心？女性中心？——对老舍〈离婚〉中隐含作者性别立场的再探讨》，《襄樊学院学报》（哲学社会科学版）2012 年第 3 期。

张中良：《浅谈〈离婚〉的喜剧特色》，《中国现代文学研究丛刊》1984 年第 2 期。

赵武平译：《四世同堂》《饥荒》，《收获》2017 年第 1 期。

赵园：《老舍——北京市民社会的表现者和批评者》，《文学评论》1982
　　年第 2 期。

周智湘：《从接受对象看老舍创作》，《广东社会科学》1989 年第 4 期。

周作人：《圣书与中国文学》，《小说月报》12 卷第 1 期。

朱崇科：《后殖民老舍：洞见与偏执？——以〈二马〉和〈小坡的生日〉
　　为中心》，《中山大学学报》2007 年第 2 期。

四　学位论文

符传丰：《老舍短篇小说论》，博士学位论文，复旦大学，2007 年。

韩富军：《论虎妞形象》，硕士学位论文，吉林大学，2007 年。

韩永胜：《中国现代教育小说概论》，博士学位论文，东北师范大学，
　　2008 年。

纪妙华：《〈猫城记〉的接受史研究》，硕士学位论文，西北大学，2013 年。

金鑫：《90 年代中国影视文化的历史见证》，硕士学位论文，郑州大学，
　　2003 年。

李春雨：《老舍创作在俄罗斯》，博士学位论文，北京外国语大学，2015 年。

李美玲：《老舍〈离婚〉之研究》，硕士学位论文，台湾铭传大学，2012 年。

廖利萍：《狄更斯对老舍文学创作的影响——〈尼古拉斯·尼克尔贝〉与
　　〈老张的哲学〉比较研究》，硕士学位论文，福建师范大学，2006 年。

刘苗苗：《"老舍文学"中的"但丁之影"》，硕士学位论文，青岛大学，
　　2014 年。

刘燕芳：《论老舍文学作品的影视改编》，硕士学位论文，重庆大学，
　　2009 年。

牛俊鹏：《论现当代文学中的长子形象》，硕士学位论文，华中科技大
　　学，2007 年

肖菲：《论老舍笔下的英国形象》，硕士学位论文，湖南师范大学，2010 年。

许正林：《中国现代文学与基督教》，博士学位论文，华中师范大学，
　　2001 年。

张宁：《中国现代文学中的离婚叙事》，硕士学位论文，西北师范大学，
　　2009 年。

张炜炜：《老舍与语文教育》，博士学位论文，山东师范大学，2006 年。

张一鸣：《昨天　今天　明天——老舍〈茶馆〉的接受史论》，硕士学位
　　论文，渤海大学，2012 年。

后　记

　　这部书稿，沉甸甸地放在案头。一缕阳光从窗外斜入，伴随迎春花的绽放，照亮心头，不觉暂时忘却 2020 年初疫情中的紧张。

　　如果没有无数前辈和学长的呵护，也就不会有这本书的诞生。——正在美国访学的李玲老师一路陪伴和"护送"，前辈谢昭新老师在架构上曾经予以高屋建瓴的指导，复旦大学孙洁老师耐心又针对性地进行提示，还有现当代文学研究领域的好几位资深学长，都提出了不少切中肯綮的指导意见。由于这份小小的研究，而与诸位老师相识，还记得 2019 年初的老舍创作研讨会，场面温馨而收获颇丰，师友们的讲座或者令人耳目一新，或者令人拍案叫绝，还一起参观了"老舍与北京"的画展，老友新朋相聚一堂，至今记忆犹新。

　　感谢朋友们的信任与付出——光明日报出版社的史宁老师闻听此书稿依托的北京社科基金项目立项而欣然加入；人民文学出版社、天天出版社的郭聪女士曾是老舍研究领域"青年学者奖"的获得者，也慨然参加；我的三位研究生张舒颖、黄嫣然和吴雪都为之付出不懈的努力。当时她们三人一个在美国，一个将赴新西兰，一个将赴意大利。回想当年我们每周定期在 QQ 群里举办小型"讨论会"，一步步推进和整合思路，交流思想，那段日子真是令人难忘！

　　可以说，这部书稿，是我一路在前辈和学长们的指点下，在和朋友以及同学们的思想"碰撞"中，凝聚而成的一份关于老舍研究的小小学习心得。

　　还记得我申报这个北京社科基金项目的初衷是始自对"跨文化"研

究的好奇。老舍先生曾经是一名在英国伦敦教汉语的汉语教师。我也是一名汉语教师。我由于工作原因，一度致力于如何对来自各种文化背景的学子进行文化差异下的跨文化理解以及跨文化能力的培养，老舍先生的跨文化思考让我受益良多。

我在老舍的笔下，看到了域外经历培养的跨文化视野对他的创作有着决定性的影响，包括归国后的小说创作，都有那段时光的烙印：游历欧洲——尤其是在英国工作之后，形成的一种从世界格局反观中国文化的比较眼光。所以，老舍先生基于跨文化视野进行的文化反思，是这部书稿着重解读的重点。

同时在这部书稿即将付梓的过程中，还要郑重感谢宋志明师兄的引介，感谢前辈同仁的一路呵护（尤其是李玲老师的一路指导），感谢我的母亲兄长，爱人和孩子给予我的巨大的精神支持，感谢北京语言大学科研处和汉语国际教育学部的领导和同事们的关怀，尤其要郑重感谢北京语言大学科研处对学术的大力支持和资助！

一千个读者，就有一千个哈姆雷特。在此衷心期待老舍的同好师友，一起交流：老舍先生的创作还有广大的被重读和诠释的空间。我们的研究尝试着重新解读老舍的文化思考：中国传统文化在现代性的形势下，面临的选择与整合之路，到底为何？是否具有"可操作性"？这是个依然有着时代意义和"新鲜感"的话题。愿君赐教，共同探讨！